FRIEDERIKE SCHMÖE

Wilde Wut

WUT MACHT VERWUNDBAR Babs, in prekärer Jobsituation und psychisch unter Druck, verliert ihre Wohnung in der UNESCO-Welterbestadt Bamberg an einen Immobilienhai. In ihrem Zorn schließt sie sich einer Anti-Gentrifizierungsgruppe an. Diese veranstaltet Pop-up-Demos in der Innenstadt, oft solche, die nicht genehmigt sind. Die Behörden sind bereits auf die Gruppe aufmerksam geworden. Ihre Mitglieder hetzen in den sozialen Medien gegen Makler, die Häuser im beliebten Zentrum aufkaufen und zu Luxusapartments umbauen. Dann wird ein alteingesessener Wohnungsmakler tot aufgefunden. Babs gerät ins Fadenkreuz der Ermittlungen. Hauptkommissar Hardo Uttenreuther hält sie für die Täterin. Um ihre Unschuld zu beweisen, wendet sich Babs ausgerechnet an dessen Lebenspartnerin Privatdetektivin Katinka Palfy. Die hat gerade selbst jede Menge Ärger: Jemand versucht mit allen Mitteln, sie zum Verkauf ihres Hauses zu überreden. Doch sie nimmt die Herausforderung an – und riskiert ihre Beziehung zu Hardo.

Geboren und aufgewachsen in Coburg, wurde Friederike Schmöe früh zur Büchernärrin – eine Leidenschaft, der die Universitätsdozentin heute beruflich nachgeht. In ihrer Schreibwerkstatt in der Weltkulturerbestadt Bamberg verfasst sie seit 2000 Kriminalromane und Kurzgeschichten, gibt Kreativitätskurse für Kinder und Erwachsene und veranstaltet Literaturevents, auf denen sie in Begleitung von Musikern aus ihren Werken liest. Ihr literarisches Universum umfasst unter anderem die Krimireihen um die Bamberger Privatdetektivin Katinka Palfy und die Münchner Ghostwriterin Kea Laverde.

FRIEDERIKE SCHMÖE

Wilde Wut

KRIMINALROMAN

GMEINER

Alle Personen und Handlungen in diesem Roman sind erfunden.
Ähnlichkeiten mit Personen und Handlungen im wirklichen Leben
müssen daher Zufall sein. Ab und zu habe ich eine Straße anders benannt
oder ein wenig umgebaut – im Sinne der künstlerischen Freiheit.
Entsprechend habe ich die hier beschriebene Polizeiarbeit der Dramatur-
gie unterworfen, gestrafft und teils verändert, um die Spannung und
das emotionale Potential zu erhöhen.

Immer informiert

Spannung pur – mit unserem Newsletter informieren wir Sie
regelmäßig über Wissenswertes aus unserer Bücherwelt.

Gefällt mir!

Facebook: @Gmeiner.Verlag
Instagram: @gmeinerverlag

Besuchen Sie uns im Internet:
www.gmeiner-verlag.de

© 2024 – Gmeiner-Verlag GmbH
Im Ehnried 5, 88605 Meßkirch
Telefon 07575/2095-0
info@gmeiner-verlag.de
Alle Rechte vorbehalten
1. Auflage 2024

Lektorat: Claudia Senghaas, Kirchardt
Herstellung: Mirjam Hecht
Umschlaggestaltung: U.O.R.G. Lutz Eberle, Stuttgart
unter Verwendung eines Fotos von: © Thomas Paal / shutterstock.com
Druck: CPI books GmbH, Leck
Printed in Germany
ISBN 978-3-8392-0660-7

MONTAG

1.

Ein schmales Schlafsofa, eine Kommode, ein niedriger Tisch. Tee, dampfend, in einer Kanne.

»Versprichst du mir, dass du mich nicht in die Psychiatrie schickst?«

»Natürlich nicht, du Dummchen.«

»Ich kann nicht mehr, verstehst du? Ich habe seit Tagen nicht geschlafen. Und diese ständigen Schmerzen …«

»Bleib hier bei mir. Das ist besser, als …«

»Du hast doch selbst kaum Platz.«

»Wir würden schon zurechtkommen.« Tee wird in ein Glas gegossen. Dunkelrot und duftend. »Bitte. Nimm dir.«

»Weißt du«, ein Schluchzen, das Ringen um Worte, »ich finde keine Ruhe. Es ist kalt. Ich wache auf, will mich umdrehen, rutsche fast auf den Boden. Manchmal geht jemand vorbei, ganz nah. Dabei bekomme ich Gänsehaut. Ich fange an zu zittern. Ich will weinen, aber es kommt keine Träne. Meinst du, ich sollte es mit Schlaftabletten versuchen?«

»Warum bleibst du so weit draußen?« Die Frage war keine Frage, sondern ein Sammelsurium an Resignation, Müdigkeit, Hoffnungslosigkeit.

Nebenan klappte eine Tür, jemand betrat die Toilette. Durch die Wand war deutlich zu hören, wie jemand sich erleichterte, gefolgt von einem behaglichen Stöhnen.

»Bitte, bring mich nicht in die Psychiatrie.«

Die Toilettenspülung ging.

»Niemals. Das verspreche ich dir.«

»Das ist alles nur die Schuld von diesen Dreckschweinen.«

Eine Antwort blieb aus.

»Findest du nicht?« Insistieren. Bohren. Zustimmung einholen. Dringlichkeit. »Ist doch so! Ich könnte diesen ...«

»Hör auf!« Das kam schärfer als beabsichtigt. »Das hilft jetzt nichts.«

Schweigen, quälend. Ein Sog bildete sich, saugte an der Normalität einer Szene, in der zwei Menschen Tee tranken. Zugleich stülpte sich eine finstere Vorahnung über den Raum.

»Du, ich finde mein Halstuch nicht mehr. Das weiße.« Nun flossen doch Tränen, brachen los und hörten abrupt auf.

»Das mit dem grauen Blütendruck? Hier bei mir habe ich es nicht gefunden.«

»Ich kann es erst kürzlich verloren haben. Neulich. Du weißt schon, da hatte ich es noch.«

Die Atmosphäre lud sich mit Zweifeln auf. Mit Skepsis und – Angst.

»Ein weißes Halstuch?«

»Ja, du kennst es doch!«

Mehr Argwohn. Mehr Angst. Das Zimmer war voll davon. Es würde jetzt auch nichts helfen, das Fenster zu öffnen. Diese Art Mief zog nie ab.

»Das geht so nicht weiter. In ein paar Wochen, wo soll ich dann hin?«

Auf dem Gang klappte wieder eine Tür. Zugleich läutete es. Viermal.

»Nicht für mich.«

»Ihr seid doch viel zu viele Leute hier drin. Wie hältst du das aus?«

»Ich habe ein Dach über dem Kopf. Wie hältst du das aus, was du machst?« Schärfe stahl sich in die Stimme, die eben noch empathisch gewesen war.

»Mache ich nicht freiwillig.«

»Du wirst noch verrückt dabei. Übernachte bei mir, wenigstens bis zum Ende der Woche, damit du mal wieder richtig schläfst. Ich habe im Keller eine Gästematratze, die holen wir rauf.«

»Finden deine Mitbewohner bestimmt nicht gut. Nein, ich bleibe draußen auf dem Land. Ist ja nur vorübergehend.«

»Die anderen hier geht das nichts an. Jeder macht sowieso, was er will.«

»Ich gehe jetzt lieber.«

»Bist du sicher? Bleib doch noch.«

»Nein, ich halte das nicht mehr aus in diesem winzigen Zimmer, tut mir leid. Du vergisst nicht, was du versprochen hast, ja, dass du mich nicht in die Psychiatrie bringst?«

»Um Himmels willen, natürlich nicht.«

Jemand riss die Wohnungstür auf, zwei Männer begrüßten einander, laut lachend. Der Ankömmling war betrunken. Etwas krachte gegen die Wand.

Erneut schlug eine Tür, die Stimmen wurden leiser.

»Ich bring dich noch runter.«

DIENSTAG

2.

Der Regen tauchte den Abend in schmutziggraues Halb-
dunkel. Die Luft roch nach Erde. Als Michael um die
Ecke bog und über die weit geschwungene Brücke lief,
stand sein Vater schon da. Die gelblichen Straßenlaternen überzogen ihn mit einem Firnis aus mattem Licht. Er
hielt einen Schirm über sich, als müsse er sich vor einem
atomaren Fallout schützen. In Michaels Kopf sprühten
Funken. Er kochte vor Zorn.

»Du bist spät dran«, sagte Günther.

»Ach ja? Bestimmst du jetzt den Gang der Uhren?«

»Hast du getrunken? Oder dir das weiße Zeug in die
Nase gezogen?«

Michael rieb sich die Schläfen. Sie standen hoch über
dem rechten Regnitzarm, der wenige Meter weiter mit
dem Main-Donau-Kanal zusammenfloss. Auf der lang-
gestreckten Insel unter ihnen lag düster die Skate-Anlage,
wo tagsüber die Freaks mit ihren Boards Akrobat spielten.

»Was ist? Hat es dir die Sprache verschlagen?«

Michael hörte Günthers Stimme verzerrt. Als spräche
er in eine Blechschüssel.

»Du bist so ein mieser Mensch.«

»Ich verlange, dass du mit mir an einem Strang ziehst. Wir sorgen dafür, dass diese Sozen endlich vor den Kadi gestellt werden, wo sie hingehören. Dieses Geschmeiß wird mir nicht mehr in die Quere kommen.« Ein Windstoß riss ihm den Schirm beinahe weg. Regen floss in sein Haar und über sein Gesicht.

»Du denkst nur an dich. Hast du schon mal überlegt, dass diese Leute ein berechtigtes Anliegen haben?«

»Eigentum muss geschützt werden. Das lasse ich mir nicht nehmen. Ich habe schon härtere Zeiten durchgemacht.«

»Eigentum verpflichtet.«

»Halt die Klappe.«

»Du bist Dreck.« Michaels Stimme überschlug sich. »Ich habe es immer gewusst. Du hast Liliane rausgedrängt. Weil du den Alleinherrscher spielen musst. Andere an Entscheidungen beteiligen? Nichts liegt dir ferner.«

»Du bist total auf Droge, Junge.« Günther zog ein weißes Tuch aus der Tasche. Er rieb sich damit über Stirn und Wangen.

»Was willst du tun? Mir den Mund verbieten?« Michael lachte hysterisch. »Versuch's doch.« Er ging ein paar Schritte auf seinen Vater zu. »Na los! Lebe deinen Sadismus aus! Fang schon an! Was bin ich denn für dich? Immer noch nichts anderes als ein krakeelendes Kleinkind, das nur stört?« Er streckte beide Arme aus, als wolle er fliegen. »Schau nur runter. Wie schwarz das Wasser ist. Das könnte mich verschlucken. Du wärest alle deine Probleme los.« Er schämte sich seiner Verzweiflung und war gleichzeitig außerstande, seine Tirade zu beenden. »Für wen hältst du dich? Für Gott? Du warst schon immer größenwahnsinnig und hast andere mit deiner Überheblichkeit terrorisiert. Wenn ich an Mutter denke. In den Dreck getreten hast du sie.«

Ein Auto fuhr vorbei. Schneller als die erlaubten 50 Stundenkilometer. Die Lichtkegel streiften die beiden Männer nicht einmal. Michael spürte die Schwingungen der Brückenkonstruktion unter seinen Füßen.

»Du bist ein Nichts«, schnarrte Günther. »Du wirst die Firma zugrunde richten. Was mein Vater und ich aufgebaut haben, in Jahrzehnten, du würdest es wegwerfen. In wenigen Wochen.«

»Warum lässt du Liliane nicht einsteigen?« Er brachte es leise vor. Seine Entschlossenheit, mit der er hierhergekommen war, auf diese nasse, kalte, widerliche Brücke, brach weg. Sein Blick fing sich in den Lichtern jenseits des Kanals. Wohnblocks mit gelben Fenstern. Das bläuliche Licht einer Tankstelle. Normale Menschen, die an diesem verregneten Frühlingsabend ihren Beschäftigungen nachgingen. Abendbrot, Fernsehen, Kinder ins Bett bringen. Während er im Regen stand, minütlich nasser wurde und sich vorkam wie ein Tölpel. Ein erwachsener Mann, der immer noch nicht gegen seinen Vater ankam. Der es nie schaffen würde. Das alles frustrierte ihn mit einem Mal so sehr, dass alle Wut aus ihm wich und mit ihr das letzte bisschen Energie.

Günther lachte auf.

»Willst du mich für dumm verkaufen? Als wüsste ich nicht, was du mit deiner feinen Schwester abgesprochen hast.«

Michael begann zu schwitzen. Er riss an seinem Schal. »Was denkst du denn, was ich mit ihr abgesprochen habe? Ich kann ihr doch gar nichts versprechen!«

Mit zwei schnellen Schritten war sein Vater bei ihm. »Glaubst du, das würde funktionieren? Liliane in der

Firma? Nie im Leben. Deine Schwester und ihr sauberer Ehemann, der seine Nägel sorgsam feilen kann, aber sonst zu nichts taugt …« Günthers freie Hand krallte sich um Michaels Schulter. »Ich habe morgen einen Termin bei unserem Anwalt. Du wirst mich begleiten. Dabei sprechen wir das weitere Vorgehen ab und räumen diese Kanaken aus dem Weg. Ein für alle Mal.«

»Deine Sprache kotzt mich an.«

»Wenn du irgendwas hintertreibst, bist du raus aus dem Geschäft, Sohn.«

Michael wischte das Regenwasser aus seinem Gesicht. Er war völlig durchnässt. »Was willst du tun? Mich umbringen?« Mit einer schnellen Bewegung riss er seinem Vater den Schirm aus der Hand.

Der ließ Michael abrupt los. Er straffte das weiße Tuch mit einer entschlossenen Bewegung. Tat es noch mal. Und noch mal.

»Du hast dich nicht mal selbst im Griff!« Michael wedelte mit der Hand vor seinem Gesicht hin und her. »Du tickst doch nicht richtig. So jemand will ein Geschäft führen? Am besten noch ewig leben?«

Der Regen wurde stärker. Kleine Blasen platzten auf dem dunklen Asphalt. Das Wasser rann in Michaels Schuhe. Günther wischte wieder über seine Stirn. In seinem Haar glänzte die Nässe. Im Licht der Brückenlaternen sah Michael, wie die Tropfen am Gesicht seines Vaters herabliefen. Er zog die Schultern hoch.

»Entscheide dich. Ich finanziere dir eine Therapie. Du kommst runter von dem Zeug. Zahlst deine Schulden.«

Unwillkürlich machte Michael einen Schritt zurück. Stieß mit dem Rücken gegen das Brückengeländer. Sein Vater ragte vor ihm auf. Er war alt und krank, aber er war immer noch stark. Einer, dem Michael nicht beikam. Mit Liliane zusammen hätte er vielleicht eine Chance. Das Gefühl der Unterlegenheit wühlte ihn auf.

»Ich hasse dich!«, brüllte er. »Hast du mal nachgedacht, wie alles anfing? Das mit dem Koks?«

»Du wolltest noch nie Verantwortung übernehmen. Scheust vor jeder harten Konsequenz zurück. So kann man kein Geschäft führen.«

»Geschäft? Geht es immer nur ums Geschäft? Da ist auch noch ein Leben irgendwo, verdammt noch mal!« Michael schrie jetzt. »Menschen arbeiten nicht nur. Sie leben. Haben Beziehungen, atmen, essen, gestalten etwas. Erziehen Kinder.«

Günthers Miene verzog sich zu einem spöttischen Grinsen. »Erstaunlich, wovon du alles etwas verstehen willst. Deine Ehe ist gescheitert, Kinder habt ihr nicht. Einen Job hast du, weil ich ihn dir gegeben habe. Was würdest du sonst tun? Lkw fahren?«

Michael atmete hektisch. Zwang sich, seinem Vater in die Augen zu schauen. Dunkle Augen, in denen sich das Licht der Laternen spiegelte. Er roch diese Mischung aus zu viel Aftershave und altem Mann. Ihm wurde übel. Etwas von seinem spärlichen Mageninhalt füllte seinen Mund. Verzweifelt schluckte er. Hustete. Hustete seinem Vater seinen Unrat ins Gesicht.

»Du Schwein!« Günther rieb mit dem Tuch über seine Wange.

Michael rutschte der Schirm aus der Hand und fiel auf den Asphalt.

»Es tut mir ...« Die Worte kamen wie ein Reflex. Michael presste die Hand auf den Mund. Er drehte sich um, beugte sich über das Geländer. Er glaubte, er müsse sich übergeben. Es kam nichts. Vor seinen Augen explodierte ein rotes Licht. Abertausende von Blitzen beraubten ihn seines Sehsinns. Panisch presste er die Hände auf das nasse Geländer.

Günther packte ihn und zerrte ihn herum.

»Du bist Abschaum. Ich dachte, ich hätte einen anderen Sohn großgezogen!«

Michael bekam keine Luft. Sein Kopf schien bersten zu wollen. Seinen Vater sah er nur als Schatten hinter all dem Rot, das vor seinen Augen tanzte. Ihm wurde schwindelig. Er ließ die Arme hängen. Das war das bewährte Rezept: sich ducken, nicht reagieren, warten, bis es vorbei war. Schläge kannte er. Seit langem.

Es geschah nichts. Stattdessen zogen sich die Lichtblitze zurück.

»Verdammt, Michael!« Günther ließ ihn los. »Du bist so was von fertig. Kapierst du nicht, dass du Hilfe brauchst? Professionelle Hilfe? Wie soll das denn weitergehen?«

»Ich kann nicht atmen.« Michael griff sich an die Jacke, riss den Reißverschluss auf. »Lass mich einfach in Frieden.«

»Probleme lösen sich nicht von selbst. Vor allem nicht solche Probleme. Die werden nur immer schlimmer.«

»Bleib mir doch mit deinen philosophischen Scheißreden vom Leib!« Michael schrie jetzt. Auf der Gegenfahrbahn rauschte ein Lkw vorbei. »Bleib mir vom Leib, hau ab!«

Michael trat mit den Beinen. Er erwischte seinen Vater am Knie. An dem Knie, das ihm seit Jahren Probleme machte. Günther knickte ein. Michael holte mit dem Arm aus, er wollte Günther halten. Der griff nach dem Geländer, fiel gegen seinen Sohn, Michael schwankte, ruderte mit den Armen, erwischte Günther am Arm, etwas löste sich in ihm, er ballte die Hände zu Fäusten. Schlug. Und schlug. Egal, wohin. Er merkte nicht einmal, ob er traf. Sah die Faust seines Vaters auf sich zurasen. Das Geländer presste sich in seinen Rücken. Er riss den Kopf herum. Würgte, Galle füllte seinen Mund. Der nächste Schlag traf seinen Magen. Michael blieb die Luft weg, er hustete, wand sich. Die gelben Straßenlampenlichter verschwammen. Er hörte nichts mehr.

Zwei schwarze Augen starrten ihn an. Nur Höhlen, ohne etwas Lebendiges darin.

3.

B: Bist du noch wach?

U: Und du?

B: Konnte nicht schlafen. Musste so viel nachdenken.

U: Wo steckst du denn?

B: Am Wasser. Beim Jahnwehr.

U: Um diese Zeit?

B: Da sind noch Leute.

U: Red keinen Quatsch. Das Gasthaus hat dienstags Ruhetag.

B: Trotzdem sind da noch Leute.

U: Um die Zeit am Fluss, ich weiß nicht.

B: Ich habe keine Angst. Mir macht nichts mehr Angst!

...

B: Urte?

U: *schreibt*

B: Ich muss einfach immer wieder an meine letzte Woche zu Hause denken. In meinem richtigen Zuhause. Wie ich noch mal durch alle Zimmer gegangen bin, draußen hat es geregnet, ein schwerer, schöner Regen. Habe ich dir doch erzählt.

U: *schreibt*

B: Dieses Haus war meine Heimat. Der Garten. Alles einfach. Und die Leute, die Nachbarn. Alles verloren.

U: *schreibt*

B: Mir macht nichts mehr Angst. Das meine ich. Was soll noch passieren?

U: Komm runter. Jeder Mensch weiß, dass es Schlimmeres gibt, als seine Wohnung zu verlieren. Du findest schon wieder was. Vielleicht nicht in deiner alten Gegend, aber finden wirst du was. Auch was Bezahlbares. Treib es nicht auf die Spitze!

...

U: Bist du noch da?

...

U: Babs?

MITTWOCH

4.

Ein Schwarm Krähen ließ sich vernehmlich krächzend auf einem Baum am Ufer nieder. Nebel stieg aus dem Kanal auf. Es hatte die ganze Nacht lang geregnet. Die Hindernisse des Skateparks glänzten vor Nässe. Polizeihauptkommissar Harduin Uttenreuhter fand, dass es gut roch. Nach Frühling. Frisch. Feucht. Aus dem Nebel löste sich der massige Körper eines Frachtschiffes und glitt langsam auf die Schleuse zu.

»Diese verdammten Krähen!«, beschwerte sich Kollegin Monika Kaluza. »Die scheißen die ganze Stadt voll, picken Abfall aus den Mülltonnen und ziehen in Geschwadern über die Häuser. Wirklich gruselig.«

»Wohl kaum gruseliger als die Leiche hier«, murrte ein Mann, der im Tyvekanzug der Spurensicherung neben dem Toten kniete.

»Papiere?«, fragte Hardo. Es war noch früh, gerade 6 Uhr. Ein Mann hatte sie verständigt. Er war über die Heinrichsbrücke hoch über ihnen gelaufen und hatte den Toten von dort aus gesehen.

»Personalausweis«, sagte Stefan Kühn, ebenfalls bewährter Mitarbeiter in Hardos Team. »Michael Dreysbach. 36 Jahre alt.« Er winkte einem uniformierten Kollegen, der an dem wenige Meter entfernt parkenden Streifenwagen lehnte und das Gesicht in den Himmel streckte, als wollte er die morgendlichen Sonnenstrahlen aufsaugen. »Jagt mir mal den Dreysbach hier durchs System.«

Hardo kam näher. Nicht dass er sich zu alt für den ersten Blick auf das Opfer fühlte, doch er wollte seine jüngeren Kollegen gern ein bisschen fordern. Kühn machte bereits Fotos.

»Neuer Apparat?«

»Eine *Canon*, Chef, digitale Spiegelreflex, nicht ganz taufrisch, aber außerordentlich gut.« Kühn schwenkte auf die Krähen im Baum und justierte das Objektiv. »Kalte schwarze Augen. Typische Täterphysiognomie.«

Die Kaluza schnaubte.

»Der arme Kerl ist ganz nass. Verdammter Regen! Er hat außerdem Koks in der Tasche.« Der Tyvekmann hielt ein Tütchen hoch. »Und knapp 800 Euro in bar in seiner Brieftasche. Was sagt uns das?«

»Kokain gekauft und nicht bezahlt?« Kühn grinste. »Vielleicht kam bei dem Handel was dazwischen?«

»Jedenfalls war das kein Raubmord«, mutmaßte die Kaluza. »Ein Handy hat er nicht dabei. Oder es wurde ihm abgenommen.«

Der Uniformierte kam zu ihnen. »Dreysbach ist geschieden. Keine Kinder. Ansonsten keine Eintragungen.«

Hardo blickte zur Brücke hinauf. Vierspurig spannte sie sich über die langgestreckte Insel, an deren Spitze der Skatepark lag. Weiter vorn befanden sich ein Minigolfplatz, ein Volleyballfeld, Pingpongtische und eine Grillwiese. Der morgendliche Verkehr oben schwoll merklich an.

»Falls ihr euch jetzt einen Unfall zusammenreimt, Kameraden«, bemerkte der Mann von der Spurensicherung, »muss ich euch enttäuschen. Er hat was im Mund. Sieht aus wie ein Knebel.«

Jetzt war Hardo hellwach. Er ging in die Knie, schlüpfte in einen Handschuh und drehte das Kinn des Toten zu sich.

»Selbst hat er sich das Ding nicht in die Kehle gerammt.« Der Spusimann tippte etwas in sein Tablet.

»Wo ist eigentlich Sabine Kerschensteiner?«, fragte Stefan Kühn beiläufig. Er hatte sich längst an die aufgeweckte Polizeiobermeisterin gewöhnt, die beim ersten Angriff üblicherweise mit von der Partie war.

»Lehrgang«, erwiderte Hardo knapp. Es war ein schlecht gehütetes Geheimnis, dass er Sabine protegierte.

»Soso«, machte die Kaluza. »Also, das Blut unter seinem Kopf und wie er daliegt – meint ihr, der ist von der Brücke gekracht?«

Sie blinzelten in den mittlerweile hellen Himmel. Ein untersetzter Mann, ebenfalls unter Vollschutz, machte sich am Brückengeländer zu schaffen.

»Der Fleischmann Lutz muckelt dort oben rum«, sagte Kühn. »Wartet, der spuckt gleich auf uns runter.«

Hardo verzog das Gesicht. Tatsächlich war ein Sturz der wahrscheinlichste Grund, warum Michael Dreysbach tot neben der Halfpipe im Skatepark lag. Es gab keine auffälligen Spuren auf dem Beton. Nur das wenige Blut unter dem Kopf des Opfers. Das mit halb geöffneten Augen wie unbeteiligt dalag. »Keine sichtbaren Verletzungen, außer am Schädel. Tja.«

»Wird sich zeigen, ob er stoned war, vielleicht wollte er oben auf dem Brückengeländer eine lässige Balancenummer einstudieren. Tanz in den Mai, verspätet. Wenn man gerade mal dran glaubt, alles schaffen zu können, muss man's ausnutzen. Will jemand eine *Bamberger Domspitze*?« Die Kaluza reichte eine Tüte herum.

Kühn griff sofort zu. Hardo winkte ab. Die pyramidenförmigen, sündhaft süßen und dick glacierten Gebäckstücke stellten nicht gerade das Frühstück dar, das er bevorzugte. Er hätte jetzt eher eine saure Gurke gebraucht.

»Niemand tanzt auf dem Seil und knallt sich dazu ein Stück Stoff in den Schlund«, widersprach Kühn kauend. »Als Jugendlicher habe ich mich übrigens mal am Skateboard versucht. Die Begeisterung dauerte nicht lang. Irgendwie war mir die Geschwindigkeit nicht koscher.«

Hardo griff nach seinem Handy und tippte »Michael Dreysbach« in die Suchmaschine. »Sieh einer an.«

»Was?« Kühn schluckte den letzten Rest seiner *Domspitze* herunter.

»*Immobilien Dreysbach*, schon mal gehört?«

»Nein, Chef. Sie wissen doch, ich stamme nicht von hier.«

»Alteingesessenes Familienunternehmen. Günther Dreysbach, sagt Ihnen der Name was?«

»Doch!« Die Kaluza wischte sich die Krümel von den Lippen. »Der ist bekannt. Mischt in Bamberg an allen Stellen mit. Hat überall Bauprojekte laufen. Ihm gehören etliche Restaurants, Kneipen, Hotels. Sogar Parkhäuser.«

»Damit macht man ja wohl das meiste Plus«, brummte Kühn.

»Unser Mordopfer hier ist der Sohn von Günther Dreysbach. Das Geschäft scheint auf beide zu laufen.« Hardo stöhnte leise. »Verdammt.«

»Der Sohn von *dem* Dreysbach?« Die Kaluza schüttelte den Kopf. »Also haben wir bald die Presse hier.«

»Schon passiert.« Der Spusimann deutete auf die Brücke. Dort oben stand Lutz Fleischmann und wedelte wild mit den Armen.

»Was ist?«, schrie Kühn nach oben.

»Baut den Sichtschutz auf. Die Hyänen kommen.«

Fleischmann scheuchte einen Mann weg, der bereits sein Smartphone gezückt hatte. Zwei Mitarbeiter stellten Haltestangen auf, an denen binnen Sekunden eine Plane befestigt wurde, um den Auffindeort abzuschirmen.

Hardo steckte das Handy weg. Er hatte genug gesehen. Sie brauchten die genauen Ergebnisse der Spurensicherung und der Rechtsmedizin. Wenn das Opfer tatsächlich von der Brücke gestürzt war, hatte ihn jemand gestoßen? Oder handelte es sich einfach um einen Unfall? Was sollte dieses Tuch in seinem Mund? Ihm war mulmig zumute.

»Abmarsch«, sagte er. »Kühn, ich will alles über die Dreysbachs. So schnell wie möglich.«

5.

Der Schock ist unerwartet gekommen. Aus dem Nichts. Hat sie gerammt, umgeworfen, sie hat Tage gebraucht, um überhaupt einen klaren Gedanken zu fassen. Infolge des ganzen Horrors hat sie sich selbst verlassen und noch nicht zu sich zurückgefunden. Ängste flackern in jeder Minute neu auf, die unterschiedlichsten Varianten von einer Angst: Der Tod ist da. Er kommt, er folgt ihr, sie kann rennen, laufen, sie wird dennoch stürzen, da ist kein Ausweg, keine Tür, sie kann nicht atmen, nicht richtig, gar nicht. Schmerzen rollen über sie hinweg. Im Rücken, in den Beinen, in den Füßen. Sie hat Papiere gesichtet, versucht, ihre Optionen zu kalkulieren, das schafft sie nur in den ruhigen Momenten, sie lenkt sich ab, das funktioniert ab und zu, putzen, saugen, kochen, schließlich der große Knall, eine Implosion, Panik. Das darf alles nicht geschehen. Nicht ihr. Ihr Leben ist sowieso kaputt. Entzweigeschlagen von Gewalt, Streit, Zank, Lärm, Vorwürfen, enttäuschten Erwartungen, Druck.

Sie reißt das Fenster auf, lässt den Morgen herein. Es könnte so etwas wie Glück geben. Draußen jubiliert der Frühling, ein Meer an Grün, eine Opera Buffa der Vögel und Insekten, Brummen, Zwitschern, Singen. Ihre Existenz jedoch steht auf dem Spiel. Sie kann das nicht lange durchhalten. Das Geld wird ihr ausgehen, und noch eine solche Nacht, die sie nur mit starken Tabletten übersteht, wird sie nicht ertragen. Sie darf nicht auch noch ihre Gesundheit gefährden. *Zukunft* ist ein finsteres Wort geworden, ein schwarzer, grauenhafter Gedanke, die Zukunft hält Entsetzliches bereit, davon ist sie überzeugt, und diese Überzeugung hat sich an ihrer Seele festgebissen. Natürlich hat sie noch einen Verstand, der mitunter ihre Psyche ein Stück weit austrickst, ihr sagt, sie solle ruhig bleiben, es gebe eine Lösung, aber welche sollte es geben, außer die eine, die sie schon die ganze Zeit hin und her wälzt. Eine Lösung, die sie in die Wege geleitet hat. Teile von ihr, luftige Teile, schwirren dort draußen durch die milde Luft,

Elemente, die ihren Körper bereits verlassen haben, graue Schatten, sie tanzen zwischen den zwitschernden Amseln umher, kranke, verfallene Komponenten eines Lebens, das sie einst geliebt hat, einst war sie frei, nun ist sie eine Gefangene, schon lang.

Ihre Hand tastet über ihren Hals. Da ist so ein Gefühl in ihr, als wollte jemand sie aufknüpfen, Enge, Bedrängnis, Angst, diese verdammte, verdammte Angst.

Sie greift nach dem Telefon. Dieser Anruf ist ungefährlich, niemand wird sich darüber wundern, mit ihrer Schwester telefoniert sie oft. Schon rechnet ihr Verstand aus, wen sie anrufen darf, ohne verdächtig zu wirken. Eine neue Welle Panik wirft sie fast um, sie schwankt, hält sich mit der freien Hand am Fenstersims fest. Der Himmel verdunkelt sich, und der Garten wirft Schatten. Aus den Schatten wuchern Menschen, die auf sie zukommen, mit Fesseln in den Händen und Gewehren, manche zeigen mit den Fingern auf sie. Schartige Messer erheben sich aus den Büschen.

Mit dem letzten Rest an Kraft, die ihr bleibt, drückt sie auf die Taste für die Kurzwahl.

»Schätzchen, guten Morgen.«

»Ich … ich kann nicht mehr.«

»Was …«

»Ich habe bezahlt.« Die Knie drohten ihr nachzugeben, sie muss das Fenstersims loslassen, sinkt einfach auf den Teppich.

»Nicht durchdrehen, Schätzchen. Was meinst du, sollen wir einen Kaffee zusammen trinken? Hast du Zeit?«

»Ich …«

»In einer halben Stunde? Am üblichen Ort?« Die Schwester lacht leise.

Dieses Lachen beruhigt ein wenig, es ist etwas Vertrautes, etwas von früher. Leise Geräusche konnten sie schon immer besänftigen. Damals, als Kinder, im gemeinsamen Zimmer. Wenn die Eltern stritten, der Vater schrie, die Mutter sich zurückzog, wenn das laute Weinen, die Furcht durch die Wand strömten wie ein stechender Geruch. In diesen finsteren Augenblicken war das leise Lachen ihrer Schwester ein Weckruf und ein Trost zugleich. Weckruf, nicht aufzugeben. Trost, weil ihre Schwester an die Zukunft glaubte. Unerschütterlich und fest.

»Hörst du mich, Schätzchen? Komm schon, nicht schlappmachen. Wir kriegen das hin. Wir haben doch immer alles gemeistert, wir beide, wie?«

Sie kann nichts sagen, ihr ist die Kehle wie zugeschnürt.

»In Ordnung, große Schwester? Ich weiß, du hörst mich. Wenn du nicht antworten kannst: Zweimal klatschen ist ein Ja.«

Sie legt das Telefon auf den Boden, holt aus, klatscht zweimal in die Hände.

»Perfekt. So kenne ich meine Schwester. Also, wir sehen uns. In einer halben Stunde. Bist du angezogen?«

Zweimal klatscht sie.

»Soll ich dir ein Taxi bestellen?«

Zweimal klatschen.

»Hervorragend. Ich rufe gleich die Zentrale an. Das Taxi wird in 15 Minuten bei dir sein. Hast du es bis dahin geschafft aufzustehen?«

Die Frau, die verkrümmt auf dem Boden kauert, bewegt den Kopf hin und her, schluckt ein paarmal und krächzt: »Ja. Ich stehe gleich auf.«

»Was tust du als Nächstes?«

»Ich nehme meine Handtasche. Ziehe Schuhe an. Schlüpfe in die Jacke.«

»Anschließend?«

»Hausschlüssel, auf die Straße gehen, auf das Taxi warten.«

»Prima machst du das. Also, ich beende unser Gespräch, und wir sehen uns gleich. Love you!«

Der leise Piepton verrät, dass aufgelegt wurde. Sie stemmt sich hoch, es geht besser, als sie befürchtet hat. Streicht die Hosen glatt. Die Handtasche steht neben dem Bett, sie hebt sie auf und legt das Handy hinein. Bedächtig schließt sie das Fenster, geht in die Diele, schlüpft in die bequemen Sneakers, greift nach der Jacke und legt sie über ihren Arm. Ihr ist zu warm für eine Jacke. Im Haus ist es still. Womöglich könnte sie sich einmal daran gewöhnen, allein zu leben. Irgendwann.

Sollte das Schlimme passieren, vor dem sie sich so fürchtet – vielleicht wäre es doch nicht das Allerschlimmste.

6.

Der Vormittag wurde heiß. Zu heiß für Mai. Hauptkommissar Uttenreuther schlug das Fenster seines Büros zu und brachte den Ventilator in Stellung. Kurz schloss er die Augen, den kühlen Luftzug genießend. Noch vor ein paar Jahren wäre er an einem solchen Morgen nach einem Leichenfund ins Büro gestürzt und hätte binnen Minuten die Kollegen organisiert, Telefonate geführt, Notizen gemacht.

Sollten die jungen Kollegen die ersten Routinen erledigen. Er brauchte eine Pause. Gutmütige würden sagen, einen kurzen Moment, um die Gedanken zu sortieren. Er wusste es besser.

Er wurde langsam. Oder ein wenig wurschtig, wie man in Franken sagte. Manches war ihm nicht mehr so wichtig wie früher. Sein Freund, der Antiquar Michael Rath, würde einen spöttischen Kommentar abgeben. Dass der Kommissar sich schon auf den Ruhestand freute. Auch wenn er es nicht zugab.

»Chef?«

Hardo straffte die Schultern, nickte Stefan Kühn zu, der mit zwei Bechern Kaffee in den Händen hereingekommen war. Im Prinzip war der Ruhestand noch kein Thema für ihn. Er hatte noch ein paar Jahre. Und Nachlässigkeit würde er sich selbst auf keinen Fall durchgehen lassen.

»Kaffee?« Kühn stellte den Becher auf den Schreibtisch. »War ja ein früher Tagesbeginn heute.«

»Danke.« Hardo setzte sich und griff nach dem Becher.

Kühn zog ein paar zerknitterte Ausdrucke aus der Jeanstasche. »Zu den Dreysbachs. Ihnen gehören eine Reihe von Liegenschaften in Bamberg. Hauptsächlich im Inselgebiet. Nichts Richtung Peripherie.« Er verzog das Gesicht. »Also die Filetstücke.«

»Exakt. Das historische Zentrum ist ihr Revier. Wenn jemand kauft, dann die Dreysbachs. *Immobilienagentur Dreysbach & Söhne* heißt die Firma offiziell. Es gibt aber nur einen Sohn. Michael. Will sagen: Es gab nur einen. Der ist ja jetzt tot.«

Hardo nickte. »Weiter?«

»Der alte Dreysbach, Günther, ist 75 und immer noch beruflich aktiv. Studierter Jurist, sein Vater hat die Immobilienfirma aufgebaut, und Günther ist eingestiegen, da war er noch keine 30. Als sein Vater zehn Jahre später starb, hatte sich das Immobilieneigentum bereits verdoppelt.«

»War eine andere Zeit«, brummte Hardo.

»Dreysbach hatte schon öfter Ärger mit der Stadt. Wollte Wohnraum in Ferienapartments umwidmen, einfach so, ohne groß zu fragen, hat dafür die Mieter aus einem Haus in der Dominikanerstraße getrieben und angefangen umzubauen, bis ihm die Stadt ein Stoppschild vor die Nase gestellt hat. Manchmal wandelte er auch heimlich still und leise Wohnraum in Gewerbe um. Solche Geschichten gab es wohl alle paar Jahre. Jedes Mal endete das Ganze wie das Hornberger Schießen. Entweder hat Dreysbach letztlich doch bekommen, was er wollte, oder er hat einen Kompromiss ausgekungelt, der ihm trotz allem Vorteile verschaffte.«

»Sieh an. Es muss also eine Reihe von Leuten geben, die von den Dreysbachs übervorteilt wurden.«

»Klar, es gab immer Mitbieter. Zum Beispiel bei einem sanierungsbedürftigen Haus in der Sandstraße. Das wollten andere auch kaufen, aber *Dreysbach & Söhne* haben den Zuschlag bekommen.«

»Reicht das für einen Mord? Der Immobilienmarkt ist heiß umkämpft, in einer Weltkulturerbestadt zumal.«

Kühn zuckte die Achseln. »Sagen wir so, das berufliche Umfeld von Michael Dreysbach bietet Motive, ihm etwas anzutun. Wenn kein hinreichendes Motiv, so zumindest eines in Ansätzen. Um das Finanzielle kümmere ich mich noch. Zum Privatleben.« Kühn leckte an seinem Zeigefinger und blätterte umständlich in seinen Ausdrucken. »Dreysbach hat mit 25 geheiratet, eine gewisse Ursula Miltenberg, nur zwei Jahre jünger als er. Die Ehe blieb kinderlos, das Paar ist seit letztem Jahr geschieden.«

»So was soll es geben.«

»Das Pikante ist allerdings, dass Michael Dreysbach am Schillerplatz ein ziemlich neu renoviertes Haus mit Blick auf den Alten Kanal bewohnt, während seine Ex in Bamberg-Ost sitzt.«

Hardo hob die Brauen. Bamberg-Ost, die Wohngebiete am Rand der Stadt Richtung Autobahn A73 – diesen Begriff verstanden manche eingefleischten Bamberger als Schimpfwort. Als gehöre das Gebiet schon gar nicht mehr zu der Weltkulturerbestadt mit ihren Kneipen, verwinkelten Gässchen, ihrer Schickeria und den gut Betuchten, die im Berggebiet in stattlichen Häusern lebten. »Das ist allerdings ein Unterschied wie Tag und Nacht. Statten wir Frau Miltenberg einen Besuch ab. Wo ist eigentlich die Kaluza?«

»Sie geht der Spusi und der Rechtsmedizin auf die Nerven. Ach, übrigens: noch keine Spur von Dreysbachs Handy. Wir haben die Verbindungsdaten angefordert.«

»Dann los.«

7.

Etwas knallte gegen die Scheibe. Katinka, im Halbschlaf, blinzelte. Noch ein Knallen. Verdammt. Sie schoss hoch. Verwirrt starrte sie auf das Fenster. Vor ihren Augen wirbelten Nebelfetzen, weder ihr Körper noch ihr Bewusstsein wollten wach werden.

»Was soll das denn werden?«, murmelte sie.

Warf jemand Steinchen gegen die Scheibe? Sie stemmte sich hoch und kroch aus dem Bett. Hardos Seite war leer. Mit einem Blick auf die Uhr stellte sie fest, dass es schon fast 8 war. Vor mehr als zwei Stunden hatte sein Handy geklingelt, wovon Katinka kurz aufgewacht war. Nur das Wort »Einsatz« hatte sie im Gedächtnis behalten.

Wieder prallte etwas gegen das Fenster.

»Ich glaub's nicht.«

Eine Blaumeise flog ein ums andere Mal gegen das Glas, pickte wütend dagegen, als müsse sie einen gefährlichen Feind vertreiben. Katinka riss das Fenster auf. Blitzschnell flog der Vogel weg.

Katinka suchte ihre Siebensachen zusammen und verließ Hardos Wohnung, um in ihre eigene hinüberzugehen. Es hatte sich eingebürgert, dass sie beide bei ihm übernachteten. Seit langem waren sie ein Paar. Und damit ein klein wenig Stadtgespräch. Die Detektivin und der Kommissar. Der Stoff, aus dem sich in einer Kleinstadt schnell Gerüchte woben. In dem Haus, das sie vor Jahren gekauft hatte, wohnten sie beide im ersten Stock. Im Parterre siedelte eine unübersichtliche studentische WG, und die Wohnung im Obergeschoss hatte der Lokalreporter Dante Wischnewski gemietet. Bei all den Kosten, die das alte Gebäude verursachte, war Katinka schon manches Mal der Gedanke gekommen, ganz zu Hardo zu ziehen und ihre Wohnung auch noch zu vermieten. Doch jedes Mal schreckte sie davor zurück. Sie wollte ihren Rückzugsort nicht aufgeben. Und wohin mit all dem Krempel, der sich angesammelt hatte? Allein der Gedanke an den seit einer Überschwemmung unbrauchbaren Keller verdarb ihr den Tag. Als sie das direkt am Fluss gelegene Haus, das aus dem 14. Jahrhundert stammte, gekauft hatte, war ihr nicht bewusst gewesen, welche Verantwortung sie sich damit auflud. Natürlich war an dem alten Kasten überall etwas zu renovieren, zu reparieren, zu erneuern. Die Mieteinnahmen deckten die Kosten nur zu einem Bruchteil. Seit Jahren pumpte sie zusätzliches Geld in das Haus. Und es war kein Ende abzusehen.

Sie checkte ihr Handy, fand die erhoffte Nachricht von Hardo.

Ungeklärter Todesfall, im Skatepark unter der Heinrichsbrücke. Wird ein langer Tag.

Klar, warum sonst, wenn nicht wegen eines Todesfalles, hätte man Hardo vor Tau und Tag aus dem Bett holen sollen? Sie setzte die Kaffeemaschine in Betrieb. Derweil blätterte sie durch die Post, die sie seit Tagen nicht angesehen hatte. Ein Schreiben in einem dicken braunen Umschlag war adressiert an Frau Privatdetektivin Katinka Palfy. Ein Anwaltsbüro Schneitter schrieb ihr. Sollte das Kuvert einen neuen, interessanten und vor allem gut bezahlten Auftrag enthalten?

Sie riss es auf. Las, stutzte, las, legte die Blätter beiseite und nahm sie wieder auf, um sie erneut zu lesen. Irgendwas stimmte da nicht. Eine Verwechslung. Anders konnte man das gar nicht verstehen. Sie goss sich eine Tasse Kaffee ein, gab Milch dazu, trank. So etwas Verrücktes hatte sie noch nie gehört. Sie musste mit Wischnewski reden. Dringend.

8.

Sie durfte die Freundschaft mit Urte nicht aufs Spiel setzen. Auf gar keinen Fall. Urte hatte ihr oft geholfen. Und sie wusste Dinge.

Babs war spät in der Nacht nach Hause gekommen. Nach Hause … natürlich nicht nach Hause. Diese Unterkunft war etwas Temporäres, die klassische Zwischenlösung. Spätestens in zwei, drei Wochen würden Gerald und Nina unruhig werden. Die Ferienwohnung musste sich schließlich auszahlen. Bislang war es in dem Schäferwagen fast noch zu kalt zum Übernachten gewesen, aber mit einem dicken Federbett ließ es sich aushalten. Freilich war die Kälte für ihre Gelenk- und Rückenschmerzen nicht ideal gewesen. Nun sah es so aus, als würde es endlich Frühling. In Kürze also wären die Schweglers ausgebucht. Das jedenfalls hatte Gerald gestern anklingen lassen. Wenigstens hatte sie endlich einmal wieder richtig tief geschlafen. Nicht lange genug. Ein paar Stunden. Besser als nichts.

Sie ließ den Arm aus dem Bett hängen und tastete nach ihrem Handy. Richtig, der Akku hatte sich heute Nacht verabschiedet. Und sie hatte vergessen, ihn aufzuladen. Genervt robbte Babs aus dem Bett und suchte nach dem Kabel. Der Schäferwagen war eng, irgendwie romantisch, wenn man als verliebtes Paar für zwei oder drei Nächte blieb. Auf Dauer keine Lösung. Zum Duschen und zur Toilette musste sie ins Haupthaus laufen. Nur ein paar Meter, trotzdem nervig. Sie schlüpfte in ihre Sneakers und tappte hinaus. Das Gras war feucht vom Tau. Eine Amsel hüpfte herum und pickte nach Regenwürmern. Die Autos ihrer Gastgeber standen nicht mehr im Carport. Gerald und Nina waren längst zur Arbeit. Babs schlurfte die paar Stufen zum Kellereingang hinunter. Der Schlüssel steckte. Hier befanden sich die Waschgelegenheiten für die Schäferwagengäste. Alles prima hergerichtet, sie wollte nicht meckern. Aber kein Zuhause.

Babs zog sich aus. Stellte sich unter die Dusche. Sie zahlte nichts für die Übernachtung im Schäferwagen, außer einem kleinen Obulus für Wasser und Strom. Wenigstens das. Obwohl sie sich selbst so eine geringe Summe kaum leisten konnte. Sie seifte sich ein. Betrachtete die schmalen Narben auf ihren Oberschenkeln. Sie hatte es lange geschafft, sich zurückzuhalten, und sie wollte auch wirklich loskommen. Von den Zwängen. Von allem. Wenn sie nur endlich wieder eine Wohnung fände. Und natürlich einen Job. Gestern war sie sauer auf Urte gewesen. Hatte einfach nicht mehr geantwortet, und kurz darauf war der

Akku leer gewesen. Vielleicht hatte Urte recht; vielleicht war es nur eine Frage der Zeit, bis sie etwas fand. Wenn sie nur erst einmal anfangen würde, richtig zu suchen. Aber jeder Vermieter, der eine Einkommensauskunft verlangte, sagte sofort: »Sorry.« Sie verdiente zu wenig. Zumal der *Irish Pub* gerade nur von Donnerstag bis Sonntag offen hatte. Aushilfe war sie, nicht mehr. Das Trinkgeld saß wegen der ganzen Krisen den Leuten auch nicht mehr so locker.

Babs spülte das Shampoo aus ihren kurzen Locken. Sie konnte sich ja nicht mal mehr einen Friseurbesuch leisten. Vor zwei Wochen war sie für eine Azubi Modell gesessen. Es fühlte sich verdammt dämlich an, immer den billigsten Weg für alles zu suchen. Irgendwann würde sie containern müssen. Sie stellte das Wasser ab und rubbelte sich trocken. Jetzt tat es ihr wirklich leid, Urte gestern abgewürgt zu haben. Es brachte ja nichts. Irgendwie musste sie weiterkommen. Zurechtkommen. Aus dem Schäferwagen raus in neue vier Wände finden. Außerdem: So was wie neulich, das durfte ihr nicht mehr passieren. Sie brauchte dringend mehr innere Stärke, mehr Gelassenheit. Durfte nicht alles so sehr auf sich beziehen.

Sie cremte sich ein, massierte besonders die Oberschenkel mit Bedacht, zog sich an und lief zum Schäferwagen zurück. Das Handy meldete eine neue Message aus der Gruppe. Von Kilian! Sie las. Runzelte die Stirn. Sank langsam auf das Bett und zog die Beine an. Ihr Kopf fing an zu brummen.

Das konnte nicht sein! Er musste sich täuschen.

Babs ließ das Handy fallen. Ihr Atem ging jetzt ganz schnell. Sie tastete nach ihrem Waschbeutel. Mit fliegenden Fingern kramte sie das Set mit den Rasierklingen heraus, das Desinfektionsmittel. Sie sprühte etwas davon auf eine Klinge. Die Klinge zitterte in ihrer Hand. Erst als sie sie auf die Haut setzte, hörte das Zittern auf. Mit einem entschiedenen Strich fuhr Babs ein paar Zentimeter über den Schenkel. Die Erleichterung stellte sich sofort ein. Ihr Atem wurde ruhiger. Sie sah dem Blut zu, das über ihren Schenkel rann und ins Laken sickerte. Ein roter Punkt, der schnell dunkler wurde. Die Kopfschmerzen flauten ab.

Nichts würde so schlimm werden wie gedacht.

9.

»Himmelreichstraße?« Verdutzt starrte Hardo auf die Wohnhäuser. »Soll das ein Witz sein?«

Kühn, der das Zivilfahrzeug in eine Parklücke rangierte, lachte. »Vermutlich sind der Stadt hier draußen die Straßennamen ausgegangen.«

Hardo schüttelte nur den Kopf. Die Stadtrandgebiete waren längst nicht so langweilig, wie man unkte. Im Gegenteil! Er schätzte zwar seine und Katinkas Wohnlage mitten in der Altstadt, die malerische schmale Gasse mit dem Kopfsteinpflaster und den rauschenden Fluss, doch mitunter fühlte er sich dort auch aufs Abstellgleis geschoben. Kein Wochenende verging, an dem nicht Touristen ihren Kopf in den Innenhof steckten und neugierig das alte Haus betrachteten. Oder gleich den Hof betraten und sich auf den Gartenstühlen neben den Rosenbeeten niederließen, als handle es sich um eine öffentliche Parkanlage. Nicht dass er sich danach sehnte, an den Stadtrand zu ziehen. Aber ein wenig mehr Diskretion von Seiten der Passanten, die hatte man wahrscheinlich in der Himmelreichstraße zu erwarten.

Auf ihr Klingeln hin meldete sich eine helle Frauenstimme in der Gegensprechanlage.

»Sie wünschen?«

»Kriminalpolizei, wir haben ein paar Fragen an Sie«, sagte Kühn eilfertig.

Hardo verdrehte die Augen. »Empathie, Kühn!«, murmelte er.

»Im dritten Stock«, kam die lapidare Antwort.

Der Türsummer ging.

Kühn eilte voraus. Hardo folgte ihm. Es war stickig im Treppenhaus, er kam sofort ins Schwitzen. Alles roch abgestanden. Niemand schien es für nötig zu halten, die Fenster auf halber Treppe wenigstens zu kippen.

An der rechten Wohnungstür im dritten Stock lehnte eine blonde Frau in Jeans und weißer Bluse. In ihrem Mundwinkel klebten Brotkrümel. Versonnen leckte sie mit der Zunge über die Lippen. Die Krümel verschwanden.

»Hauptkommissar Uttenreuther, mein Kollege, Oberkommissar Kühn. Dürfen wir reinkommen?«

»Ist was mit Michael?«

»Wie kommen Sie darauf?«

»Wäre nicht überraschend, wenn die Polizei nach ihm fragt, wie?« Sie trat zur Seite. »Bitte.«

Die Wohnung war winzig. Aus der mikroskopischen Diele ging es in ein Wohn- und Esszimmer mit Küchennische. Eine offen stehende Tür führte ins Schlafzimmer. Alles war tipptopp aufgeräumt, nur auf dem Esstisch standen ein Teller mit einem halben Marmeladenbrot und eine Tasse Kaffee. Daneben ein Laptop.

»Spätes Frühstück. Wenn es so warm ist, stehe ich gern früh auf und fange an zu arbeiten.«

»Was arbeiten Sie?«, legte Kühn los.

»Ich bin Übersetzerin. Ewiges Homeoffice.« Sie zeigte auf den Laptop. »Möchten Sie Kaffee?«

»Gern.« Hardo war der Überzeugung, dass ein langsameres Vorgehen manchmal besser zu einer Befragung passte. Immerhin mussten sie Ursula Miltenberg erst einmal die Todesnachricht überbringen. Um dann möglichst viel über ihren Ex zu erfahren.

»Ich trinke immer Instantkaffee, ich hoffe, das ist in Ordnung.« Sie goss heißes Wasser in zwei Tassen, brachte sie zum Tisch. »Da stehen Milch und Zucker.« Behutsam legte sie den Laptop auf einen Stuhl. »Nur zur Vorsicht. Der Computer ist mein wichtigstes Arbeitsmittel.«

Hardo räusperte sich. »Frau Miltenberg, wir müssen Ihnen leider mitteilen, dass Ihr Ex-Mann, Michael Dreysbach, heute Morgen tot aufgefunden wurde.«

Ursula Miltenberg wurde weiß im Gesicht.

»Ein Mann fand seinen Leichnam am frühen Morgen im Skatepark unter der Heinrichsbrücke. Wissen Sie, wo das ist?«

Es tat nichts zur Sache, ob sie den Skatepark kannte, Hardo wollte sie nur aus der Erstarrung locken.

Sie nickte langsam.

»Noch ist nichts abschließend geklärt. Eventuell ist Herr Dreysbach von der Heinrichsbrücke gestürzt.«

Ursula Miltenberg brauchte mehrere Anläufe, um ihre Frage zu stellen:

»War er gleich tot?«

»Davon ist auszugehen.« Hardo bemerkte, wie Stefan Kühn unruhig auf seinem Stuhl herumrutschte. Bedächtig hob er die Hand. Obwohl ihm selbst etliche Fragen auf der Zunge brannten, wollte er die Frau nicht zu schnell damit belasten.

»Das ist … Wahnsinn.« Ursula Miltenberg stand auf, ging zum Fenster und riss es auf. Sofort drang Straßenlärm herein. Ein Lkw schoss vorbei, viel zu schnell. Für Augenblicke vibrierten die Wände. Sie drehte sich um. »Hat ihn jemand … umgebracht?«

»Das wissen wir noch nicht. Aber es ist möglich.«

Sie schüttelte den Kopf. »Nicht nur möglich. Sogar wahrscheinlich. Michael hatte eine Menge Schwierigkeiten in den letzten Jahren.«

Stefan Kühn nahm ein Notizbuch aus der Tasche und schrieb etwas.

»Bitte erzählen Sie uns davon.«

Ursula kam zum Tisch zurück. »Also, er … im Geschäft lief es nicht gut. Sein Vater hatte über allem die Hand drüber. Der hat Michael keine einzige Entscheidung treffen lassen. Wir haben geheiratet, da hatte Michael schon ein paar Jahre Erfahrung als Immobilienkaufmann. Er hat in Frankfurt seine ersten beruflichen Schritte gemacht, in einer großen Maklerfirma. Als er nach Bamberg zurückkam, wollte er die väterliche Firma umkrempeln. Ich verstehe nicht viel davon, aber er war total unzufrieden mit der Betriebsführung durch seinen Vater.«

»Es gab also Konflikte? Zwischen Vater und Sohn? Geschäftlicher Art?«

»Nicht nur geschäftlich, nein.« Ursula Miltenberg stand immer noch neben dem Tisch und fing an, mit den Zeigefingern Muster auf die Platte zu malen. »Michael stand schon als Junge immer unter der Knute seines Vaters. Für den war nichts gut genug. Michael wollte ihm endlich zeigen, dass er auch was kann, aber er«, sie schluchzte, »er bekam es einfach nicht hin.«

Konzentriert kritzelte Kühn seine Notizen. Hardo wartete einfach ab, bis die Frau sich etwas beruhigt hatte.

»Gab es aktuell konkrete Meinungsverschiedenheiten?«, fragte er schließlich.

»Das weiß ich nicht. Als wir noch verheiratet waren, stellte ich mich aus Prinzip auf Michaels Seite. Nur – diese Streitereien zwischen ihm und seinem Vater, die verliefen jedes Mal nach dem gleichen Muster, verstehen Sie? Michael rannte ständig gegen die Wand. Was auch immer er in der Firma tat, welche Kunden er gewann, welche Verträge er abschloss, welche Immobilien er an Land zog – nichts war richtig, nichts war gut, allenfalls irgendwie akzeptabel. Sein Vater zeigte ihm stets die kalte Schulter. Signalisierte, dass Michael nie so genial werden würde wie er.«

Kühn hob den Kopf: »Würden Sie die Beziehung zwischen Ihrem Ex-Mann und seinem Vater als zerrüttet bezeichnen?«

»Als selbstmörderisch. Michael konnte es nicht lassen, seinem Vater in den Arsch zu kriechen.« Ursula Miltenbergs Hände ballten sich zu Fäusten.

»Gab es noch andere Konflikte? Leute, mit denen Ihr Ex-Mann Probleme hatte? Feinde?« Hardo zögerte meist, das Wort »Feinde« auszusprechen. Die Angehörigen von Mordopfern waren selten in der Lage, jemanden auf den ersten Blick als Feind zu betrachten. Um später aus allen Wolken zu fallen, wenn sich herausgestellt hatte, wer der Mörder war.

Nachdenklich sagte sie: »Michael hat Social Media im Geschäft eingeführt. Er hat auf *Facebook* viel über den Immobilienmarkt in Bamberg und seine Sicht auf die Umgestaltung der Stadt geschrieben. Er war der Ansicht, dass die Innenstadt nicht nur für Touristen attraktiv sein muss, sondern auch wieder mehr für die Bamberger. Damit Menschen Lust haben, im Zentrum zu wohnen. Es ging um mehr als um Häuser. Er fand zum Beispiel, dass die Verkehrsführung sich dringend ändern muss, weil die Leute am Autoverkehr ersticken. Und dass man mehr begrünen sollte. Die wichtigen Plätze in der Stadt bezeichnete er als Steinwüsten. Maxplatz, Domplatz – nichts als Mauern und Kopfsteinpflaster, sagte er oft. Und wenn doch irgendwo was Grünes wächst, verkommt der Platz zum Hundeklo.«

»Hat sich jemand dazu geäußert? Im Netz, meine ich?«

»Ja, er wurde stark angefeindet. Leider kann ich Ihnen nicht sagen, von wem. Das meiste spielt sich ja anonym ab.«

Behutsam fragte Hardo:

»Sie sind nun schon ein Jahr geschieden. Hatten Sie in dieser Zeit Kontakt miteinander?«

»Wir telefonieren ab und zu.« Sie starrte Hardo an. »Haben telefoniert, muss ich wohl jetzt sagen.« Tränen rannen unvermittelt über ihre Wangen. »Verdammt, das ist hart.«

»Gab es andere Konflikte im Leben Ihres Mannes?«, mischte sich Kühn wieder ein.

Hardo biss sich auf die Lippen. Er hätte gern nachgefragt, weshalb die Ex-Partner Kontakt gehalten hatten.

Ursula presste die Fäuste auf die Augen, als wollte sie den Fluss ihrer Tränen mit Gewalt stoppen. »Kann ich ihn sehen?«

»Das ist sicher möglich. Wir haben seine Eltern noch nicht verständigt, werden das aber heute noch tun. Gibt es andere Familienangehörige?«

»Er hat eine Schwester. Sie lebt in Bubenreuth. Ist aus der Familie rausgekickt worden. Ganz klassisch.«

»Wie bitte?«

»Liliane hätte das Zeug dazu gehabt, die Firma zu übernehmen, aber der Alte kann sein Lebenswerk nicht einer Frau übertragen. Dazu ist er zu sehr Patriarch.«

»Warum sind Sie mit Michael Dreysbach in Kontakt geblieben?«, fragte Hardo.

»Warum denn nicht? Wir sind nicht im Streit auseinandergegangen. Es ging nur einfach nicht mehr. Ich habe ihn verlassen und mich auf meine Arbeit konzentriert. Wir konnten uns beide nicht aufraffen, die Scheidung einzureichen. Schließlich habe ich mich drum gekümmert.«

»Vorhin sagten Sie, es würde Sie nicht wundern, wenn die Polizei nach Michael Dreysbach fragt. Warum?«

»Ich kann nicht mehr. Bitte gehen Sie. Ich muss damit jetzt erst mal fertig werden.«

10.

Katinka setzte sich in den Innenhof. Seit sie den Anwaltsbrief geöffnet hatte, war sie in Gedanken immer wieder etliche Szenarien durchgegangen. Sie konnte sich keinen Reim auf die Geschichte machen. Elmar Leicht, den Eigentümer des Hauses in der Hofgasse, der den Anwalt in Stellung gebracht hatte, kannte sie als freundlichen, ehrpusseligen Nachbarn. Als Fliesenleger hatte er die Bäder in Katinkas Haus neu hergerichtet und erst kürzlich seine Firma seinem Sohn überschrieben. Sie sah ihn selten, eher zufällig, wenn er neue Gäste in der Ferienwohnung im Erdgeschoss einquartierte oder vom Einkaufen kam. Dass dieser Mann ihr neuerdings mit einer Klagedrohung zu Leibe rückte, erschien ihr geradezu irreal.

»Hallo, Frau Palfy. Na?« Aus der Wohnung im Erdgeschoss schwankte einer der Studenten mit einer Matratze auf dem Rücken. Keuchend lud er sie ab und lehnte sie an die Hauswand. »Ich habe Sperrmüll für morgen angemeldet. Falls Sie was dazustellen wollen …«

»Danke, Theo.« Katinka nickte dem schmalen jungen Mann zu. »Ich muss schauen, ob ich was habe.«

»Nee. Ist klar. Kein Zwang. Nur falls.« Er wischte sich den Schweiß von der Stirn. »Probleme?«

Sie hielt den Brief hoch. »Ich werde nicht ganz schlau draus. Schätze, ich brauche juristische Beratung.«

Theo grinste. »Mein Vater wollte unbedingt, dass ich Jura studiere, damit ihm jemand seine Briefwechsel mit

Versicherungen, Banken und so weiter erklärt. Ich wollte aber lieber BWL.«

Geistesabwesend sah Katinka am Haus hoch. Dante würde jemanden kennen. Notfalls einen, der jemand anderen kannte. »Haben Sie Wischnewski heute schon das Haus verlassen sehen?«

»Nein. Na, ich bin erst seit 20 Minuten wach.« Wieder wuchtete er die Matratze hoch und schleppte sie gebückt durch den Hof zum Tor, wo er sie mit einem erschöpften Pfeifen ablegte.

Ein bisschen Sport würde ihm guttun, dachte Katinka. Und mir auch. Sie hatte zu lange geschlafen, um ihre Morgenrunde durch den Hain zu laufen. Dabei hatte sie das wohltuende Grün fast direkt vor der Tür, nur ein kurzer Umweg über ein paar Brücken, und schon konnte sie in den Schatten des weitläufigen Parks eintauchen.

»Guten Morgen, Frau Privatdetektivin, wie geht's?« Fröhlich spazierte der Reporter Dante Wischnewski aus dem Haus. Er trug bunte Bermudas, ein ebenso buntes Hemd, und auf dem Kopf ein Basecap. »Herrlicher Tag, was?« Er legte den Kopf schief. »Ist Ihnen eine Laus über die Leber gelaufen?«

»Ich brauche Ihre Beratung, Wischnewski.« Sie hob das Anwaltsschreiben hoch. »Haben Sie zwei Minuten?«

»Logisch.« Dante stellte seinen Rucksack ab und setzte sich neben Katinka an den Gartentisch. »Wo brennt's?«

Schweigend reichte sie ihm den Brief.

»Verstehe ich das richtig?«, fragte er, als er ihr das Schreiben zurückgab. »Da will Sie jemand verklagen, weil die Sträucher in der Hofgasse, die wir letztes Jahr gepflanzt haben, Blattläuse haben?«

»Schräg, was? Ich wusste nicht einmal, dass auch nur eine einzige Laus auf den Büschen sitzt.«

»Weil Sie die Pflanzenpflege Ihrem Mieter überlassen.« Dante schürzte die Lippen. »Ich habe das schon gemerkt, beim Gießen, und habe gegoogelt. Morgen wollte ich ins Gartencenter und was kaufen gegen die Läuse.«

»Morgen?«

»Meine Güte, so viele sind das ja auch wieder nicht. Und zu irgendetwas werden sie schon nutze sein.«

Katinka zeigte auf das Papier. »Ich frage mich, ob man für so was einen Anwalt braucht. Konnte der Leicht nicht bei mir klingeln und Bescheid sagen?«

»Warum stören ihn die Blattläuse an unseren Sträuchern?«

»Angeblich springen die auf seine Blumenkästen an den Fenstersimsen über. Steht doch da.«

Dante tippte sich an die Stirn. »Hat der überhaupt Blumenkästen an den Fenstern?«

Katinka stand schon auf. »Gehen wir schauen.«

Sie traten aus dem Tor in die Concordiastraße hinaus. Es war ruhig an diesem Morgen. Niemand zu sehen. Wer zur Arbeit musste, war längst weg. Und Touristen hatten sich noch nicht in die enge Gasse mit ihrem krummen Kopfsteinpflaster und den morgendlichen Schatten gewagt. Katinka ging ein paar Schritte an ihrer Hausmauer entlang, ehe sie in die nur wenige Meter lange Hofgasse einbog, die unten am Fluss endete. Sie war so schmal, dass sie, sobald sie die Arme ausstreckte, mit den Fingern der linken Hand ihr Haus und mit denen der rechten das des Nachbarn berühren konnte.

»Keine Blumenkästen«, sagte Dante kopfschüttelnd.

Katinka betrachtete den Eingang zum Haus der Leichts.

Eine steile Treppe führte zur frisch gestrichenen Tür. ›Bamberger Ferienparadies‹ stand auf einem Holzschild. Die beiden Fenster rechts und links, hinter denen sich die Ferienwohnung verbarg, waren völlig schmucklos, nur weiße Scheibengardinen hingen auf der Innenseite. Gleiches im ersten Stock, wo die Leichts seit Jahren wohnten. Sie wandte sich ab und warf einen Blick auf ihre Hibiskussträucher. Letztes Jahr hatte sie sie gepflanzt, um etwas Grün in die schmale Gasse zu bringen. Sie liebte die pinken und roten Blüten und hoffte, auf diese Weise auch noch etwas für die Insekten zu tun. Damals hatte sie Elmar Leicht gefragt, ob ihn die Büsche stören würden, und er hatte verneint.

»Der Leicht hat noch gesagt, er fände das schön. Nicht nur Stein und Pflaster, sondern was Grünes«, murmelte sie.

Dante nahm ihr den Anwaltbrief aus der Hand. »Sind momentan Gäste in der Ferienwohnung?«

»Weiß ich nicht. Haben Sie was mitgekriegt?«

»Nein, bisher nicht.« Er überflog den Text. »Ich frage mich einfach – ist sein Feriendomizil vielleicht gar nicht angemeldet? Sie wissen doch: Die Stadt achtet mehr als früher darauf, dass regulärer Wohnraum nicht zu Urlaubsapartments wird.«

»Was hat das mit den Läusen zu tun?« Katinka beugte sich über einen Strauch. Sie sah keine einzige Laus.

»Kann doch sein, dass er davon ablenken will.«

»Quatsch, wozu? Ich habe mich nie drum gekümmert, was er mit seiner Liegenschaft macht. Also …« Katinka inspizierte ein paar Zweige. »Wischnewski, da ist nichts.«

»Sieh einer an. Die Läuse sind weg. Hat Leicht vielleicht selber ein Gegenmittel besorgt?«

»Nachdem er beim Anwalt war?«

Dante zucke die Achseln. »Ziemlich seltsam. Ich muss los. Wissen Sie was, Frau Palfy? Ich würde auf das Schreiben gar nicht reagieren. Was soll das denn für eine Klage werden? Da lacht doch jedes Gericht.«

»Mein Tag ist jedenfalls gründlich versaut. Und Hardo hat einen Mord.«

»Was?« Dante erstarrte. »Das sagen Sie erst jetzt?«

»Jedenfalls einen ungeklärten Todesfall.«

»Fuck. Ich bin weg. Hier, Ihr Brief.«

Er drückte ihr das Anwaltsschreiben in die Hand und sauste davon. Katinka blieb nachdenklich stehen. Sie sah an dem Haus hinauf. Wer sich einmietete, musste die Enge mögen, denn anders als in ihrem eigenen Haus gingen die Fenster hier ausschließlich auf die Gasse. Sie meinte, hinter einer der Scheiben eine Bewegung zu sehen. Als sich nichts weiter tat, zuckte sie die Achseln, faltete das Schreiben zusammen und ging zurück ins Haus.

11.

Stefan Kühn warf eine Kopfschmerztablette in ein Wasserglas und beobachtete die Blasen, die in einem chaotischen Tanz an die Oberfläche wirbelten. Er vertrug den

Frühling nicht. Überhaupt wartete er schon sehnsüchtig auf den Herbst. Herbst und Winter, das waren seine Jahreszeiten. Klare Verhältnisse. Keine Temperaturen über 20 Grad. Man bekam, was man morgens beim Aufstehen sah: Nebel. Oder Sonne. Oder Regen. Jedenfalls keine bösen Überraschungen. Und er konnte Jeans, ein Hemd und eine Hardshelljacke tragen, ohne zu schwitzen.

Sie mussten schnell mehr herausfinden. Kühn war ein Anhänger der These, dass die Familie die Einheit war, in der ein Verbrechen seinen Anfang nahm und seinen Höhepunkt erreichte. Insofern lag ihm einiges daran, mehr über die Dreysbachs herauszufinden. Ursula Miltenberg, die Ex-Frau, hatte ihnen schon einen Einblick gegeben. Konflikte seit der Kindheit – so etwas wuchs sich nie aus. Kühn wusste in solchen Dingen Bescheid. Menschen, die als Kinder gedemütigt wurden, fanden nicht zu einer positiven Einstellung ihren Eltern gegenüber. Wie auch! Die Sohn-Vater-Beziehung im Fall Dreysbach war ein Trümmerfeld. Nun interessierte ihn, welche Rolle die Mutter in der Familie spielte. Kein Zweifel, sie mussten so bald wie möglich die Todesnachricht an das Ehepaar Dreysbach überbringen. Jetzt fehlte ihnen Sabine Kerschensteiner mit ihrer Erfahrung im Umgang mit weiblichen Angehörigen. Von einem Lehrgang hatte Kühn gar nichts gewusst. Manchmal überkam ihn der Verdacht, dass Hardo mauschelte. Man könnte auch sagen: zu einsamen Entscheidungen neigte. Kühn wäre selbst gern zu einer Fortbildung ans LKA gefahren, vor ein paar Wochen, doch der Chef hatte behauptet, ihn nicht entbehren zu können. Die Kerschensteiner durfte. Wenn das keine Bevorzugung war.

Kühn fuhr seinen PC hoch. Wenn er zunächst nichts Privates über die Familie Dreysbach finden würde, dann doch zumindest ein paar nackte Fakten. Eigentumsverhältnisse waren eine zuverlässige Informationsquelle. Die waren leicht zu checken. Und was eine Person besaß, sagte durchaus etwas über sie aus.

Er tippte ein bisschen herum, tätigte zwei Telefonate. Kurz darauf stand in seinem Notizbuch der Name »Helga Dreysbach« und darunter eine kleine Liste. Er wollte gerade ein weiteres Register am Bildschirm anklicken, als sein Telefon klingelte.

»Kühn?«

»Lore Lawitschka hier. Rechtsmedizin Erlangen.«

»Ich grüße Sie.«

»Ihr Chef führt anscheinend Dauergespräche auf seinem Handy.« Ein leises Lachen kam aus dem Hörer.

Kühn straffte sich. »Haben Sie schon was für uns?«

»Ihr Opfer ist von keiner Brücke gestürzt. Egal, wie hoch. Weder einen Meter noch zehn Meter. Er ist mit dem Schädel auf einer Kante aufgeschlagen. Der Schädel ist aufgeplatzt. Wie ein Ei, das im kochenden Wasser … Sie wissen schon.«

Sofort flammten Kühns Kopfschmerzen auf. »An einer Kante?« Mit fliegendem Stift machte er sich Notizen.

»Irgendeine harte Kante oder Ähnliches. Nichts Stumpfes. Also kein Baseballschläger oder so etwas. Und er ist wahrscheinlich sehr schnell nach dem Aufprall gestorben. Hat sich noch ein paar Schritte weitergeschleppt, vermutlich auf allen vieren, der Abrieb an seinen Händen deutet darauf hin. Sonst keine Gegenwehr.«

»Die Halfpipe vielleicht«, murmelte Kühn. »Auf das Coping kann er geknallt sein. Das ist das Metallrohr, die obere Begrenzung der Halfpipe. Im Skatepark. Er lag direkt daneben.«

»Sind Sie ein Skater?«

»War ich mal. Nur kurz. War nichts für mich.«

»Seine Knochen sind alle intakt, bis auf die Schädelverletzung. Das wäre definitiv nicht so, wenn er einen Sturz hinter sich hätte. Auch die inneren Organe sind nicht verletzt.«

Kühn rief sein E-Mail-Postfach auf. Lutz Fleischmann, der ungeliebte Spusi-Chef, hatte bereits erste Daten geschickt.

»Das widerspricht der Tatsache, dass die Techniker die Fingerabdrücke des Opfers oben an der Brücke gefunden haben. Am Geländer. Er muss sich dort festgehalten haben. Allerdings ergibt sich kein klares Bild. Der Regen heute Nacht hat nicht viel übrig gelassen.«

»Mag sein, dass das Opfer oben auf der Brücke war, aber runter auf die Insel ist er nicht gestürzt oder geflogen, sondern gelaufen oder gebracht worden.«

Kühn mahlte mit den Kiefern. Er hasste uneindeutige Indizien. Ein Sturz hätte perfekt zu dem Bild gepasst, das in seinem Kopf längst Gestalt angenommen hatte. Gebracht worden … wer würde einen leblosen Menschen den weiten Weg von der Brücke bis hinunter auf die Insel schleppen können?

»Okay. Hatte er Kokain im Blut? Es war welches in seiner Tasche.«

»So weit bin ich noch nicht.«

»Und der Todeszeitpunkt? Können Sie da schon was Sicheres sagen?«

»Zwischen 4 und 5 Uhr heute Morgen. Bis bald, Herr Kühn, frohes Schaffen.« Lore Lawitschka legte auf.

Verblüfft starrte Kühn auf den Hörer in seiner Hand. Kaum hatte er das Gespräch ebenfalls beendet, ging die Tür auf.

»Kühn, Besprechung«, blaffte Hardo.

Kühn schnappte sich sein Notizbuch und stieß dabei beinahe das Wasserglas um. Schnell trank er es leer.

12.

Katinka radelte in ihre Detektei. Sie hatte keine Eile. Im Augenblick gab es für sie nicht besonders viel zu tun. Es schien, als habe das Verbrechen in Bamberg eine Pause eingelegt. Außer ein bisschen Papierkram lag nichts an. Katinka genoss diese Tage des Friedens und des Laissez-faire. Neue Aufträge würden kommen, mitunter sogar schneller, als ihr lieb war. Ohne zu treten, rollte sie durch die Gässchen, in denen die Kühle und Düsternis der Nacht noch zwischen den eng stehenden Gebäuden hockte. Aus der Bäckerei in der Lugbank wehte ihr der Duft nach frisch gebackenem Brot und Vanille entgegen. Sie bog rechts ab, einen Pkw-Fahrer daran erinnernd, dass auch ein Fahrrad Vorfahrt haben konnte. Der Typ am Steuer begnügte sich mit einem kurzen Hupen.

Sonnenstrahlen leckten über das berühmte Alte Rathaus, erste Touristengruppen formierten sich, Studenten schlenderten mit Kaffeebechern in der Hand und Rucksäcken auf dem Rücken durch die Altstadt. Die Luft roch nach Mai, nach den Verheißungen eines warmen Frühlings. Auf der Regnitz blitzte das Licht auf dem Wasser. Ein paar Kajakfahrer übten an den Stromschnellen oberhalb des Alten Rathauses. Kurz blieb Katinka auf der Oberen Brücke stehen und beobachtete, wie einer nach dem anderen abgetrieben wurde und wieder von neuem begann. Sie rückte die Sonnenbrille zurecht. Jemand stieß gegen ihr Fahrrad und entschuldigte sich wortreich. Sie zuckte nur die Achseln. Die Saison hatte kühl und verregnet begonnen, aber nun legte nicht nur die Natur los, grünte und blühte, was das Zeug hielt, sondern auch Bewohner und Besucher hatten endgültig die Komfortzone der Innenräume verlassen.

Ihr Handy klingelte.

»Palfy?«

»Hallöchen, Frau Palfy, hier spricht Kiana Krekeler. Aus Coburg. Sie wissen schon?«

Katinka brauchte ein paar Sekunden. »Die charmante Assistentin des Kripokollegen?«

»Das ist der Punkt, warum ich Sie anrufe. Ich habe meinen Job verloren.«

»Warum denn das?« Katinka erinnerte sich an eine todschick aufgemachte, clevere junge Frau, die mitunter schneller die richtigen Schlüsse zog als ihr Vorgesetzter.

»Lange Geschichte. Jedenfalls bin ich auf der Suche nach einer Veränderung. Womöglich brauchen Sie ja mal jemanden, der Ihnen bei Ihren Fällen zuarbeitet. Dieser Anruf ist meine Bewerbung.«

Katinka schmunzelte. Sie mochte Menschen, die direkt auf ihr Ziel losmarschierten.

»Verstehe. Ich nehme Sie hiermit in die Kartei der informellen Mitarbeiter auf und melde mich, falls was ansteht, das Sie für mich erledigen können.«

»Das ist mehr, als ich zu hoffen gewagt habe!« Kiana lachte. »Also, schönen Tag Ihnen!«

Katinka legte auf. Kiana Krekeler war tatsächlich bei einem ihrer Fälle, der sie nach Coburg geführt hatte, ziemlich hilfreich gewesen. Eine Assistentin – warum eigentlich nicht? Dante war nur bedingt einzusetzen, ihn kannten einfach zu viele Menschen in der Stadt. Der Reporter war daher am nützlichsten, wenn er für Katinka Hintergrundinformationen zusammentrug und seine Kontakte spielen ließ.

Am Anleger gegenüber legte die *Christl* ab. Das Ausflugsschiff brachte seit Jahr und Tag Touristen die Regnitz hinunter zum Bamberger Hafen und zurück. Auf Deck wurden bereits Getränke bestellt, man zeigte noch blasse Haut in knappen Tops. Katinka schob ihr Rad Richtung Fußgängerzone, durch die Menschenmenge navigierend, vorbei an Reiseleitern mit Schirmen und solchen, die ihre Gruppe mit kluger Soundtechnik einschließlich Knöpfen in den Ohren zusammenhielten. Auf der linken Seite standen immer noch Häuser leer. In bester Lage. Katinka erinnerte sich an ein Gasthaus, in dem sie einige Male mit Hardo und Sabine eingekehrt war. Verschwunden. Am Mangel an Gästen konnte es nicht gelegen haben. Die Cafés nebenan waren am frühen Vormittag schon voll besetzt. Tabletts mit Latte macchiato, Aperol und Eis wurden über das Kopfsteinpflaster geschleppt, die Bedienungen hatten Übung darin, durch die dahinströmenden Menschengruppen zu schlüpfen und die Bestellungen unversehrt zu servieren. Ein Mann, der allein an einem Tisch gesessen hatte, stand auf, klemmte eine Zeitung unter seinen Arm und legte einen Schein auf den Tisch. Kurz begegnete sein Blick Katinkas. Für Sekunden stutzte sie, es kam ihr vor, als sei sie diesem Mann schon einmal begegnet. Sie stieg wieder aufs Rad und bog in die Austraße Richtung Universität ein, von wo aus sie kurz darauf in die Hasengasse fuhr. Ebenso eng wie die Hofgasse, wo sie die Hibiskusbüsche gepflanzt hatte. Was sie wieder an den Anwaltsbrief erinnerte. Dantes Ratschlag fiel ihr ein. Einfach ignorieren. Sie hielt vor ihrer Detektei, schloss auf, wuchtete das Rad hinein und schob es in den Nebenraum. Schrieb eine Nachricht an Hardo.

Schon was Neues?

Sie setzte sich an den Schreibtisch und begann, Rechnungen zu schreiben. Eine Tätigkeit, die sie verabscheute, aber es gelang ihr, sich zu konzentrieren. Deshalb fiel ihr das penetrante Gurgeln jenseits der Wand erst nach einer Weile auf. Sie sah hoch. Stand auf, ging um die Ecke und warf einen Blick in die Toilette. Alles in Ordnung. Das Geräusch hatte aufgehört. Sie drehte den Wasserhahn auf, benetzte die Hände und spritzte sich ein wenig Wasser ins Gesicht.

Zurück am Schreibtisch schickte sie die fertigen Rechnungen per Mail weg. Der PC gab einige freundliche Töne von sich, die signalisierten, dass der Vorgang abgeschlossen war.

Wieder das Gurgeln. Katinka klappte den Laptop zu. Checkte ihr Handy, doch Hardo hatte sich noch nicht gemeldet. Sie war wirklich mehr als neugierig, was die Mordkommission an diesem Morgen unter der Heinrichsbrücke erwartet hatte. Katinka mochte die langgezogene

Insel, deren Spitze schmal und grün in den Kanal hineinragte. Manchmal joggte sie dort, während im Skatepark die Jugendlichen zu lauter Musik übten und auf den Wiesen oberhalb gegrillt wurde. Ein Naherholungsgebiet ohne Schnickschnack. Tischtennis, Volleyball, Minigolf. Und der Skatepark eben. Nicht weit entfernt die Schleuse Bamberg, an der oft Leute standen und beobachteten, wie Fracht- und Kreuzfahrtschiffe geschleust wurden. Ein Ort nur für die Bamberger. Weit genug von der Innenstadt entfernt, noch nicht in Reiseführern benannt oder als Geheimtipp verkauft.

Katinka ging in den Nebenraum, setzte die Kaffeemaschine in Betrieb und ging auf die Toilette. Als sie spülte, verschwand das Wasser sehr langsam. Zu langsam. Sie drückte noch einmal. Das Wasser stieg fast bis zum Rand der Klosettschüssel.

»Mist!« Sie hatte den kleinen Raum in Absprache mit dem Vermieter erst vor wenigen Monaten herrichten lassen, weil der sanitäre Standard wirklich nicht mehr tragbar gewesen war. Sie griff nach der Toilettenbürste. Das Wasser lief nicht ab. Ein aggressives Blubbern kam aus dem Waschbecken. Langsam, aber stetig füllte es sich mit Wasser, das aus dem Siphon nach oben stieg.

»Fuck!«

Katinka sah ungläubig zu, wie sich das Becken in Zeitlupentempo füllte und das Wasser unerbittlich über den Rand strömte.

13.

Am Hainweiher saßen sie oft. Der Treffpunkt war ideal. Nicht zu weit von Bug weg. Und ruhig gelegen, vor allem am Vormittag. Ein paar Leute mit Hunden. Ein Mann, der mit einem Kinderwagen vorbeijoggte. Und der Graureiher, der sich hier sein Revier ausgesucht hatte, seelenruhig auf der kleinen Insel saß und ins Wasser guckte.

Kilian hielt Babs' Hand. Seine Nachricht war eine Bombe. Etwas, was sie nicht glauben konnte.

»Woher weißt du das?«

»Kokoba hat es gepostet.«

»Kokoba? Der kam zufällig vorbei?«

»Er und ich, wir sind doch in ein paar Sportgroups. Auf *Insta* und *Facebook*. Wir posten da von unseren Läufen und Touren und so.«

Babs nickte. Kilian hatte sie manchmal eingeladen, mit ihm zu joggen, aber sie hatte keine Lust. Sie wollte nicht als die lahme Ente neben ihm herhecheln, ihn nicht zwingen, extra für sie langsam zu laufen. Allein trainierte sie aber auch nicht. Sie konnte sich nicht aufraffen.

»Ja, und da hat er das Foto reingestellt. Er kam über die Heinrichsbrücke und wollte ein stimmungsvolles Bild vom Nebel machen, wie der so aus dem Kanal steigt, holte sein Handy raus, guckte runter, und da sah er, wie die Polizei im Skatepark irgendwas machte. Absperrbänder, Typen in weißen Overalls. Das hat er gepostet. Mit Kommentar. Einen kurzen Videoclip gibt es auch.«

»Zeig mal.« Babs nahm einen Schluck aus dem Kaffeebecher, den Kilian mitgebracht hatte. Das Gebräu war noch leidlich warm.

Er hielt ihr sein Handy hin. Man sah einen Mann auf dem Boden liegen, Blut unter seinem Kopf. Nicht viel. Und einen Typen in einem Overall, der neben ihm hockte.

»Das ist er«, sagte Kilian. »Eindeutig.« Er verstummte, als eine junge Frau mit einem Dackel an der Leine vorbeiging. Ein paar Enten ließen sich vom Ufer ins Wasser gleiten. Der Reiher blickte neugierig in ihre Richtung.

Babs spürte, wie der Kaffee wieder aus ihrem Magen rauswollte. »Was hat der Dreysbach da gemacht? Im Skatepark?«

Kilian zuckte nur die Achseln.

Sie lehnte sich an ihn. Roch, dass er länger nicht geduscht hatte. Es war ihr egal. Sie legte eine Hand auf seinen Oberschenkel. Spürte, wie die Muskeln sich anspannten. Als wenn er wegrennen will, dachte sie. Ganz tief drin wollten Wörter aus ihr raus. Wörter wie »Hilf mir!« oder »Lass mich nicht allein, ich habe Angst.« Diese Wörter schafften es nicht an die Oberfläche. Sie blieben mit dem ganzen anderen Dreck tief unten im Bodensatz der Gefühle. Vorsichtig verlagerte sie ihr Gewicht, um die schmerzenden Stellen im Rücken zu entlasten.

Die Sonnenstrahlen lugten über die Baumwipfel und spiegelten sich im Weiher. An etlichen Stellen blühten schon die Seerosen.

»Wir sollten eine Weile die Füße stillhalten«, sagte Kilian.

»Wir haben nichts gemacht.«

»Nein.«

»Oder, Kilian?«

»Nein, wir haben nichts gemacht, natürlich nicht, Babs. Aber wenn die Polizei was von uns will, sagen wir, dass wir beide die ganze Nacht zusammen waren.«

Sie nickte. Fühlte sich müde. Die frische Wunde am Oberschenkel brannte.

»Hör mal, Babs. Ich wollte dir ein bisschen Geld geben.«

»Was? Wozu das denn?«

»Weil ich weiß, dass es bei dir im Augenblick knapp ist.«

»Geld? Du studierst, Kilian. Woher hast du Geld?« Ihr Herz klopfte heftig. Kilian hatte ihr noch nie Geld angeboten. Liebe, Zärtlichkeit, Zeit. Alles, aber kein Geld.

Er zog einen Umschlag aus dem Rucksack. »Hier. 200 Euro.«

»Du spinnst.«

»Nein, nimm ruhig. Es ist mir wichtig, dass du was hast. Es ist für uns alle nicht leicht.«

Sie ahnte, was er sagen wollte. Für sie, Babs, war es am schwersten. Sie hatte es am übelsten getroffen. Kaum Einkommen. Kein Zuhause. Der ganze Stress mit der Gruppe und den Protesten und die Unsicherheit, wie es weitergehen sollte. Sie nahm den Umschlag. Es fühlte sich eigenartig an. Irgendwie verdreht.

»Danke. Hast du nachher Uni?«

»Ja, den ganzen Nachmittag.«

»Ich muss bald aus dem Schäferwagen raus. Kann ich nicht bei dir wohnen?«

»Vorübergehend natürlich. Allerdings, du weißt, das ist halt ein Wohnheimzimmer. Ich darf niemanden für länger unterbringen. Der Hausmeister wird schnell misstrauisch.«

»Ich weiß.« Babs schloss die Augen. Es wurde Sommer, letztlich könnte sie es auch eine Weile draußen aushalten. Vielleicht auf dem Campingplatz in Bug, das war nicht weit von ihrem jetzigen Unterschlupf. »Kannst du mir vielleicht ein Zelt besorgen? Von einem deiner Sportkumpels?«

»Ein Zelt?«

»Nur zur Not.« Babs betrachtete ein Entenpaar, das in der Hoffnung auf Essbares auf ihre Bank zuwatschelte.

»Ach, Babs.«

»Ja, Mann. Es sind doch Typen wie dieser verdammte Dreysbach …«

»Warte mal!«, sagte Kilian scharf.

»Hm?«

»Da ist noch ein ganz anderes Problem.«

»Wieso?«

»Michael war der Softie. Sein Vater ist der Hardliner.«

Babs fuhr ein neuer Schreck in die Glieder. Kilian hatte recht. Wenn es eine Steigerung von schlimm gab, hieß sie Günther Dreysbach.

»Wieso ist nicht der Alte gestorben!« Sie stieß mit dem Fuß nach den Enten.

»Babs.« Seine Stimme war sanft.

Babs begann zu weinen. Sie vergrub ihr Gesicht in Kilians Sweater. Das fühlte sich gut an. Sie konnte seinen Herzschlag hören. Und das beruhigte sie.

14.

»Kollegen, das ist interessant!« Schwungvoll betrat Oberkommissarin Monika Kaluza den Besprechungsraum. Ihre Wangen waren gerötet, das Haar verwuschelt.

Kühn saß bereits am Tisch. Hardo pinnte gerade ein Foto von Michael Dreysbach am Flipchart fest. Die Luft war stickig. Die Sonne knallte direkt zu ihnen herein.

»Ich habe herausgefunden«, begann die Kaluza, marschierte zum Fenster und schloss die Jalousien, »dass …«

»Ich habe auch Neuigkeiten«, unterbrach Kühn. »Die Rechtsmedizin hat angerufen. Lore Lawitschka hatte unser Opfer schon auf dem Tisch.«

Hardo wandte sich um. »Die Lawitschka? Die ist eine gute Pathologin.«

»Ihrer Ansicht nach kann Dreysbach nicht von der Heinrichsbrücke gestürzt sein. Seine Knochen sind intakt. Die Organe auch.«

»Warum ist er dann tot?« Die Kaluza schob sich ein Kaugummi in den Mund.

»Sein Schädel ist geplatzt. Wie ein Ei im Topf.«

Befremdet starrte Hardo Kühn an.

»Nicht meine Worte.«

»Die Lawitschka drückt sich manchmal etwas drastisch aus.« Hardo zuckte die Achseln. »Was meint sie, wo hat er die Verletzung her? Hat jemand auf ihn eingeschlagen?«

»Nein. Ich denke, er ist irgendwie auf das Coping der Halfpipe gekracht. Das ist ein Metallrohr, das das obere Ende der Halfpipe begrenzt. Das käme infrage. Womöglich hat ihn jemand gestoßen, er ist unglücklich gestürzt. Kein Vorsatz.«

»Totschlag?« Die Kaluza legte ihr Handy auf den Tisch, tippte darauf herum. »Und die Spuren oben am Brückengeländer?«

Hardo stand auf, nahm einen Marker und schrieb etwas auf das Flipchart.

»Was sagt die Spusi über das Coping der Halfpipe?«, fragte er.

»Ich rufe an.«

Kühn nahm sich sein Handy und verließ den Raum.

»Also, er war da auf der Brücke. Das ist ein Faktum. Aber wie kam er in den Skatepark?«, fragte die Kaluza.

»Weil … man kann zwar vielleicht 50 Meter von der Stelle, wo seine Spuren am Geländer sind, an der Parkpalette Heinrichsdamm vorbei runter zum Ufer laufen, aber dann ist man noch lange nicht im Skatepark. Der liegt ja auf der Insel. Das ist also ein Umweg über den Uferweg Richtung Süden. Erst beim Jahnwehr kommt man über den Kanal. Und muss zurück in den Skatepark. Zu Fuß braucht man mindestens zehn Minuten, eher fünfzehn.«

»Es sei denn, man schwimmt.«

»Na gut. Allerdings unangenehm im Dunkeln. Dreysbachs Kleidung war zwar nass, aber eher vom Regen, nicht?«

Hardo nickte zustimmend. »Wie ist Dreysbach überhaupt auf die Brücke gekommen? Er wohnt am Schillerplatz. Von dort zum Kanal – lassen Sie mich raten – 20 Minuten?«

»Locker. Bei Tageslicht.«

»Ist er mit dem Auto hingefahren?«

»Das könnte auf der Parkpalette stehen oder beim Jahnwehr an der Sportanlage, da gibt es genug Parkplätze.«

»Fragen Sie das Kennzeichen ab und schicken Sie eine Streife los.«

Die Kaluza machte sich nicht die Mühe, das Zimmer für ihr Gespräch zu verlassen. Kaum hatte sie ihre Anweisungen erteilt, kam Stefan Kühn zurück.

»Der Fleischmann sagt, es gäbe keine Spur auf dem Coping der Halfpipe. Er ist sich ganz sicher. Allerdings müssen wir an den Regen denken. Viele Hinweise sind verloren.«

Hardo trat ans Fenster. Er drückte die Lamellen der Jalousien auseinander, spähte hinaus.

»Es gab einen Streit dort unten. Der eskalierte irgendwie. Es war nass, rutschig ... Dreysbach kann auch ohne Fremdeinwirkung gestürzt sein, ist womöglich noch ein Stück weggekrochen, war nicht gleich tot oder bewusstlos. Deshalb lag er ein kurzes Stück weit weg.«

»Da wird nichts draus. Er hatte einen Knebel im Mund.«

Die Kaluza zeigte auf. »Chef, ich habe wirklich was Interessantes.«

Hardo hob auffordernd die Augenbrauen.

»Im Netz wird auffallend häufig gegen die *Immobilienagentur Dreysbach & Söhne* gehetzt. Richtig martialisch, wenn ich das mal so sagen darf. Den beiden Dreysbachs werden die übelsten Scheußlichkeiten an den Hals gewünscht. Heuschreckenplagen, Hämorrhoiden, Sklerose, man fleht darum, ihre Köpfe auf Pfählen ausgestellt zu sehen.«

»Brrr«, machte Kühn.

»Wo haben Sie das her?«

»*Facebook*. Kaum zu glauben, was die Leute alles absondern. Sie geben sich einen Fantasienamen und fühlen sich sicher. Besonders übel macht ein gewisses *Zuckerfräulein* Stimmung. Sie wirft den Dreysbachs menschenverachtendes Geschäftsgebaren vor. Mit einem gewissen *Krampenmann* steht sie laut Profil in einer Beziehung.«

»Und?« Hardo schnappte sich einen Stift. »Weiter?«

Die Kaluza stand auf und heftete das Foto einer hoch aufgetürmten Hochzeitstorte an das Flipchart. »Das ist das Profilfoto von *Zuckerfräulein.* Sie spricht freimütig darüber, dass die Bamberger *Konditorei Ferber* sie gebacken hat. Vielleicht wäre das eine Spur, um auf die Identität von *Zuckerfräulein* zu stoßen.«

»Hähnle könnte bestimmt helfen«, schlug Kühn vor.

Die Kaluza hörte gar nicht zu. »*Zuckerfräulein* engagiert sich gegen Kapitalismus, gegen Klimawandel, vor allem gegen Gentrifizierung, sie vertritt extreme Ansichten zu Wohnungseigentum, hält es für nötig, dass jeder Bürger maximal eine Wohnung oder ein Haus besitzen darf, um selbst darin zu wohnen, aber nicht, um zu vermieten. Verlangt Zwangsenteignungen von Immobiliengesellschaften, die sie für eine eingeschworene Mafia hält. Selbstverständlich in einem verbrecherischen Bund mit kommunalen Behörden. Ich habe eine Liste mit den härtesten Aussagen angefertigt. Schicke ich per Mail.« Die Kaluza tippte auf ihrem Smartphone herum.

Man hörte zwei unterschiedliche Signaltöne. Synchron griffen die Männer nach ihren Handys.

»Harter Tobak«, gab Hardo zu. »Frau Miltenberg hat etwas in der Richtung gesagt. Dass *Facebook*-Nutzer Dreysbach anonym angegriffen hätten.«

»Der Punkt ist, sie stachelt die Mitglieder einer Gruppe mit dem Namen *Villen für alle* ausgerechnet gegen Dreysbach auf. Es besteht ein ganz deutlicher Bamberg-Bezug. In der Gruppe reden sie nicht über Gentrifizierung als solche, sondern konkret über Fälle bei uns.«

»Haben wir hier ein Motiv?« Kühn blickte in die Runde.

»Kaluza, schnappen Sie sich den Hähnle. Ich will alles über diese *Facebook*-Spinner haben. Klarnamen, Chronologie, was in der Gruppe passiert. Wer noch angefeindet wird. Und checken Sie den Account der *Immobilienagentur Dreysbach*, was Michael Dreysbach dort geschrieben hat.«

»Die Kommentarfunktion wurde deaktiviert. Nur sie selbst können etwas posten. Ich habe bisher nur einen kurzen Blick drauf geworfen.« Die Kaluza schob ihr Handy in die Jeanstasche und verließ den Besprechungsraum.

Hardo wandte sich an Kühn. »Wir brauchen Zeugen. Aufrufe in den Medien sind erwünscht. Eventuell ist ein Autofahrer in der Nacht auf der Heinrichsbrücke oder in der Nähe geblitzt worden. Irgendwas ist dort oben ja passiert, warum wären sonst Dreysbachs Spuren auf dem Geländer! Versuchen Sie alles. Es ist nicht allzu unwahrscheinlich, dass jemandem beim Vorbeifahren etwas auffiel. Außerdem sollten wir versuchen, die Herkunft des Kokains herauszufinden. Kollegen vom Rauschgift kontaktieren!«

»Wir brauchen mehr Leute.«

»Morgen kommt die Kerschensteinerin wieder. Bis dahin müssen wir das Beste draus machen. Lassen Sie uns zu den Eltern Dreysbach fahren.«

Kühn stand auf und griff nach seiner Jacke. »Vielleicht hatten die Immobilientypen zu viel Scheiße in den Kommentaren. Diesen ganzen Digitalmüll kann doch kein Mensch ertragen!«

15.

Jemand klopfte an die Tür zur Detektei, streckte einen Kopf mit gegeltem Haar durch den Türspalt. In einem braun gebrannten Gesicht strahlten weiße Zähne. »Hi, Katinka!«

»Hocke, endlich!« Katinka wischte sich den Schweiß von der Stirn. »Wenn ich dich nicht erreicht hätte … Ich hatte schon Bedenken, du wärst im Urlaub.«

»Fuck, sieht verdammt nach Nerverei aus!« Hocke ließ einen Werkzeugkasten und einen Eimer fallen und zeigte auf die Wasserlache, die sich von der Toilette bis ins Büro ausgebreitet hatte.

»Ich komme mit dem Wischen nicht mehr nach. Hörst du dieses Gurgeln?«

Hocke lauschte einen Augenblick. »Hast du das Wasser abgedreht?«

»Nur unter dem Waschbecken. Mensch, Hocke, ich habe keine Ahnung von Rohrleitungen und wo ich noch was abstellen kann. Du hast doch hier renoviert!«

Hocke grinste schief. »Du wirst es nie lernen. Bin unterwegs!«

Katinka drückte ihm den Kellerschlüssel in die Hand. »Beeil dich, bevor ich hier absaufe!«

Erleichtert sah sie ihn in den kleinen Innenhof und von dort in den Keller eilen. Hocke, eigentlich Horst Locke, war eine One-Man-Show mit seiner Sonnenbräune, den trainierten Bauchmuskeln und dem fröhlichen Grinsen, ein talentierter Kleinunternehmer, der als Klempner Tag und Nacht bereit für die ganz großen Notfälle war und sich damit in den Augen seiner Kunden als Retter im Unheil erwies, großzügige Trinkgelder inklusive. Er war noch keine 30, besaß ein Ferienapartment am Gardasee, und Gerüchten zufolge hatte er sich auch dort längst einen Kundenstamm aufgebaut. Nicht auszudenken, wenn Hocke ausgerechnet jetzt beim Surfen gewesen wäre!

Erschöpft warf Katinka den klatschnassen Putzlappen neben den vollen Eimer, wischte sich die Hände an der Jeans trocken und trat in den Innenhof. Anfang Mai stand die Sonne noch zu niedrig, um in das schmale Karree hineinzufallen. Nur die Wände der oberen Stockwerke wurden beleuchtet, aber die Luft war so warm, dass sie sich auf einen Klapphocker fallen ließ und ein paarmal tief ein- und ausatmete. Jetzt käme ihr eine Zigarette gerade recht. Nicht dass sie eine harte Raucherin gewesen wäre. Meistens paffte sie nur, wenn sie Gespräche mit Verdächtigen führte. Allein um ihnen ein Gefühl von Verbundenheit zu vermitteln. Jetzt allerdings wäre der ideale Moment für eine Kippe. Ihr Smartphone klingelte.

»Hallo, Hardo, was ist los bei euch?« Den ungeklärten Todesfall hatte sie in der vergangenen Stunde komplett ausgeblendet.

»Sieht nach Mord aus.«

»Wirklich?«

»Das Opfer hatte einen Knebel im Mund.«

»Und war gefesselt?«

»Nein.«

»Seltsam.«

»Außerordentlich seltsam.« Hardo räusperte sich. »Der Mann lag mit eingeschlagenem Schädel neben der Halfpipe im Skatepark. Auf dem oberen Metallrohr muss er einmal aufgeschlagen sein, dieser Sturz war tödlich. Die Rechtsmedizinerin meint, er kann sich noch einen Meter weit weggeschleppt haben, bevor er starb.«

»Das klingt grässlich«, sagte Katinka, abgelenkt von Hocke, der mit sorgenvollem Gesicht aus dem Keller kam, seinen Werkzeugkasten holte und wieder verschwand. »Wer ist denn die Rechtsmedizinerin?«

»Lore Lawitschka.«

Katinka erinnerte sich, wie sie einmal zum Identifizieren einer Toten mit deren Mutter nach Erlangen gefahren war. Lore Lawitschka hatte sich damals als einfühlsam und klug erwiesen.

»Wer ist das Opfer?«

»Wir haben noch nichts bekanntgegeben. Ein Passant hat angefangen zu filmen, womöglich ist der Clip längst irgendwo im Netz, aber viel konnte er von dort oben nicht sehen.«

»Also wer?«, fragte Katinka ungeduldig, während sie auf lautes Scheppern und Hämmern im Keller lauschte.

»Halte das noch unter Verschluss. Michael Dreysbach, der Sohn des Immobilienmagnaten Günther Dreysbach.«

»Den Namen habe ich schon mal gehört. An dem hängt nichts Gutes.«

»So kann man das sehen.«

Aus dem Keller hörte Katinka lautes Scheppern.

»Die Toilette in der Detektei ist übergelaufen. Und das Waschbecken. Zum Glück habe ich Hocke erreicht. Er schlägt gerade den Keller kurz und klein.«

»Wie konnte das denn passieren?«

Katinka legte den Kopf in den Nacken. Sie hörte, wie bei Hardo im Hintergrund jemand etwas sagte.

»Ich weiß nicht, ich habe ein ganz komisches Gefühl. Gestern war noch alles in Ordnung. Außerdem kenne ich die anderen Mieter hier. Die sind nicht so drauf, dass sie ihren Müll im Klo entsorgen und Verstopfungen produzieren. Und meine Leitungen sind vor ein paar Monaten erneuert worden.«

Hardo erwiderte nichts, und Katinka ahnte, dass er auf stumm geschaltet hatte, um mit jemandem zu sprechen. Hocke kam zurück und rollte bedeutungsschwer mit den Augen, bevor er in Katinkas Büro stapfte. Sie hörte die Eingangstür zuschlagen.

»Hallo?«, rief sie ins Telefon.

»Hier bin ich wieder, Katinka, entschuldige, es geht drunter und drüber.«

»Bei mir auch. Mein Klo ist explodiert, ich bin fast abgesoffen.«

»Verdammt, Katinka, das ist nur ein Klo!«

Seine heftige Reaktion verblüffte sie. Über ihr schlug ein Fenster. Hocke kam wieder in den Hof und gestikulierte.

»Ich muss Schluss machen, Hardo.« Sie legte auf. Ihr Kopf brummte. »Was ist los, Hocke?«

»Jemand hat offenbar den Abfluss unten verstopft. Mit Textilfetzen und irgendwas Schmierigem. Keine Ahnung, was das ist.« Er strich sich über seine Gelfrisur, aus der sich eine Haarsträhne gelöst hatte. »Jedenfalls hat sich diese Mischung dermaßen verfestigt, da muss ich mit dem ganz großen Gerät ran.«

»Was? Wer soll das denn gemacht haben? Und wie? Der Keller ist immer abgeschlossen.«

»War er nicht.« Hocke zog den Schlüssel aus der Tasche. »Den habe ich überhaupt nicht gebraucht.«

Perplex blickte Katinka zur Kellertür. »Aber warum bloß?«

»Den Klumpen da unten kriege ich schon irgendwie raus, Katinka. Erst mal haben wir ein anderes Problem. Irgendwo läuft nämlich noch Wasser, das staut sich unten und kommt bei dir aus dem Klo wieder raus.«

»Hast du unten nicht komplett abgedreht?«

»Das ist es ja. Das Ventil klemmt. Wie gesagt, das ganz große Gerät.«

»Himmel, worauf wartest du denn noch?«

»Bleib ganz ruhig. Hocke hilft immer.« Er streckte den Daumen nach oben. »Ich hole nur noch ein paar Sachen aus dem Auto.«

Seufzend lehnte Katinka sich an die Hauswand.

16.

Während Kühn den Wagen über den Jakobsberg Richtung Wildensorg steuerte, hing Hardo seinen dunklen Gedanken nach.

»Dieses Kopfsteinpflaster kann wirklich nerven«, beschwerte sich Kühn und atmete übertrieben durch, als sie wieder auf Asphalt fuhren. »Schön und gut, das Mittelalter-Feeling, aber ich für mein Teil bin einfach ein moderner Mensch.«

»Was halten Sie von dem Tuch in Dreysbachs Mund, Kühn?«

»Ich werde nicht schlau draus.«

»Ich auch nicht.« Grübelnd starrte Hardo in das Grün des Waldes rechts und links der Wildensorger Straße. Ein Eichhörnchen flitzte über die Straße.

Wenig später parkte Kühn gegenüber einem protzigen Anwesen. Eine Hausangestellte um die 40 in einem dunklen Hosenanzug bat sie herein.

Aus dem Wohnzimmer blickte man über eine weitläufige Grünfläche, an deren Ende sich die Wiesen und Felder bis Stegaurach erstreckten.

»Chef, was ist das denn für eine Bude.« Kühn zeigte auf den schweren Mahagonitisch mit gepolsterten Sesseln. »Ich wusste ja, dass in Wildensorg die echten Kaliber wohnen, aber das hier …«

»Reißen Sie sich zusammen, Kühn. Das ist jetzt nicht die Stunde für Kapitalismuskritik.«

»Das Grundstück muss riesig sein. Ein Wahnsinnsausblick! Und wenn man Sehnsucht nach der Stadt hat, ist man schwupp über den Berg und schon mitten in Bamberg. Besser kann man nicht wohnen. Stadtnah und naturnah in einem.«

Hardo rieb sich die Stirn. Ihm stand der Schweiß auf der Glatze. Der Anruf bei Katinka vorhin war ihm irgendwie missglückt. Kühns Handy gab Laut.

»Oh wow, Chef!«

»Was?«

»Update von der Lawitschka. Unser Mordopfer hatte eine Menge Kokain konsumiert. Und Antidepressiva. Sie schickt uns die exakte Zusammenstellung noch zu. Vermutlich war Dreysbach funktionsfähig, aber in seinen Reaktionen verlangsamt, schreibt sie.«

»Sieh an.« Hardo wollte noch etwas sagen, als Schritte erklangen.

»Ja bitte?« Ein Mann im Anzug betrat den Raum. Während sein schlohweißes Haar auf dem Scheitel schon sichtlich ausgedünnt war, lockte es sich um so wilder um seine Ohren. »Günther Dreysbach, Sie wollten mich sprechen?«

Hardo stellte sich und Kühn vor. »Ist Ihre Frau zu Hause? Es wäre schön, wenn sie dazukäme.«

Dreysbach runzelte die Brauen. »Wenn Sie darauf bestehen. Helga!«, rief er laut Richtung Eingangshalle.

Sekunden später trat eine Frau ein. Schlank, mit gekonnt gefärbten halblangen Haaren, die sie hinters Ohr strich. Perlohrringe blitzten auf. Sie trug Jeans zum Blazer.

»Grüß Gott«, sagte sie halblaut, schüchtern fast.

Hardo stellte fest, dass sie ihren Mann keines Blickes würdigte.

»Harduin Uttenreuther, Hauptkommissar, mein Kollege Stefan Kühn.«

»Was ist denn passiert?«, fragte Frau Dreysbach.

»Vielleicht setzen wir uns«, schlug Kühn vor.

Stühlerücken. Hardo räusperte sich.

»Frau Dreysbach, Herr Dreysbach, wir müssen Ihnen leider mitteilen, dass Ihr Sohn Michael heute Morgen tot aufgefunden wurde. Unser Beileid.«

Helga Dreysbach wurde blass, ihr Mann knallrot im Gesicht.

»Was?«, schrie er. »Was kommen Sie daher und reden solchen Unfug? Michael geht es gut.«

Kühn übernahm. »Wir wurden heute Morgen von einem Passanten benachrichtigt. Michael Dreysbach lag im Skatepark unter der Heinrichsbrücke, leblos. Laut Pathologie starb er durch Aufprall auf etwas Hartem, höchstwahrscheinlich auf dem oberen Ende der Halfpipe.«

Helga Dreysbach schlug die Hand vor den Mund.

»Skatepark? Was reden Sie da!«

»Wir bedauern, Sie in dieser Situation belästigen zu müssen, aber wir können nicht umhin anzunehmen, dass es sich um ein Tötungsdelikt handeln könnte«, sagte Hardo. »Sehen Sie sich imstande, ein paar Fragen zu beantworten?«

Der alte Dreysbach lehnte sich zurück. Starrte erst Hardo, dann Stefan Kühn wütend an.

»Kann ich ihn sehen?«, fragte Helga Dreysbach leise. »Kann ich ihn bitte sehen?«

»Das ist natürlich möglich.« Hardo nickte ihr zu. »Wussten Sie, dass Ihr Sohn Drogen nimmt?«

»Wussten Sie ... pah!« Dreysbach wurde noch röter. »Ich habe ihm ein Ultimatum gestellt. Dass er das mit dem Koks endlich lassen soll, sonst schmeiße ich ihn aus der Firma.«

Helga Dreysbach legte die Hand auf den Arm ihres Mannes. Der echauffierte sich schon weiter. »Seine Ehe hat er in den Sand gesetzt wegen seiner Sucht. So sieht es doch aus!«

»Wissen Sie, wie und wo Ihr Sohn sich mit Kokain eindeckte?«

Dreysbach verstummte. Er sah zu seiner Frau, die wachsbleich neben ihm saß.

Situationen wie diese hatte Hardo schon unzählige Male

durchgemacht. Drogensucht als Makel, als Überforderung der Familie. Als etwas, das Angst einflößte, ein Ungeheuer, das man zu leugnen versuchte.

Helga Dreysbach zog ihre Hand weg und verschränkte die Arme. »Ich will ihn sehen«, sagte sie klar und deutlich. »Unbedingt. Ich glaube es erst, wenn ich ihn gesehen habe.«

»Hatte Ihr Sohn Depressionen?«, fragte Kühn.

»Mein Sohn hat keine Depressionen!«, schnauzte Dreysbach ihn an. »Er braucht einfach ein bisschen Mumm, darum geht es doch. Ständig jammern und klagen. Das ist doch keine Depression. Das ist Unwille.«

»Herr Dreysbach, als Immobilienmakler werden Sie in Bamberg sehr geschätzt, aber auch angefeindet. Was hat es damit auf sich?«

»Das kann ich Ihnen sagen. Da gibt es undisziplinierte junge Leute ohne Ziel vor Augen. Die studieren nicht, die arbeiten nicht, die hängen nur rum und beklagen ihr Unglück. Kein Geld, keine Wohnung, keine Familie. Verlierer allesamt. An ihrer Lage geben sie anderen die Schuld. Menschen mit Verantwortungsgefühl. Menschen mit Erfolg.« Er atmete schwer.

Hardo fragte sich, ob die Erkenntnis, dass sein Sohn nicht mehr lebte, überhaupt schon zu diesem cholerischen Mann durchgedrungen war.

»Auf *Facebook* gibt es eine Gruppe, *Villen für alle* nennt sie sich«, hob Kühn an. »Wissen Sie etwas über die?«

Verwirrt starrte Dreysbach den jungen Kommissar an. »Was meinen Sie?«

»Im Internet.«

»Ach das. Darum kümmert sich mein Sohn.«

»Gibt es jemanden, von dem Sie meinen, er könnte Ihrem Sohn schaden wollen? Unzufriedene Kunden?«

»Nein!« Dreysbach schlug mit der Faust auf den Tisch. »Wir sind ehrliche Geschäftsleute. Wir arbeiten eng mit den städtischen Behörden zusammen. Man schätzt unsere Meinung.« Sein Blick verlor sich hinter den Panoramascheiben.

Hardo wartete eine Weile, doch weder Dreysbach noch seine Frau schienen noch etwas sagen zu wollen.

»Ihr Sohn schrieb ab und zu auf *Facebook*, welche Gedanken er sich über die Umgestaltung Bambergs macht.«

»Was für eine Umgestaltung?«

»Eine Umgestaltung zu einer Stadt, die für Touristen und Bewohner gleichermaßen lebenswert ist, zum Beispiel«, erläuterte Kühn.

»Bamberg *ist* lebenswert! Verdammt, es ist eine Weltkulturerbestadt, um die uns die Welt beneidet!« Dreysbach riss sich von seinem Garten los und fixierte Kühn. »Wohnen Sie in Bamberg?«

Kühn nickte.

»Sie wohnen in einer Schatzkammer. Besser geht es doch nicht. Echte Historie, grandiose Architektur, geschäftliche Möglichkeiten. Ich bitte Sie, was gibt es da umzugestalten?«

»Den Verkehr, um nur eine Sache zu nennen.«

»Wie hießen Sie noch mal? Kuhn?«

»Kühn.«

»Passen Sie auf, Kühn. So eine Innenstadt lebt vom Einzelhandel. Der Einzelhandel braucht Kunden. So weit klar?«

Hardo verbiss sich ein Schmunzeln, als er Kühns konzentrierte Miene sah.

»Kunden kommen mit dem Auto in die Stadt. Da braucht es Parkplätze. Bamberg lebt vom Umland. Die Leute aus dem Landkreis wollen auch mal im Zentrum bummeln gehen.«

»Ihr Sohn war da offenbar anderer Meinung«, sagte Kühn trocken.

»Lassen Sie uns bitte allein.« Helga Dreysbach sprach leise, aber sehr bestimmt. Ihr Blick wanderte von Hardo zu Kühn und wieder zurück. »Es ist jetzt nicht der Moment für solche Diskussionen. Ich bitte Sie.«

17.

Eine dampfende Tasse Kaffee in der Hand, ließ Katinka sich erschöpft auf ihren Schreibtischstuhl sinken. Sie und Hocke hatten bis zum Umfallen gearbeitet. Das Schlimmste war überstanden. Das Wasser stieg nicht mehr, und die Detektei war wieder trocken. Die unteren Zentimeter der Holzregale mit den Akten sahen allerdings kränklich aus. Hocke hob seine Kaffeetasse und prostete Katinka zu.

»Ich sag dir was – das hätte ins Auge gehen können.«

»Wer, bitte schön, verstopft einen Abfluss mit Textilfetzen und was weiß ich für einer ekelerregenden Masse?«

Hocke zuckte die Achseln. Die gegelten Haarsträhnen hingen ihm nun wirr in die Stirn.

»Eigenartig ist vor allem, dass niemand was gemerkt hat. Zumindest von den anderen hier im Haus. Man schmeißt ja nicht eben mal so irgendwelches Zeug irgendwo rein. Du kennst doch die Nachbarn, oder?«

»Schon. In den Hinterhof kommt man eigentlich nur, wenn man hier wohnt und den Schlüssel für die Hintertür hat.« Katinka nippte am Kaffee. »Allerdings ... ist dir aufgefallen, dass das Schloss zum Keller aufgebrochen war?«

»Echt? Ich habe nicht so genau hingeschaut. Ich dachte, es wäre einfach nicht verschlossen gewesen.«

»Ich habe es unter die Lupe genommen. Der Punkt ist: Wenn es jemand geschafft hat, die Kellertür aufzubrechen, warum war das Schloss der Hintertür unversehrt?«

Hocke wiegte den Kopf: »Jemand hat vergessen abzuschließen. Sonst hätte wer weiß wer dieses Schloss auch geschrottet.«

»Ich habe einen Anwaltsbrief gekriegt.«

»Was? Wegen ...« Hocke holte mit dem Arm aus, als umfasse er die Detektei, die Gasse und den Hinterhof in einem.

»Nein, es geht um Blattläuse. Die aber schon wieder weg sind.«

»Das ist mir zu hoch. Ich bin Klempner, kein Um-die-Ecke-Denker.«

Katinka grinste. »Um dubiose Ecken und Windungen geht es in deinem Job doch auch, oder? Nein, mein Nachbar in der Hofgasse, Elmar Leicht, hat einen Anwalt beauftragt, mich zu verklagen, wenn ich die Hibiskusbüsche neben meinem Haus nicht läusefrei kriege.«

»Sagtest du nicht gerade, die Läuse sind weg?« Hocke guckte ganz ratlos.

Katinka musste lachen. »Heute Morgen waren keine Läuse an den Büschen. Ehrlich gesagt, zur Not reiße ich den Hibiskus raus und schmeiße ihn auf den nächstbesten Kompost. Mir kommt das nur völlig verrückt vor. Wegen irgendwelcher Läuse bringt man doch keinen Anwalt in Stellung.« Sie reichte Hocke das Schreiben.

Er starrte auf das Papier. »Den Knaben kenne ich. Severin Schneitter. Ganz seltsame Type. Ehrlich.«

»Hast du auch Ärger mit ihm?«

Hocke seufzte. »Ich habe im Auftrag einer Boutique in der Sandstraße das Bad renoviert. War ein winziges Kabuff, wir haben deshalb von einem anderen Raum ein Stück abgetrennt, das quasi angestückelt und mit Trockenbau eine neue Wand eingezogen. Es stellte sich raus, dass der Eigentümer des Hauses das angeblich nicht wusste, obwohl die Boutiquebesitzerin Stein und Bein schwor, dass sie ihn vorher gefragt hatte.«

»Ob sie renovieren darf.«

»Genau.«

Katinka nagte an ihrer Unterlippe. Irgendwas schlug in ihrem Kopf Alarm – sie konnte es nur noch nicht richtig greifen.

»Wie ging das Ganze denn aus?«

»Keine Ahnung. Aber frag Anita. Sie kann es dir sagen.«

»Anita – wie noch?« Katinka schnappte sich ihr Handy. »Hast du ihre Nummer?«

»Anita Schalk. Klar, schick ich dir.« Hocke pusselte an seinem Telefon herum. »Hier. Müsste bei dir gelandet sein.«

Katinka tippte auf die Nummer und wartete. Nach dem dritten Läuten meldete sich eine fröhliche Stimme.

»Anitas Modewelt, grüß Gott?«

»Hallo, hier spricht Katinka Palfy, eine Freundin von Hocke.«

»Oh.«

»Ja, ich … Hocke hat mir gerade erzählt, dass Sie Probleme mit einem Anwalt namens Severin Schneitter hatten.«

»An den möchte ich wirklich nicht erinnert werden!« Die Stimme büßte 50 Prozent ihrer guten Laune ein. »So ein Spinner. Ich habe fast mein Geschäft hingeschmissen vor lauter Frust.«

»Ich habe auch ein Schreiben von diesem Schneitter bekommen. Dabei geht es aber nicht um meine Geschäftsräume, sondern um mein Haus, in dem ich wohne. Und die Begründung, warum man mir mit Klage droht, ist ein Witz!«

»Passt.«

»Wie bitte?« Katinka warf Hocke einen verwirrten Blick zu.

»Ich habe mich damals umgehört. Dieser Schneitter scheint sich auf solche Dinge spezialisiert zu haben. Wegen scheinbarer Kleinigkeiten einen Hype zu veranstalten. Ich habe ähnliche Geschichten von anderen Einzelhändlern aus der Innenstadt gehört.«

Katinka schnappte sich einen Bleistift und ein Blatt Papier. »Welche waren das?«

»Hören Sie, selbst wenn Sie eine Freundin von Hocke sind: Ich kenne Sie ja gar nicht. Und diesen Leuten ist es womöglich nicht recht, wenn ich ihre Namen weitergebe.«

»Sehe ich ein. Ich bin Privatdetektivin, und mir kommt das Ansinnen in dem Schreiben an mich ziemlich idiotisch vor. Schneitter will wegen Blattläusen eine Klage gegen mich führen.«

Schrilles Lachen schepperte durch die Leitung. »Klingt lustig. Bei den anderen wurden auch solche fadenscheinigen Begründungen genannt. Das Ende vom Lied war, dass eigentlich nichts passierte: Die Betroffenen gaben auf und suchten sich neue Räumlichkeiten.«

»Danke. Das ist schon mal interessant.«

»Gern.«

»Halt, warten Sie: Wer ist eigentlich der Eigentümer des Hauses, in dem Sie Ihr Geschäft haben?«

»*Immobilienagentur Dreysbach & Söhne.*«

Katinka bedankte sich, legte auf und starrte durch Hocke hindurch.

»Was ist? Bist du jetzt schlauer?« Hocke stellte seine Kaffeetasse auf den Schreibtisch. »Oder hast du einen Geist gesehen?«

»Nicht so ganz, aber irgendwas ist doch hier faul.«

»Nämlich?«

Katinka biss sich auf die Lippen. Sie hatte Hardo versprochen, den Namen des Mordopfers für sich zu behalten. Spätestens morgen würde sowieso ein Artikel in der Zeitung stehen. Einen Mord in Bamberg konnte man nicht besonders lange unter Verschluss halten.

»Lies mal morgen den *Fränkischen Tag*. Oder check das Internet. *TV Oberfranken* und was du sonst noch an Nachrichten konsumierst.«

Hocke stand grinsend auf. »Hat mich gefreut: Ich komme morgen und leg dir ein neues breites Rohr unten rein. Bis dahin kein Wasser aufdrehen und auch nicht aufs Klo.«

»Danke, Hocke!«

Hocke packte seine Gerätschaften. »Den Strafzettel, den ich jetzt wahrscheinlich habe, weil ich unten Am Kranen auf dem Gehsteig geparkt habe, den darf ich dir in Rechnung stellen, oder?«

Katinka winkte ab. Ein Strafzettel war im Moment ihr geringstes Problem.

18.

Als Stefan Kühn den Besprechungsraum betrat, wuchs seine Anspannung. Obwohl sie schon seit frühmorgens auf Achse waren, hatten sie immer noch keine nennenswerten Fortschritte gemacht. Das Gespräch mit den Eltern des Opfers hatte ihn verwirrt. Frau Dreysbach war ihm zunächst wie ein schüchternes Mäuschen vorgekommen. Bis sie ihn und Hardo mit ruhiger Stimme, aber sehr entschieden zum Rückzug aufgefordert hatte.

»Kopf nicht hängen lassen, Kühn«, sagte Hardo, der die Fenster öffnete und milde Frühlingsluft ins Zimmer ließ. »Die Lawitschka hat gerade eine Nachricht geschickt mit den detaillierten Screening-Ergebnissen. Dreysbach hatte 1,6 Promille Alkohol im Blut. Und Kokain. Mindestens eine gute Nase voll. Dazu Antidepressiva. Das Tuch in seinem Rachen hätte ihm auf lange Sicht Atemprobleme gemacht, aber er ist definitiv an dem Sturz auf den Kopf gestorben.«

»Bei dem Alkoholpegel war er zu Gegenwehr wahrscheinlich nicht mehr imstande.«

»Oder er hat sich, soweit es eben ging, gewehrt und ist infolgedessen gestürzt. Mit 1,6 Promille sind Gleichgewicht und Konzentration bereits deutlich gestört.«

»Gesoffen und zusätzlich Koks und Tabletten! Er muss wirklich übel drauf gewesen sein.«

»Jeder Mensch hat eben sein eigenes kleines Geheimnis. Zum Beispiel frage ich mich, wo die Kaluza gerade steckt.«

»Und ich frage mich, was Dreysbach oben auf der Heinrichsbrücke gemacht hat, um später unten im Skatepark sein Leben auszuhauchen.« Kühn tippte auf seinem Smartphone herum. »Na endlich. Ich habe die Verbindungsübersicht von Dreysbachs Handy bekommen.«

»Letzter Anruf?«

»Um 20.30 Uhr. Moment, ich gleiche mal die Daten von unseren bisherigen Mitspielern ab. Hier, man höre und staune: Der Anruf kam von seinem Vater.«

Die Kaluza riss die Tür auf und knallte einen Stapel Unterlagen auf den Tisch. »Sind wir sicher, dass es Fremdeinwirkung war?«

»Kaluza, setzen!«, forderte Hardo seine Kollegin auf. »Bringen wir etwas Ruhe ins Geschehen. Wo stehen wir?«

»Na ja, ich persönlich sitze«, witzelte Monika Kaluza, während sie sich auf einen Stuhl sinken ließ. »Aber rein vom Kriminalistischen her: Wir haben Dreysbachs Wagen gefunden. In der Parkpalette an der Heinrichsbrücke. Er ist um 3.40 Uhr reingefahren. Heute Morgen also. Und wie ich soeben höre, kam der letzte Anruf auf sein Handy um 20.30 Uhr.«

Kühn schrieb mit. Er wollte die Akten möglichst detailgetreu führen. Wenn es hektisch wurde, machte ihm sein Kurzzeitgedächtnis zu schaffen.

»Ich habe die Kameras rundum auswerten lassen. Er ist zu Fuß raus, und zwar am Ausgang zur Heinrichsbrücke. Um 3.42 Uhr.«

»Laut Lore Lawitschka starb er zwischen 4 und 5 Uhr.« Kühn klopfte mit seinem Stift auf das Papier. Hatte Dreysbach geahnt, dass er nicht mehr lange zu leben hatte? Kühn fragte sich, was er selbst tun würde, wenn er wüsste, er hätte noch eine Stunde. Sich besaufen? Was Dreysbach definitiv zuvor schon erledigt hatte.

»Der Mann ist betrunken Auto gefahren«, sagte Hardo.

»Das hat ihm primär nicht geschadet.« Die Kaluza schob ihre Unterlagen hin und her. »Auf der Brücke gibt es keine Kameras. Wir wissen aber, dass Michael Dreysbach dort oben am Geländer seine Fingerabdrücke hinterlassen hat. Daraufhin ging er runter. In den Skatepark.«

»Das passt nicht«, warf Kühn ein. »Er war stark alkoholisiert, sagt die Lawitschka. Hatte gekokst. Wie kam er von der Brücke runter auf die Insel?«

»Gewohnheitssäufer, der mehr verträgt als andere? Kann auch sein, dass das Koks bei ihm die Wirkung des Alkohols nach hinten rausgeschoben hat. Oder jemand hat ihn in seinem Auto aufgesammelt und runter zum Skatepark gefahren? An der Kaimauer entlang, das würde passen.«

»Wir haben keine Spuren gefunden.«

»Die kann der Regen weggespült haben.«

Kühn blickte zu Hardo. »Es ist nicht sehr wahrscheinlich, dass Michael Dreysbach betrunken von der Brücke aus wieder runter zum Ufer lief, dort bis zum Jahnwehr ging und schließlich den Weg auf die Insel nahm. Das ist ein längerer Spaziergang. Und geschwommen ist er auch nicht.«

»Aber er war nass.«

»Vom Regen.«

»Ein Boot?« Die Kaluza kratzte sich am Kopf. »Wir brauchen Zeugen. Irgendjemand hat vielleicht etwas gesehen. Die Heinrichsbrücke ist auch nachts befahren. Sagen wir mal so: Falls Dreysbach in ein Auto stieg, das ihn Richtung Skatepark brachte, könnte das jemand bemerkt haben.«

»Richtig, vergessen wir zudem nicht das Tuch, das ihm jemand in den Rachen gedrückt hat!« Kühn spürte, wie sein Adrenalinlevel stieg. »Zeigen wir das Tuch auf der Pressekonferenz! Vielleicht …«

»Derjenige, dem es gehört, wird den Teufel tun und sich melden.«

Kühn stöhnte.

»Moment, die Herren.« Mit verschmitztem Grinsen zeigte die Kaluza auf. »Soweit ich das gesehen habe, handelte es sich um ein weißes Halstuch. Ein Textil, dass frau um den Hals trägt.«

»Eine Frau?«, entfuhr es Kühn.

»Sie muss ja nicht die Täterin gewesen sein.«

»Moment, Moment!« Hardo hob die Hand. »Das Tuch kann dort herumgelegen sein. Jemand kann es sogar auf der Heinrichsbrücke oder auf einem der Kreuzfahrtschiffe verloren haben, der Wind hat es auf die Insel geweht. Fertig.«

»Also haben wir nichts, Chef«, murmelte Kühn. »Nichts als einen Todeszeitpunkt, ein Tütchen Koks, einen chemischen Cocktail im Blut, dazu einen Anruf von seinem Vater und ein verfluchtes weißes Tuch.«

»Was Neues von *Zuckerfräulein*?«, wollte Hardo wissen.

»Ich habe mich in der *Konditorei Ferber* umgehört. Die wissen nichts von einem *Zuckerfräulein* oder einer *Facebook*-Gruppe namens *Villen für alle*. Die in *Zuckerfräuleins* Account abgebildete Torte war kein Objekt für eine Hochzeit, sondern wurde für ein Fotoshooting gebacken und eine Weile im Laden ausgestellt. Viele Kunden haben sie fotografiert.« Die Kaluza zuckte die Achseln. »Hähnle hat mit der *Facebook*-Gruppe auch noch seine liebe Not. Diese *Villen-für-alle*-Schnuckis haben ihre digitalen Spuren wohl ziemlich gekonnt verwischt.«

Stefan Kühn fühlte, wie eine schwere Mattigkeit ihn überkam. Dieser Fall war seltsam. Er hatte kein gutes Gefühl. Normalerweise erkannte er bei unklaren Todesfällen schnell die eine Richtung, in die es sich zu ermitteln lohnte. Nun erstreckte sich vor ihm ein dunkler Tunnel. Er hatte schlicht keine Erwartungen. Als sei der Fall hoffnungslos.

»Kühn, beraumen Sie eine Pressekonferenz an«, befahl Hardo. »Um 18.30 Uhr. Zehn Minuten vorher stimmen wir uns ab, was rausgegeben wird. Kaluza, besorgen Sie ein Foto von dem Halstuch.«

»Geben wir die Identität des Opfers bekannt?«, fragte Kühn, während er sich eifrig Notizen machte.

Das Handy von Monika Kaluza spielte einen Jingle. Sie sah darauf, scrollte, runzelte die Stirn. »Uns wird nichts anderes übrig bleiben, fürchte ich. Wie ihr wisst, bin ich in einer Sportgruppe. Wir laufen zusammen. Und einer aus unserer Gruppe hat einen Bekannten, der auch joggt, und der ist der Knabe, der uns heute früh bei der Arbeit fotografiert und gefilmt hat. Erinnert ihr euch? Der Fleischmann hat noch gewarnt, dass die Hyänen kommen.

Genauso hat er das gesagt.« Sie drehte ihr Smartphone so, dass jeder das Foto sehen konnte.

»Wer ist der Mann?«, fragte Kühn.

»Der Bekannte von meinem Bekannten heißt Fred Kotschenreuther, aber das Bild ist nicht von ihm, sondern von einem Kokoba. Kotschenreuther hat es nur geteilt. Wer das ist? Keine Ahnung! Ich schicke Hähnle den Link.«

»Ich fürchte, das Foto und sämtliche Spekulationen dazu wurden bereits millionenfach geteilt«, stöhnte Hardo. »Also, an die Arbeit! Holt mir die Presse her.«

19.

Ihr Handy klingelte, als Katinka gerade die Detektei abschloss.

»Wischnewski, was gibt's Neues?«

»Die Polizei hat eine Pressekonferenz anberaumt.«

»Sieh einer an.«

»Um 18.30 Uhr. Hat Ihr Liebster Ihnen schon ein paar Interna verraten?«

Katinka zögerte. »Der Tote ist der Immobilienmagnat Michael Dreysbach. Das haben Sie natürlich nicht von mir.«

»Ich glaub, ich spinne.« Dante zog scharf die Luft ein.

»Wieso?« Katinka wanderte die Hasengasse hinauf, das Handy am Ohr.

»Die Dreysbachs sind Füchse im Immobiliengeschäft. Sie kaufen die Bamberger Filetstücke an Häusern auf. Rücksichtslos. Hauptsächlich im Inselgebiet. Es heißt, dass sie dabei nicht immer faire Methoden anwenden.«

»Was heißt ›rücksichtslos‹?« Katinka bog in die Austraße ein und ging die paar Meter zum *Café Müller*. Ihr knurrte der Magen. Außerdem benötigte sie dringend eine Toilette.

»Ich bitte Sie, es braucht nicht viel Fantasie, um sich vorzustellen, mit welchen Mitteln man Mietern das Leben unbequem machen kann.«

»Einem Mieter kann man kein Haus abkaufen.«

»Nein, aber wer entsprechend schräg drauf ist, findet Mittel und Wege, Leuten die Immobilie abzuluchsen. Viele Häuser gehören Erben, die längst nicht mehr in Bamberg wohnen und keinen Bock haben, sich mit der Verwaltung abzuplagen. Und es gibt etliche alte Kästen, die sanierungsbedürftig sind. Vielleicht auch noch denkmalgeschützt. Wer hat dafür schon das nötige Kleingeld parat? Viele sind froh, wenn sie verkaufen können.«

Katinka setzte sich an einen Tisch nahe beim Durchgang zum Zeitungsladen.

»So habe ich es noch nicht gesehen.«

»Kommen Sie schon, Sie müssen doch auch Ihre Moneten zusammenhalten, falls mal was repariert werden muss. Ich meine, als Hausbesitzerin.«

»Wischnewski, erinnern Sie sich an das Loch, das wir in der Concordiastraße im Keller hatten? Damals?«

»Hm, ja, der Keller stand total unter Wasser, der Fluss hätte uns fast mit sich gerissen. Warum?«

»Ich frage mich gerade, ob das Sabotage war.«

»Sabotage?« Dantes Stimme wurde hektisch. »Das wäre ja …«

»Meine Geschäftsräume sind heute jedenfalls sabotiert worden. Jemand hat Textilschnipsel und eine dickflüssige Masse in das Hauptrohr gegossen, das von meiner Detektei in die Unterwelt führt.«

»Klingt verdammt unschön.«

»Das können Sie laut sagen. Ein Problem, das ganz bestimmt nicht von selbst gekommen ist.«

»Anders als die Blattläuse«, sagte Dante.

»Stimmt genau. Und es gibt Einzelhändler in der Innenstadt, die wegen diverser Probleme mit den Geschäftsräumen ebenfalls Briefe vom Anwaltsbüro Schneitter bekommen haben. Bis später, Wischnewski.« Katinka legte auf und ging zur Toilette.

Als sie zurück an ihren Tisch kam, ließ sich ein Mann am Nachbartisch nieder. Er trug einen schwarzen Sweater, im Nacken klemmte eine grüne Kapuze. Irgendwie kam er ihr bekannt vor. Sie setzte sich, spürte seinen Blick im Rücken.

Kein Zweifel, er kannte sie. Und sie hatte ihn auch schon einmal gesehen. Sie wusste nur nicht mehr, wo.

20.

Sie sollte sich wirklich nicht allzu viele Gedanken machen. Dinge verschwanden und tauchten wieder auf. So funktionierte das. Ein Halstuch war ja kein Handy!

Nach dem Treffen mit Kilian war Babs kreuz und quer durch den Hain geradelt, vom Kanal zum Fluss hinüber und wieder zurück. Einfach, um auf andere Gedanken zu kommen. Sie konnte diese grässliche Angst nur in Schach halten, wenn sie sich bewegte. Solange sie auf dem Rad unter den Bäumen umherflitzte, hielt sie die Panikattacken von sich fern, und auch die ständigen Schmerzen lösten ihre Krallen. Die frische Luft tat gut. Vögel trällerten um die Wette, die ersten Stehpaddler wagten sich auf den ruhigen Kanal. Auf dem Wasser reflektierte das Sonnenlicht. Am Ufer schnatterten Enten. Babs atmete tief durch.

Es gab zwei Hauptprobleme: ihre Wohnsituation und – das Halstuch. Irgendwie ging ihr das nicht aus dem Kopf. Bei der Protestaktion neulich in der Stadt hatte sie es noch gehabt. Der Tag war windig gewesen. Sie hatte das Tuch gebraucht. Und einen Anorak.

Babs ließ das Rad auslaufen, als sie an der Buger Spitze ankam. Ein paar Kieselsteinchen spritzten weg, als sie absprang. Nur zwei Bänke waren besetzt. Sie lief die Stufen hinunter zu der Stelle, wo Kanal und Fluss aufeinandertrafen. Die Tretboote, die hier im Sommer vermietet wurden, waren noch nicht da. Sie setzte sich auf die Steinmauer. Ein paar Kormorane flogen knapp über dem Wasser dahin und verschwanden aus Babs' Blickfeld.

Wann hatte das mit dieser schrecklichen, alles umfassenden Angst angefangen? Sie konnte sich nicht erinnern. Als sei die Angst schon immer bei ihr gewesen. Als sei sie, Babs, stets überzeugt gewesen, dass der Boden sich eines Tages unter ihr auftun und sie verschlingen würde. Babs presste die Handflächen neben sich auf den kühlen Stein. Später waren die Schmerzen dazugekommen. Als hätte die Angst sie herbeizitiert.

Urte würde von einer sich selbst erfüllenden Prophezeiung sprechen. Wenn du ständig nur drauf wartest, dass du auf die Nase fällst, fällst du auch.

Urte hatte leicht reden. Urte hatte einen Job. Sie hatte keine Schmerzen. Sie hatte keine Angst.

Babs stöhnte leise. Wenn sie nur wüsste, womit alles angefangen, was diese Panikattacken ausgelöst hatte ... Sie drehte sich im Kreis.

Ein Kajak glitt vorbei, fast lautlos. Kleine Wellen platschten gegen das Ufer.

Das Tuch. Verdammt, das Tuch. Es ließ ihr keine Ruhe. Sie fischte ihr Handy aus der Tasche und scrollte durch *Facebook*. Eindeutig. Bei dem Protest in der Innenstadt hatte sie es getragen. Sie fand die passenden Fotos. Ob sie es damals verloren hatte? Die Polizei hatte sich ziemlich uneinsichtig gezeigt. Ihre Aktion war nicht angemeldet gewesen. Man hatte sie auf die Polizeidirektion gebracht. Zuerst war die Stimmung aufgebracht. Doch Stück für Stück hatten sich die Gemüter beruhigt. *Villen für alle* war keine radikale Vereinigung wie die Klimaaktivisten, die sich mit Sekundenkleber auf Fahrbahnen festklebten oder Kartoffelbrei auf Gemälde warfen. Sie kämpften für ihre Rechte, ohne anderen zu schaden. Selbst wenn es Leuten wie den Dreysbachs recht geschähe ...

Babs schauderte. Sie hatte noch nie jemandem den Tod gewünscht. Noch nie. So tief wollte sie nicht sinken. Und Kilian hatte recht: Mit Michael Dreysbach war *der* Immobilienmagnat gestorben, mit dem man noch hätte reden können. Anders als mit dem Alten. Der ging über Leichen.

21.

»Frau Leicht, warten Sie mal!« Katinka lehnte ihr Rad an die Torzufahrt ihres Hauses.

Die Frau in Jeans und gelber Jacke war bereits um die Ecke verschwunden.

»Frau Leicht?« Katinka lief ihr nach. Es nieselte, und das Kopfsteinpflaster war rutschig. Sie schlitterte in die Hofgasse, konnte sich gerade am Hauseck festhalten. »Auf ein Wort!«

Die Nachbarin hatte bereits den Schlüssel ins Schloss zum *Bamberger Ferienparadies* geschoben. Ungehalten warf sie einen Blick über die Schulter. »Mein Mann ist nicht da.«

Katinka eilte an den verdächtigen Hibiskusbüschen vorbei zur Treppe und setzte ihren Fuß auf die erste Stufe.

»Ich wollte mit *Ihnen* sprechen.«

Die Nachbarin hatte die Tür aufgeschlossen und trat ein. Katinka gab Gas. Bevor Gundi Leicht die Tür wieder zustoßen konnte, hatte sie den Fuß drin. Sie unterdrückte den Schmerzensschrei, als die Frau mit einigem Kraftaufwand versuchte, die Tür ins Schloss zu schieben.

»Wie gefallen Ihnen meine Sträucher, Frau Leicht?« Katinka stemmte ihr Knie gegen die Tür.

»Welche Sträucher?«

»Dort, gleich an meiner Hauswand.« Katinka stand nun in der Diele. Direkt hinter der Frau, die das Haus immer noch wie ein Höllenhund bewachte, sah sie eine schmale Holztreppe, die in den ersten Stock führte.

»Was weiß ich.« Gundi Leicht zuckte die Achseln.

»Es sind auch überhaupt keine Blattläuse dran. Vielleicht möchten Sie das Ihrem Mann ausrichten.«

»Ich habe keine Zeit zum Ratschen. Heute Abend bekommen wir Gäste. Ich muss saubermachen.« Sie wies auf die Eingangstür zur Ferienwohnung.

Katinka schloss die Tür hinter sich, lehnte sich mit dem Rücken dagegen. Es wurde düster im Raum. »Schön. Sauberkeit ist ja immer gut.«

Gundi Leicht wich einen Schritt zurück. Im spärlichen Licht von draußen sah Katinka das unruhige Flackern in ihren Augen.

»Ist Severin Schneitter ein alter Bekannter von Ihnen?«

»Nein, wieso?«

»Oder vielleicht ein Schulfreund Ihres Mannes?«

»Wie kommen Sie drauf?«

»Also nicht?«

»Lassen Sie mich in Ruhe. Ich weiß gar nicht, was Sie wollen. Wir sind doch immer gut miteinander ausgekommen. Und Streit suchen wir gewiss nicht, mein Mann und ich. Sie haben doch selbst Geschäfte mit ihm gemacht, als Sie renoviert haben.«

Katinka spürte, wie die Nerven in Kürze mit ihr durchgehen würden. »Severin Schneitter hat einen gewissen Ruf in dieser Stadt!«, stieß sie hervor. »Ich nehme an, Sie wissen davon. Dann ahnen Sie sicher, warum ich ein klein wenig verärgert bin.«

»Aber ...«

»Wie sieht es mit dieser Ferienwohnung aus? Ist da alles ordnungsgemäß angemeldet? Weiß das Finanzamt über Ihre Einnahmen Bescheid?«

»Gehen Sie jetzt.«

»Ich bin gleich fertig.« Im Stockwerk über ihnen knarrte der Holzboden. »Falls Ihr Mann nicht doch da ist.«

»Nein, er ist bei unserem Sohn.«

Katinka strich sich das Haar aus der Stirn.

»Gut. Wenn Sie also glauben, dass Severin Schneitter und ich gut zusammenpassen, quasi wie zwei Puzzleteile, muss ich Sie enttäuschen. Ich habe meine Quellen und meine Kontakte.«

Sie wandte sich zur Tür.

»Sie drohen mir?« Die Nachbarin machte einen Schritt nach vorn. Stand nun ganz nah vor Katinka.

»*Sie* drohen doch *mir*. So las es sich jedenfalls auf dem Papier.«

»Ich ...« Die Hand der Frau glitt an ihren Hals. »Also ...«

»Schönen Abend noch, Frau Leicht.«

Katinka wandte sich um und verließ das Haus.

Der Regen war stärker geworden. Sie zog die Jacke über den Kopf und rannte.

22.

Das Schöne am Grundstück bei Nina und Gerald war das starke WLAN-Signal, das selbst im Schäferwagen gut funktionierte. Babs nutzte das schnelle Internet, um *Netflix*-Serien zu sehen und zu surfen. Für Filme hatte sie heute keine Nerven. Sie checkte das Netz auf Informationen zu der Leiche, die man im Skatepark gefunden hatte. Sie hatte ihn erkannt. Kilian auch.

Er hatte ihr das Foto nicht weitergeleitet. Lieber keine Spuren hinterlassen, war seine Erklärung gewesen. Doch das Entsetzliche zog Babs magisch an. Sie surfte durch alle Gruppen und Chats, in denen sie Mitglied war. Auf *Facebook* hatte sich bereits ein ellenlanger Thread gebildet. Die Unterhaltung begann mit der Frage, ob es sich wirklich um Michael Dreysbach handelte, hangelte sich weiter zum Thema Mord oder Suizid und gipfelte in Spekulationen, wer ihn auf dem Gewissen haben könnte. Die Kommentare rangierten zwischen betroffen und hasserfüllt. Sie selbst konnte nichts Gutes über den Makler sagen. Sie hatte die finstere Seite dieser Immobilienagentur kennengelernt. Und selbst wenn Kilian ihr immer wieder versicherte, die Agentur bewege sich innerhalb der Gesetze und tue nichts Illegales, so fühlte sie doch, dass moralisch einiges im Argen lag. Sie ließ ihr Smartphone sinken und schloss die Augen.

Einsamkeit. Schmerz. Angst. Die schlimmsten Feinde. Und die grausamste Ausgangsposition überhaupt, um wieder auf die Füße zu kommen. Sie war so tief unten, dass die Kraft nicht einmal reichte, um über den morgigen Tag nachzudenken. Kilian studierte. Urte war berufstätig. Die beiden hatten einen Sinn im Leben. Und Ablenkung. So wie die meisten in ihrer Clique. Für Babs gab es nur den Schäferwagen und die bange Frage, was sie tun würde, wenn Gerald und Nina ihr eröffneten, dass sich erste Feriengäste für dieses Jahr angemeldet hatten. Dann müsste sie raus hier. Aber wohin? Sollte sie wirklich auf dem Campingplatz am Fluss ein Zelt aufstellen? Wohin mit ihren Sachen? Sie hatte das meiste bei Urte eingestellt. Trotzdem brauchte sie ein paar Basics. Wo würde sie ihr Handy laden?

Babs hörte sich in der Stille lachen. Was für eine irre Sorge! Wo würde sie ihr Handy laden! Es käme so weit, dass sie sich Gedanken machen musste, woher sie etwas zu essen bekam. Das Geld würde irgendwann nicht einmal mehr für die monatlichen Handykosten reichen. Noch stützte sie sich auf ihre Ersparnisse und die paar Einnahmen im *Irish Pub*. Doch mit denen war es nicht allzu weit her. Sie brauchte eine Idee.

Einen Job suchen. Ging nicht. Die Schmerzen. Die Schmerzen kamen zu oft, zu unkontrolliert, zu unerklärbar. Im Pub konnte sie ruhig auch mal absagen. Oder früher gehen. Wo war das sonst möglich? Babs warf sich aufs Bett, zog die Decke über den Kopf. Sie hätte kämpfen sollen. Um die Wohnung. Aber alle anderen im Haus waren freiwillig ausgezogen. Wie hätte sie allein diesen Kampf gewinnen sollen? In ihrem Kopf schwirrten Bilder umher, Sonnenlicht, das sich in den Zweigen einer Birke brach, das Lachen der Kinder aus der Kita auf der anderen Seite des Hinterhofs. Das morgendliche Niesen ihrer Mitbewohnerin. Kleine Füße, die über ihr trappelten. Bruchstücke, Elemente aus einer Vergangenheit, die einmal für ihr Zuhause gestanden hatten – und nun für gar nichts mehr.

Babs wandte sich wieder dem Handy zu. Jemand in der Gruppe *Villen für alle* schrieb:

»*Checkt mal TV-Oberfranken. Da läuft gerade die Pressekonferenz bei der Polizei.*«

Babs klickte auf den Link. Sie sah Menschen von hinten, die auf Stühlen saßen und eine leere Wand anstarrten, vor der ein langer Tisch stand. Man hörte leises Gemurmel. »*Warten auf Hauptkommissar Harduin Uttenreuther*«, lief am Bildschirmrand über die Laufzeile. Babs fühlte, wie ihr Magen sich zusammenzog. Mehrere Leute betraten den Raum, offensichtlich Journalisten, die sich einen Sitzplatz suchten.

Babs' Rücken begann zu schmerzen. Zuerst nur ganz leicht, knapp über der Lendenwirbelsäule. Schnell kroch der Schmerz höher, bis zu den Schultern. Eine zentnerschwere Last drückte sie nieder. Sie legte sich auf die Seite. Das Bild verschwamm vor ihren Augen.

Babs zwang sich zu blinzeln. Ihr Blick fokussierte sich langsam. Ein breitschultriger Mann mit Glatze saß an dem langen Tisch, flankiert von einer Frau, die Unterlagen vor sich aufstapelte, und einem blonden Mann. Babs' Hände fingen an zu zittern. Sie legte das Handy auf die Matratze, rollte sich auf den Bauch und starrte auf das Display.

»… willkommen zur Pressekonferenz der Polizeidirektion, ich bin Hauptkommissar Uttenreuther, meine Kollegen Kaluza und Kühn. Wie Sie der Einladung entnehmen konnten, geht es um den bislang ungeklärten Todesfall im Skatepark unter der Heinrichsbrücke. Heute Morgen …«

Der mit der Glatze redete, und Babs schloss die Augen. Alle Muskeln in ihrem Rücken zogen sich zusammen, wurden hart wie Stein. Sie versuchte, dagegen anzuatmen. Die Luft wurde ihr knapp. Wellen der Angst schossen durch ihren Körper. Als habe sie Schüttelfrost, kauerte sie zitternd auf ihrem Bett.

»… haben wir leider keine eindeutige Sachlage. Michael Dreysbach starb aufgrund …«

Babs holte tief Atem. Also hatte Kilian recht gehabt. Mehrere Nachrichten gingen in der Chatgruppe ein. Sie sah nicht nach.

»… hatte Alkohol im Blut …«

Ein Journalist stellte eine Frage, die Babs nicht verstand.

»Nein, das können wir ausschließen, er ist nicht von der Brücke gestürzt. Was wir dringend brauchen, sind Zeugen, die sich zwischen 3.40 und 5 Uhr an der Parkpalette am Heinrichsdamm, auf oder unter der Heinrichsbrücke oder auf der Insel zwischen rechtem Regnitzarm und Kanal aufgehalten haben. Sei es am Skatepark oder etwas weiter entfernt.«

Jemand rief etwas.

»Das ist uns natürlich bewusst, dass es sich um eine unchristliche Zeit handelt«, wandte der Kommissar ein.

Hinter den Polizisten wurde ein Bild an die Wand geworfen. Babs zwang sich, genau hinzusehen. Sie konnte die wichtigsten Daten entziffern. Uhrzeiten. Außerdem war da ein Ausschnitt aus dem Stadtplan, der Parkpalette, Brücke und Insel zeigte. Die Beamtin ließ einen Laserpointer von hier nach da sausen. Babs stand auf, schlang die Arme um ihren Oberkörper. Wiegte sich hin und her. Die Schmerzen wurden unerträglich. Sie griffen auf Bauch und Oberschenkel über. Sie brauchte ihre Medikamente. Ihr ganzer Körper fühlte sich steif an. Die Tabletten trug sie immer im Rucksack mit sich herum. Der Rucksack lag neben der Tür. Sie war außerstande, die paar Schritte zu gehen und sich danach zu bücken.

»… hat jemand offensichtlich ein Foto des Leichnams während der kriminaltechnischen Untersuchung des Auffindeorts gemacht und das Foto in den sozialen Netzwerken geteilt. Die Person, die sich auf *Facebook* Kokoba nennt, wird gebeten, sich bei uns als Zeuge zu melden«, sagte der blonde Mann, der ganz rechts saß.

Schwankend schleppte Babs sich zu ihrem Rucksack. Ihre zitternden Finger konnten den Reißverschluss kaum aufziehen. Endlich bekam sie die Tablettenschachtel aus der Seitentasche und drückte zwei aus dem Blister. In ihrem Kopf hämmerte ein brutaler Schmerz. Der Raum verschwamm vor ihren Augen. Trocken schluckte sie die Pillen. Vorsichtig tastete sie sich zum Bett zurück, nahm das Handy und starrte auf das Display.

»… bitten wir noch in einem weiteren Punkt um Mithilfe. Im Zusammenhang mit diesem Todesfall ist ein weißes Halstuch aufgetaucht.« Hinter dem Kommissar wechselte das Bild. Auf dunklem Untergrund war ein fleckiges Tuch zu sehen. »… 50 mal 50 Zentimeter. Weiß mit einem hellgrauen Blütenmuster. Wir suchen Zeugen, die dieses Tuch kennen und Angaben machen können, wem es gehört oder woher es stammt.«

Babs musste würgen. Mit aller Selbstbeherrschung rang sie den Impuls nieder. Sie konnte diese Anspannung nicht ertragen. Wie in einem Fiebertraum sah sie den roten Laserpunkt über das Bild tasten. Er irrlichterte um irgendwelche Konturen herum, die sie nicht erkennen konnte.

Das Tuch. Das verdammte Tuch.

Weitere Nachrichten gingen in der Gruppe ein. Sie stoppte den Livestream der Pressekonferenz und ging auf die *Facebook*-Seite. Etliche Kommentare zur Pressekonferenz waren eingegangen, meist hämische Bemerkungen.

Der Typ hat gekokst, das weiß doch jeder.

Hat er seinen Dealer nicht bezahlen können?

Nachts im Skatepark!!! Holla, die Waldfee.

@Kokoba, hast du gerade #TVO geguckt?

Babs scrollte weiter.

Das Tuch kann doch jedem gehören. Oder es lag schon ewig irgendwo herum.

Sie ließ das Handy sinken. Die Tabletten begannen zu wirken. Ihr Kopf wurde schwer, die Schmerzen machten sich nur noch dumpf bemerkbar. Sie ließ sich auf das Bett fallen. Die Medikamente drosselten die Angst. Wenn die Wirkung nachließ, würde sie wieder Tempo machen. Und über Babs herfallen mit der brutalstmöglichen Intensität. Sie hatte schon Angst vor diesem Moment. Angst vor der Angst.

Sie schaltete das Smartphone auf leise. Die Stille ringsum war schön und furchteinflößend zugleich. Sie sollte dem ein Ende machen. Dem allen. Möglichst schnell.

23.

Als die Beamten von der Pressekonferenz zurück in die Büros gingen, wartete Hähnle hinter der Glastür. Sein Bart war noch zauseliger als sonst, und im diffusen Dämmerlicht von draußen, wo der Regen mittlerweile in Schnüren fiel, wirkte er, als habe er mehrere Nächte nicht geschlafen.

»Chef?«

Hardo blieb abrupt stehen.

»Um Gottes willen, Hähnle, was ist denn mit Ihnen los?«

»Ich habe die Identitäten von *Zuckerfräulein* und *Krampenmann*.«

»Kühn? Kaluza? Besprechungsraum!«

Die Kaluza verdrehte die Augen. »Chef, allmählich müsste ich mal nach Hause. Mein Mann hat bestimmt schon vergessen, wie ich aussehe.«

Hardo reagierte nicht. Unterschwellig nahm er die Anspannung wahr, auch die Blicke, die Kühn und Kaluza einander zuwarfen. Doch darauf würde er nicht reagieren. Hatte er nie getan. Subtiles war nicht sein Ding. Außerdem ging er im Job davon aus, dass alle Beteiligten sachlich ihre Sicht der Dinge darlegen konnten. Müdigkeit oder gar Unlust gehörten natürlich nicht zur Verhandlungsmasse. Sie mussten jetzt angreifen, um den Fall zu klären.

Er schaltete das Licht ein und schloss das Fenster. Das Rauschen des Regens war nun nur noch eine ferne Kulisse.

»Also?«

Hähnle legte ein *iPad* vor sich ab, verband es mit ein paar Klicks mit dem Beamer an der Decke und wies auf das Foto, das sich an der Wand zeigte.

»Barbara Eggert, 27. Wohnhaft in der Königstraße. Arbeitet als Aushilfe im *Irish Pub*.« Das Bild zeigte das ernste, von blonden Locken umrahmte Gesicht einer jungen Frau. »Sie hat sich vor elf Jahren bei *Facebook* registriert. Unter ihrem richtigen Namen. Das Konto wird allerdings nicht mehr genutzt. Damals hat sie noch ein Foto von sich selbst als Profilbild genutzt, das mich neben anderen Hinweisen auf die richtige Spur brachte. Denn dasselbe Foto wurde von einer *Facebook*-Freundin Jahre später auf ihrem neuen Konto gepostet, der volle Name dazu angegeben.«

»Die Stasi wäre begeistert gewesen von den heutigen Möglichkeiten«, grummelte Monika Kaluza.

»*Krampenmann* ist ein gewisser Kilian Bär, 30 Jahre alt. Die beiden sind nach Angaben auf *Facebook* ein Paar.«

»Auch prekäres Arbeitsverhältnis?«, fragte Kühn.

Hardo bemerkte die Anspannung in der Stimme des Kollegen. Sie konnten nur hoffen, dass sie nun endlich weiterkommen würden.

»Nein, er studiert Betriebswirtschaft. Hat das Abitur auf dem zweiten Bildungsweg gemacht. Zuvor lernte er Elektriker. Gutes altes Handwerk.« Hähnle lehnte sich zurück. »Bär wohnt im Bamberger Osten im Studentenwohnheim.«

»Und die Frau in der Königstraße. Ganz in der Nähe der *Konditorei Ferber*, wo sie die Torte fotografiert hat.« Monika Kaluza richtete sich auf. »Worauf warten wir?«

24.

»Ich glaube, der Zeugenaufruf bringt nichts.« Dante Wischnewski saß Katinka in deren Küche gegenüber. »Ein Unbekannter mit einem Decknamen im Netz? Warum sollte der sich melden?«

Katinka stellte zwei Flaschen Bier auf den Tisch.

»Und außerdem, Frau Palfy, dieses Tuch, das dem Opfer in den Mund gestopft wurde. Ein weißes, fleckiges Ding. Ein paar graue Blumen drauf, kaum zu sehen. Wer sollte das wiedererkennen?«

»Keinen Schimmer, Wischnewski. Ich allerdings habe eine hübsche Neuigkeit.« Katinka köpfte die beiden Bierflaschen.

»Zum Fall?«

»Nicht zu diesem. Schauen Sie mal.« Sie legte einen Zettel auf den Tisch.

»Was soll das sein?« Verdattert sah Dante auf das dünne Papier. »Kaufangebot: 500.000?«

»Erstaunlich, nicht?« Katinka nahm einen Schluck Bier. »Ich war heute im *Café Müller*, bin dort auf die Toilette, und als ich wiederkam, saß ein Typ am Nebentisch, der mir leidlich bekannt vorkam. Vorhin habe ich meinen Rucksack ausgeräumt und – voilà – fand dieses unwiderstehliche Angebot.«

»Ist nicht Ihr Ernst!« Dante starrte sie entsetzt an. »Sie wollen doch nicht etwa verkaufen? Ich habe so viel Geld in meine Wohnung oben gesteckt …«

»Keine Sorge, ich will nicht verkaufen. Der Gag ist nur: Dieser Typ hat mich schon einmal kontaktiert. Ist ungefähr ein Jahr her, deshalb kam ich nicht gleich drauf. Ich bin bei heftigem Regen am Alten Kanal entlang nach Hause gefahren, und direkt hinter der Unteren Brücke stand dieser Mann plötzlich mit seinem Rad quer über dem Weg. Und wollte mein Haus kaufen.«

»Er selbst?«

»Kann ich mir nicht vorstellen. Er ist jemand, der den Verkauf anbahnen soll. Drehen Sie den Zettel mal um.«

»Eine ausländische Handynummer?« Dante machte große Augen. »Es gibt nur einen Weg, rauszufinden, wer dahintersteckt. Sie lassen sich zum Schein drauf ein.«

»Kein Interesse. Diese Liegenschaft hier ist inzwischen mehr wert als damals, als ich den Zuschlag bekam. Die Immobilienpreise steigen rasant. Ein Verkauf wäre schon irgendwie lohnend. Aber wo soll *ich* dann wohnen?« Katinka trank noch einen Schluck Bier. Zumal ich das Arrangement mit zwei Wohnungen im selben Haus für Hardo und mich ziemlich günstig finde. Eigentlich möchte ich es gar nicht anders. Trotz Stress wegen der nötigen Renovierungen, dachte sie.

»Sagen Sie mal, halten Sie es für wahrscheinlich, dass unsere netten Nachbarn Ihnen diesen Anwalt auf den Hals gehetzt haben, um Sie mürbe zu machen?«

Katinkas Handy klingelte. »Sorry, Wischnewski. Ja, Palfy hier?«

»Frau Palfy, guten Abend. Ich hoffe, ich störe nicht«, klang eine zögerliche Stimme aus dem Hörer. »Ella Wendner aus der Hasengasse. Sie wissen schon, ich wohne zwei Stock über Ihrer Detektei.«

»Hallo, Frau Wendner. Sie stören nicht, keine Sorge.«

»Ich habe mitbekommen, dass Sie Probleme mit dem Abwasser hatten.«

»Das stimmt.«

»Vielleicht ... nun, ich weiß nicht, ob das wichtig ist, aber gestern war jemand im Hof.«

»Wann?«

»Gegen Abend, vielleicht so um 18 Uhr? Ich erinnere mich nicht genau, tut mir leid.«

»Und wer war das?«

»Ein Mann, aber keiner, den ich kenne. Er trug einen dicken schwarzen Pullover mit einer grünen Kapuze. Ich habe mich gewundert, weil ... na, bei der Wärme so dick angezogen zu sein. Er kam mit einem Werkzeugkasten und ging in den Keller. Ich habe mir nichts dabei gedacht. Nahm einfach an, ein Nachbar hätte ihn bestellt. Doch jetzt, nachdem Sie dieses Problem hatten, kam mir in den Sinn, dass da vielleicht irgendwas nicht mit rechten Dingen zuging.«

»Danke, Frau Wendner, dass Sie angerufen haben. Sie haben mir sehr geholfen.« Katinka legte auf.

»Was war?« Dante streckte beide Handflächen nach oben. »Sagen Sie schon.«

Katinka knetete ihre Unterlippe. »Das ist wirklich interessant. Der Knabe, der mir das Kaufangebot gemacht hat, hat sich gestern in der Hasengasse im Keller zu schaffen gemacht.«

»Das ist ja ein Ding!«

»Wir hauen die Hibiskusbüsche um, Wischnewski.«

Verblüfft starrte Dante Katinka an. »Aber es sind doch überhaupt keine Blattläuse mehr dran! Außerdem: Insekten in der Stadt brauchen ...«

»Jaja, wir können sie auch ausgraben. Jetzt gleich.«

»Jetzt gleich?«

»Im Keller sind noch ein paar große Plastikeimer. Da pflanzen wir sie rein. Als Zwischenlösung. Und stellen sie in den Innenhof. Mich würde nämlich interessieren, ob darauf wieder ein neuer Anwaltbrief kommt: mit einer aktualisierten Forderung.«

»Bin dabei.« Er streckte die Hand nach der Bierflasche aus. »Und was ist mit diesem Severin Schneitter? Wollen wir da mal nachhaken?«

Katinka deutete mit dem Zeigefinger auf Dante. »Das klingt doch ganz nach einer super Indiziensuche für einen Investigativjournalisten.«

25.

Der Regen prasselte nur so auf den Schäferwagen. Babs kauerte auf ihrem Bett, den Kopf zwischen die Knie gezogen. Ihr Körper verweigerte sich allem guten Zureden. Sie konnte kaum noch ihren Atem kontrollieren. Das gleichmäßige Trommeln der schweren Tropfen auf das Dach steigerte die Panikattacke nur noch. Sie war kurz davor zu hyperventilieren. Kilian!

Mit aller Anstrengung stellte sie ihre Füße auf den Boden. Zwang sich, den Rücken gerade zu halten. Schließlich presste sie die Handflächen auf die Oberschenkel und kämpfte sich hoch. Kam sich uralt vor. Als sei sie so gut wie tot. Sie nahm ihre Regenjacke aus dem winzigen Schrank am unteren Ende des Betts. Schlüpfte hinein. Schnappte sich ihren Rucksack. Löschte das Licht. Eine Weile stand sie an der Tür, keuchend. Lauschte. Da waren nur der heftige Regen und ihre eigenen gepressten Atemzüge zu hören.

Sie öffnete die Tür. Trat hinaus. Schloss sorgfältig hinter sich ab. Ihr Fahrrad lehnte noch am Schäferwagen. Mit kalten Fingern umschloss sie den Lenker. Kurz wanderte ihr Blick zum Haus. Nur unten im Wohnzimmer brannte eine Stehlampe.

Die Jeans klebten Babs bereits durchweicht an den Beinen, als sie losfuhr. Über das Gras zur Straße fiel es ihr im Dunkeln schwer, die Balance zu halten. Als sie endlich über Asphalt radelte, löste sich die Anspannung. Die Straßenlaternen brannten schon, obwohl es noch nicht ganz dunkel war. Doch die schweren Regenwolken schluckten jegliches Licht. Eine trübe Dämmerung hing über Bug, als sie die Hauptstraße entlangfuhr. Sie erreichte das Regnitzufer. Still und verlassen sah die Buger Spitze aus, an der heute kein Spaziergänger unterwegs war. Nur ein Jogger flitzte durch den Regen. Babs sah seine Stirnlampe auf und nieder hüpfen.

Regenwasser rann ihr unter die Jacke. Sie querte die Brücke. Wind kam auf und rüttelte an den Buchen, die ihr nasses Laub über Babs ausschütteten. Sie weinte, merkte es kaum. Nur ihr Frontlicht warf ein wenig Helligkeit auf den Weg. Ansonsten war es finster wie in einem Grab. Sie keuchte, versuchte, beim Einatmen bis vier und beim Ausatmen bis acht zu zählen. Sie musste es bis zur Heinrichsbrücke schaffen, erst an der Parkpalette gab es wieder Beleuchtung. Bloß jetzt nicht die Nerven verlieren, sie brauchte noch eine gute Viertelstunde, dann wäre sie bei Kilian. Er würde ihr helfen. Egal, was war. Kilian half immer.

Am Jahnwehr schossen brüllende Wassermassen in den tiefer liegenden Abschnitt des rechten Regnitzarms. Die Neonlichter auf der Brücke durchschnitten die Dunkelheit. Sie hielt sich links. Am rechten Ufer, jenseits des Kanals, ragten hohe Bäume in den Himmel, sie wagte nicht einmal, daran zu denken, was vor kurzem dort drüben geschehen war. Ihr Kopf begann wieder zu schmerzen, etwas, das stärker war als sie, schlug glühende Nägel durch ihren Schädel. Sie umklammerte den Lenker, trat in die Pedale, wurde schneller, rauschte durch eine Pfütze. Ihre Schuhe waren völlig durchnässt, die Zehen eiskalt. Sie wischte kurz über ihre Augen, um klar zu sehen. Die Heinrichsbrücke kam in Sicht, ein schwarzes Monstrum, sie hörte das Brummen der Autos, sah die Lichter, die schnell heranrauschten und sich ebenso schnell entfernten, weiß und rot im Wechsel. Unwillkürlich zog sie den Kopf ein, als sie unter der Brücke hindurchtauchte. Kurz war da kein Regen, der auf ihre Jacke trommelte. Rechts, jenseits des Wassers, lag der Skatepark. Dort hatte man ihn kaltgemacht.

Die Bilder kamen in Babs hoch. Das Haus. Der Hinterhof. Die Kita-Kinder. Die Musik beim Sommerfest und der Geruch nach Bratwürsten. Die Wohnung, nur noch ein leeres Loch. Alle weg.

Sie ließ die Brücke hinter sich, tauchte wieder in den Regen. Hier brannten Laternen, beleuchteten die Joggingstrecke, die vor Jahren angelegt worden war, um das Training auch bei Nacht zu ermöglichen. Babs nahm den direktesten Weg zum Bahnhof. Das Wetter hatte das Leben in der Innenstadt stillgelegt. Vor dem Kino standen ein paar Leute unter Schirmen und unterhielten sich lautstark.

Als sie endlich bei Kilians Wohnheim ankam, sprang sie vom Rad und blieb für ein paar Sekunden stehen. Zitternd. Ihr Atem raste. Sie musste zur Ruhe kommen!

Vor dem Eingang zum Wohnheim standen ganze Pulks von Fahrrädern. Sie stellte ihres dazu, erleichtert, endlich angekommen zu sein. Ein Wagen näherte sich. Langsam, als würde der Mann am Steuer, dessen ernstes Gesicht sie kurz im Licht der Straßenlaterne aufleuchten sah, nach etwas suchen. Babs wich zurück, ging hinter den Rädern in die Hocke. Plötzlich bremste der Pkw und hielt. Totstellen. Nicht bewegen. Bewegung fällt auf. Stillstand nicht.

Ein Mann und eine Frau stiegen aus. Sie sahen sich kurz um und zogen gleichzeitig Kapuzen über die Köpfe. Gingen auf das Wohnheim zu. Die Lampe über der Eingangstür flammte auf.

»Hier. Bär, Kilian«, hörte Babs die Frau sagen.

Babs zog den Kopf ein.

Bär, Kilian.

»Bitte, ja?«, schallte Kilians Stimme durch die Gegensprechanlage.

»Polizei. Wir müssen Sie kurz sprechen.«

Für ein paar Augenblicke blieb Babs die Luft weg. Der Türsummer ging.

Sie sah Kilian vor sich, wie er in seinem engen Zimmer an der Tür stand, den Hörer der Gegensprechanlage in der Faust. Die Beamten traten ins Gebäude. Die Tür fiel ins Schloss.

Babs riss ihr Rad an sich, sprang auf den Sattel und strampelte los.

26.

Hardo wollte diesen Besuch selbst erledigen. Kühn und Kaluza waren mit *Krampenmann* und *Zuckerfräulein* gut beschäftigt. Gleich nach der kurzen Besprechung mit seinen Kollegen war er Richtung Erlangen auf die Autobahn gefahren. Er hatte heute schon mehrfach versucht, Liliane Schiller, die Schwester des Opfers, zu erreichen, doch erst kurz vor der Pressekonferenz war sie an ihr Handy gegangen. Sie wusste bereits von den Eltern, dass ihr Bruder tot war. Obwohl sie spürbar unter Schock stand, erklärte sie sich bereit, an diesem Abend noch mit Hardo zu sprechen.

Der Regen fiel in langen Schnüren; immer wieder traf eine Windbö das Auto. Nach dem heißen Tag war Hardo der Wetterwechsel durchaus angenehm. Ab Forchheim Süd ließ der Regen schließlich nach. Die Abendsonne wagte sich aus den Wolken und warf rötliches Licht auf die Landschaft. Hardo ließ kurz den Blick nach Osten zu den Bergen der Fränkischen Schweiz schweifen. Wie verzaubert wirkte dieser Maiabend. Die Natur schien explodieren zu wollen, die Büsche nahe der Autobahn glänzten und schüttelten ihr üppiges Grün im Wind.

Bei Möhrendorf fuhr Hardo ab und folgte dem GPS, das ihn an der Kirche vorbei bis zum Waldrand führte. Er parkte und ging die paar Schritte zu dem Haus, das Liliane Schiller ihm beschrieben hatte. Der Regen setzte wieder ein. Hardo öffnete das Gartentor und hastete durch den Vorgarten, in dem Jasmin und Flieder blühten. Beinahe zugewachsen war ein Holztisch mit mehreren Stühlen davor. Dahinter erkannte Hardo eine Gartenhütte.

»Herr ... Uttenreuhter?«

Liliane Schiller stand unter der Tür.

»Ja, der bin ich. Grüß Sie Gott, Frau Schiller.«

Er sprach ihr sein Beileid aus, während er eintrat. Sie nickte bloß. Ihr Gesicht war frisch geschminkt, das lange blonde Haar trug sie in einem Pferdeschwanz. Eine weite Bluse umspielte ihren korpulenten Körper.

»Danke. Ich kann mir das alles noch gar nicht vorstellen. Michael tot.«

»Ist es Ihnen recht, wenn wir uns unterhalten?«

»Natürlich. Ich bin froh, wenn ich mit jemandem reden kann. Mein Mann ist in den USA. Er ist Physiker an der Uni in Erlangen und mit dem gesamten Team auf einer Konferenz in New Orleans. Meine Güte, ich habe ihm noch gar nichts gesagt.« Liliane ging voraus in ein Wohnzimmer mit breiten Fenstern, die den Blick auf ein Stück Rasen und den Wald direkt dahinter freigaben. In einem Kachelofen brannte Feuer. Zwei Katzen räkelten sich auf dem Sofa.

»Nehmen Sie Platz. Ich habe Limonade gemacht. Möchten Sie?«

»Gern. Sicher haben Sie schon mit Ihren Eltern gesprochen.«

»Mit meiner Mutter. Sie hat mich angerufen, gleich nach Ihrem Besuch heute Mittag. Natürlich war sie am Boden zerstört. Ich habe meinen Chef gebeten, früher gehen zu können. Ein Kollege hat meine Termine übernommen.«

»Wo arbeiten Sie?« Hardo setzte sich in den angebotenen Sessel.

»Ich bin Immobilienkauffrau und arbeite für *Hannes & Wilman*. Eine große Immobilienagentur, die hauptsächlich in Südbayern tätig ist. In den letzten Jahren macht sie auch Geschäfte in Franken. Seitdem bin ich dabei.«

»Also dieselbe Branche, in der auch Ihr Vater und Ihr Bruder ...«

»Ja, das stimmt. Ich wollte immer in die Firma einsteigen. Aber mein Vater hielt mich auf Abstand.«

»Warum das?«

»Ach, er ist alte Schule.« Liliane Schiller nestelte an ihrem Pferdeschwanz. »Einem Mädchen gibt man die Firma nicht. Dabei hatte ich nach meiner Ausbildung für *Dreysbach & Söhne* gearbeitet. Ich war recht erfolgreich.«

»Erfolgreicher als Ihr Bruder?«

Liliane riss die Augen auf. »Das würde ich nicht unbedingt sagen. Ich denke mal, ich habe einfach mehr Freude an dieser Arbeit. Es fällt mir leicht zu verkaufen. Ich komme schnell mit Menschen in Kontakt. Für Michael ist das einfach mühsamer. Oder war.« Sie senkte den Blick.

»Würden Sie sagen, dass Ihr Bruder ein glückliches Leben führte?«

»Michael?« Liliane zuckte die Achseln. »Schon. Irgendwie. Die Scheidung hat ihn zwar runtergezogen, aber in letzter Zeit hatte ich den Eindruck, dass er wieder nach vorne blickte.«

»Die Rechtsmedizinerin hat ein Screening veranlasst. Ihr Bruder hatte 1,6 Promille Alkohol im Blut, außerdem Kokain.«

»Was?«

»Er nahm außerdem Antidepressiva.«

»Wieso …?«

Hardo beobachtete die Frau ruhig. Diese Rückfrage kam ihm lahm vor. Blass. Gespielt.

»Trank Ihr Bruder häufig?«

»Ich … ich glaube nicht. Ich habe ihn nie angetrunken erlebt. Wirklich nicht.«

»Und die Drogen? Hat er sich Ihnen anvertraut, wussten Sie, dass er kokst?«

»Nein. Ich … das ist alles … so furchtbar.«

»Alkohol- und Drogenkonsum kann auf schwerwiegende Probleme hinweisen. Ist Ihnen da etwas bekannt?«

Liliane Schiller schüttelte stumm den Kopf. Schließlich griff sie nach dem Krug mit der Limonade und schenkte zwei Gläser voll. »Entschuldigen Sie. Ich wollte Sie nicht auf dem Trockenen sitzen lassen.«

»Danke.« Hardo nahm ein Glas entgegen. »Könnte die Scheidung Ihrem Bruder mehr zugesetzt haben, als er zugeben wollte?«

»Vielleicht.« Liliane nippte an ihrem Getränk, stellte das Glas ab.

»Woran zerbrach die Ehe Ihrer Meinung nach?«

»Das müssen Sie Ursula fragen.«

»Mich interessiert Ihre Meinung.«

»Na ja«, Liliane wiegte den Kopf, »ich glaube, sie haben nie richtig zusammengepasst. Ursula ist eine in sich gekehrte Person, sehr diszipliniert, sie ordnet ihr Leben, verstehen Sie? Michael ist – war – ein Chaot. Spontan, konfus. Fing Dinge an und brachte sie nicht zu Ende. Ließ Freundschaften sausen, kümmerte sich nicht um andere. Das klingt niederträchtig, aber er war auch charmant, konnte bei Frauen gut landen.«

»Hatte er Affären?«

»Das weiß ich wirklich nicht.« Liliane hob die Hände, als wollte sie weitere Fragen abwehren.

»Ihr Vater wollte Sie nicht im Geschäft haben – eigentlich schade. Wo Sie doch mehr Freude an dieser Tätigkeit haben als Ihr Bruder.«

»Er hat mich nicht offiziell rausgeschmissen. Wissen Sie, es gab keinen Streit. Eigentlich kam es schleichend. Er machte mir die Arbeit immer schwerer. Übernahm interessante Kunden, die ich gewonnen hatte, selbst, führte die Verhandlungen und schickte mich zum Kaffeekochen. Ich sage ja: alte Schule.« Sie griff nach einer Fernbedienung und schaltete einen Deckenfluter ein. »Damals lernte ich meinen späteren Mann kennen, und es wurde schnell ernst. Wir heirateten, ich wurde schwanger, und genau ein Jahr später kam schon unsere Tochter zur Welt. Petra ist jetzt zwölf. Ich habe ihr für heute erlaubt, bei einer Freundin zu übernachten. Morgen muss ich ihr irgendwie beibringen, dass ihr Onkel tot ist. Sie mag Michael. Er konnte gut mit ihr.«

»Ihr Bruder engagierte sich für ein anderes Bamberg. So liest es sich jedenfalls in den Posts, die er im Internet geschrieben hat.«

»Ach das!« Liliane winkte ab. »Ich denke nicht, dass das wirklich seine Meinung war. Weniger Verkehr, weniger Tourismus, weniger dies, weniger das.«

»Nicht?«

»Nein, er wollte einfach Stimmen entgegentreten, die *Dreysbach & Söhne* angriffen. Mein Vater und mein Bruder hatten so eine Art, Häuser aufzukaufen und die Mieter rauszukicken. Es ging so weit, dass sie Leitungen kappten und das Wasser abdrehten, wenn Mieter sich nicht vertreiben lassen wollten. Letztendlich behaupteten sie immer, das wären Versehen gewesen, aber ich weiß es besser. Es war einfach ihre Taktik. Die Leute rauszukriegen, um sanieren und umbauen zu können. Große Altbauten wurden stets so umgestaltet, dass aus einer Wohnung zwei wurden. Mehr Mieter bei zugleich höheren Mieten – das ist das heutige Geschäftsmodell von *Dreysbach & Söhne*. Tja, und mein Bruder hat das online ein bisschen bereinigt. Nur verbal allerdings. Greenwashing, irgendwie.«

»Waren Sie eigentlich sauer auf Ihren Bruder? Weil der in der Firma blieb und Sie nicht?«

»Manchmal schon.« Liliane seufzte. »Wir verstehen – verstanden – uns trotzdem weiterhin gut. Es lag ja nicht an ihm, dass mir der Stuhl vor die Tür gesetzt wurde.«

»Kennen Sie *Villen für alle*?«

Liliane winkte ab. »Michael hat von denen erzählt. Irgendwelche Spontis, die im Internet für die Rechte der Mieter kämpfen. Nicht ernst zu nehmen, wenn Sie mich fragen.«

»Vielleicht doch. Sie organisieren Protestaktionen im wirklichen Leben, sind also nicht nur im Netz aktiv. Außerdem verwischen sie gekonnt ihre digitalen Spuren.«

»Von denen halte ich nicht viel. Ich wette, das sind hauptsächlich Typen, die von meinem Vater und Bruder aus ihren Wohnungen geschmissen wurden. Die sind jetzt auf Rache aus.«

»Können Sie sich vorstellen, weshalb Ihr Bruder nachts um 3.40 Uhr auf die Parkpalette am Heinrichsdamm fuhr?«

Liliane schüttelte den Kopf. »Ich habe keine Ahnung.

Meine Mutter meinte, er wurde unter der Heinrichsbrücke gefunden. In einem Skatepark. Das ist geradezu surreal.«

»Sagt Ihnen der Name Kokoba etwas?«

»Wie? Nein. Wer soll das sein? Auch so ein Internettroll?«

»Wegen dieser Sache mit dem Kokain – ist Ihnen da wirklich nie etwas aufgefallen?«

»Nein«, sagte Liliane mit Nachdruck. »Nie.«

»Wo waren Sie heute Morgen zwischen 3 und 5 Uhr?«

Liliane grinste schief. »Ich habe mich schon gefragt, wann Sie damit kommen. Hier, zu Hause. Mit meinem Kind. Und wir haben tief und fest geschlafen. Übrigens, ich führe ein Fahrtenbuch. Sie können mein Auto checken – ich bin keinen Kilometer letzte Nacht gefahren.« Sie erhob sich. »Kommen Sie?«

Hardo folgte ihr in die Garage. Die feuchte kühle Luft tat ihm gut. Eine Amsel schoss zeternd über den Rasen. Im Nachbargarten kicherten zwei Mädchen.

Sie hat ihren Bruder nicht umgebracht, dachte er. Dennoch würde er sich das Fahrtenbuch zeigen lassen. Nur um einen weiteren Baustein zu haben, auf den sie sich bei den Ermittlungen stützen konnten.

27.

»Verdammt, Frau Palfy! Bei dem Wetter jagt man doch keinen Hund vor die Tür.«

»Einen Hund nicht, aber einen Reporter und eine Privatdetektivin.« Katinka sah zum Himmel. Düsteres Grau, aus dem der Regen in feinen Schleiern herabwehte. Sie schwang die Schaufel. »Nur Mut!«

Die Hofgasse lag dunkel und still da. Man hörte den nur wenige Meter hinter den Häusern dahinströmenden Fluss rauschen.

»Die Büsche sind recht gut angewachsen. Wir dürfen auf keinen Fall die Wurzeln verletzen.« Dante richtete seine Stirnlampe auf den ersten Strauch. »Wahnsinn, dieses Wetter. Ich sehe eigentlich nur Regentropfen. Haben Sie die Pressekonferenz im Netz verfolgt?«

»Logisch.«

Katinka begann zu graben. Die ungewöhnliche Wärme des Tages hatte sich in klamme Kälte verwandelt. Sie rammte das Schaufelblatt in die nasse Erde.

»Vorsicht, seien Sie doch vorsichtig!«

»Sie haben um den Hibiskus ja so viel Angst wie um ein Kleinkind, Wischnewski.«

»Witzeln Sie nur. Statt in einer Bar eine schöne Frau anzusprechen, buddle ich in der Erde.« Dante hielt den Strauch am Stamm gepackt und rüttelte daran. Als er sich löste, klatschten ihm kleine Erdklümpchen ins Gesicht.

»Rein damit in den Pflanzkübel.« Katinka schob den Behälter mit dem Fuß zurecht. Das laute Geräusch wurde durchbrochen vom Motorengeräusch eines Wagens, der im Schritttempo die Concordiastraße entlangfuhr. Scheinwerfer tasteten sich durch die späte Dämmerung.

Dante hob den Kopf. »Denken Sie auch, was ich denke?«

Katinka grinste, wischte sich Schweiß und Regennässe aus der Stirn. »Ich glaube schon.«

»Erstaunlich, nicht? Dass wir immer wieder dasselbe denken? Liegt das an den Spiegelneuronen, was meinen Sie?«

Der Fahrer des Wagens hatte wohl erkannt, dass er unmöglich in die enge Hofgasse einbiegen konnte. Katinka sah das ratlose Gesicht des Mannes am Steuer.

»Wischnewski, dann wollen wir mal.«

Katinka eilte bereits die Gasse hoch und winkte dem Fahrer zu. Der ließ sein Fenster ein paar Zentimeter herunter.

»Wir suchen das *Bamberger Ferienparadies*. Wir haben dort eine Ferienwohnung gebucht«, sagte der Mann mit unverkennbar Rheinischem Singsang. Seine Frau auf dem Nebensitz fuchtelte mit einem Stapel Papiere herum, als müsste sie Katinka von der Rechtmäßigkeit ihres Vorhabens überzeugen. »Es hieß, man könnte hier zwar nicht parken, aber wenigstens das Gepäck ausladen.«

»Klar können Sie das. Wir helfen Ihnen tragen.« Katinka lächelte breit. »Ich bin leider noch mit Gartenarbeit beschäftigt.«

»Sind Sie Frau Leicht?«, wollte die Frau wissen.

»Nein, der junge Mann und ich sind Nachbarn. Aber wie gesagt, wir helfen Ihnen gern mit dem Gepäck. Bei dem Regen!«

Der Mann schien schnell entschlossen; er stieg aus und rannte zum Kofferraum, hievte zwei Trolleys und zwei

Rucksäcke heraus. Dante stand schon neben ihm und schulterte den ersten Rucksack. Katinka griff nach einem Koffer und zerrte ihn über das holprige Pflaster auf das Haus der Leichts zu.

»Wissen Sie«, hörte sie Dante sagen, »wir bepflanzen hier neu. Auch den Feriengästen zuliebe. Damit die auch mal was anderes sehen als nur die Mauern vom Nachbarhaus.«

Über der Haustür zum »Bamberger Ferienparadies« ging Licht an. Elmar Leicht streckte den Kopf raus.

»Hallo, Herr Leicht, Ihre Gäste sind eingetroffen!«, rief Katinka hinauf. »Wie gut, dass Herr Wischnewski und ich hier gerade am Werkeln waren. Das *Ferienparadies* ist wirklich nicht ganz einfach zu finden. Vor allem bei diesem Wetter nicht!«

Leicht verschwand und tauchte kurz darauf mit einem Schirm bewaffnet an der Tür auf. Ohne Katinka zu beachten, wandte er sich an die Gäste.

»Willkommen, willkommen. Warten Sie, ich habe noch einen zweiten Schirm ...«

Katinka schleppte den Trolley ins Haus, stellte ihn ab und sah befriedigt zu, wie das Wasser von ihrer Regenjacke herabrann und eine Lache auf dem Fußboden bildete.

»Sie machen sich total unmöglich, Frau Palfy«, sagte eine Stimme hinter ihr.

»Finden Sie? Tun nicht eher Sie das?« Katinka blickte sich um.

Gundi Leicht stand auf der Treppe. Das Gesicht starr, fast versteinert.

»Gehen Sie jetzt.«

»Oh, ich habe gern mit dem Gepäck Ihrer Gäste geholfen, gar kein Problem. Ich bin ohnehin schon nass«, verkündete Katinka laut. Das Gästeehepaar trat soeben ein, beschirmt von Leicht. Hinter ihnen schleppte Dante zwei Rucksäcke und einen Koffer zur Tür.

»Also, einen schönen Aufenthalt in unserer Nachbarschaft. Sie werden sehen – alles ganz reizende Leute!«

Katinka drängte sich vorbei und flitzte auf Dante zu. Der ließ vor Schreck den Trolley los. Der kullerte die Stufen wieder hinunter und landete mit einem lauten Knall auf dem Kopfsteinpflaster.

»Tja, Wischnewski, schauen wir mal, dass wir hier mit der Gartenarbeit fertig werden«, grinste Katinka und griff nach der Schaufel. Hinter sich hörte sie, wie Leicht halblaut schimpfend die Treppen hinunterstieg und das Gepäckstück barg.

28.

Stefan Kühn erkannte sofort das schwache Flackern der Angst in den Augen des jungen Mannes, der ihnen die Tür öffnete.

»Oberkommissar Kühn, meine Kollegin Kaluza. Herr Kilian Bär?«

»Ja?«

Kühn spähte an dem jungen Mann vorbei ins Zimmer. Der klassische Wohnheimschnitt. Minidiele, Zugang zur Nasszelle, im Zimmer ein Schreibtisch am Fenster, Bett und Schrank seitlich. Auf dem Tisch stand ein Notebook.

»Bereiten Sie sich auf eine Prüfung vor?«

»Auf ein Referat.« Kilian Bär machte immer noch keine Anstalten, sie hereinzubitten.

»Hören Sie«, half die Kaluza aus, »sollen wir Sie hier auf dem Gang nach Ihrem Alibi fragen?«

»Ich muss Sie nicht reinlassen.«

»Nein, müssen Sie nicht. Aber wir können Sie zu uns bitten. Bringen wir es lieber gleich hinter uns.«

Widerwillig trat Kilian einen Schritt zur Seite. Er trug ein T-Shirt und eine Sporthose. Sein dunkles Haar stand nach allen Seiten ab.

»Wann ist denn das Referat?«, fragte Kühn.

»Morgen. Also, worum geht es?«

Zu dritt standen sie in dem kleinen Zimmer. Die Luft roch abgestanden.

»Wir wollten Sie zur Gruppe *Villen für alle* befragen.«

»Wozu?«

»Sie sind Mitglied dort. *Krampenmann* ist Ihr Deckname.«

»Und?«

Er stellt sich nicht ungeschickt an. Lässt uns aus der Deckung kommen, dachte Kühn. Das Ganze begann ihn zu nerven. Es war schon nach 20 Uhr. Sie hatten einen langen Tag hinter sich. So dringend erste Ermittlungsergebnisse gebraucht wurden, so deutlich wurde ihm auch, dass sie bei diesem Tempo nicht lange durchhalten würden.

»Würden Sie uns etwas über die Ziele dieser Gruppe erzählen?«

»Das ist leicht. Wir kämpfen gegen die Kumulation von Wohneigentum in der Bamberger Innenstadt in den Händen weniger.«

»Sie leben in einem Wohnheim. Ist das nicht komfortabel?«

»Um meinen persönlichen Komfort geht es doch nicht. Sondern um die Veränderung der Stadt. Der Maxplatz zum Beispiel. Mitten im Zentrum gelegen und eigentlich ein wichtiger Bestandteil der Fußgängerzone. Seit Jahrzehnten soll er hergerichtet werden. Umgestaltet. Verschönert. Er ist eigentlich nur eine Steinwüste. Total unattraktiv. Nichts wird in Angriff genommen, obwohl gute Pläne vorliegen. Zum Beispiel für eine Markthalle.«

»Was schön ist, beruht auf einem Mehrheitsbeschluss«, entgegnete die Kaluza lakonisch. »*Villen für alle* macht sich aber nicht für den Maxplatz stark, wenn ich das richtig verstehe.«

Kilian zuckte die Achseln. »Die Dinge hängen zusammen. Im Rathaus sitzen Leute, die nichts verändern wollen. Wir sind der Meinung, jemand muss anpacken. Etliche von uns haben ihre Wohnungen verloren, wurden von Immobilienhaien rausgekickt.«

»Zum Beispiel Barbara Eggert.«

Kilians Gesicht verlor alle Farbe. »Was ist mit Babs?«

»Sie wissen sicher längst, dass der Makler Michael Dreysbach heute Morgen tot aufgefunden wurde. Allem Anschein nach ermordet. Dieser Mann hatte Feinde, die ihm ans Leder wollten. Ihre Gruppe.« Monika Kaluzas Stimme wurde immer leiser.

»Von uns hat keiner was damit zu tun.«

»Und Ihre Freundin?«

»Babs?«

Die Kaluza beugte sich vor, als wollte sie Kilian ihren Zeigefinger in die Brust rammen.

»Barbara Eggert lehnt sich auf *Facebook* ziemlich weit aus dem Fenster. Sie hetzt richtiggehend gegen die Dreysbachs.«

»Der alte Dreysbach hat sie aus der Wohnung geschmissen. Ihre ganze WG.« Kilian presste die Lippen zusammen, als sei ihm klar, dass er bereits zu weit vorgeprescht war.

»Das ist misslich, kommt aber vor«, sagte Kühn. »Wo waren Sie heute in den frühen Morgenstunden zwischen 3 und 5 Uhr?«

»Bei Babs.«

»Und wo ist das?«

»Sie wohnt in einem Schäferwagen bei Freunden. Draußen in Bug.«

»Ein Schäferwagen?«

»Sie hat erst mal keine andere Wohnung gefunden. Wissen Sie nicht, wie schwierig das mittlerweile ist?«

Kühn spürte, dass hinter der Weinerlichkeit, die Kilian hervorkehrte, echte Sorge steckte.

»Adresse?«, forderte die Kaluza.

»Bruderwaldstraße.« Kilian verschränkte die Arme. »Hören Sie, Babs geht es nicht gut. Sie … ist …«

»Sie ist *was*?« Die Kaluza legte den Kopf schief.

»Ach, nichts.«

»Und Sie beide waren also heute Morgen zusammen?«

Er nickte. »Die ganze Nacht.«

29.

»Urte, mach auf, schnell!« Babs lehnte sich an die Wand neben der Gegensprechanlage. Sie zitterte am ganzen Körper. Ihre Hände waren so kalt, dass sie mehrere Anläufe gebraucht hatte, um auf die richtige Klingel zu drücken. Zweimal. Damit Urte auch wusste, dass es für sie war.

»Komm hoch.« Urte klang müde.

Babs schob ihr Rad in den Hausflur. Ließ die Tür ins Schloss fallen. Den Rucksack hinter sich herschleifend stapfte sie die Treppe hinauf. Auf halbem Weg erlosch das Licht. Babs blieb kurz stehen, ehe sie sich weitertastete. Oben wurde eine Wohnungstür geöffnet. Das Licht ging wieder an.

»Ach du Schande, was ist denn los?« Urte starrte Babs an. »Du bist tropfnass.«

»Scheißwetter.« Babs stolperte in die Wohnung. Es roch nach Essen, nach einem Gewürz, das sie nicht kannte. Aus der Küche waren Stimmen zu hören.

Urte trat zur Seite. »Es ist grad niemand im Bad. Du kannst heiß duschen, wenn du willst.«

Babs winkte ab. »Hast du trockene Klamotten für mich? Ich glaub, mein Zeug im Rucksack ist auch durchweicht.«

»Wir werden schon was finden.« Urte packte Babs am Arm und zog sie mit sich in ihr Zimmer.

»Sie haben Kilian.« Es brach aus Babs heraus. Nur mit Mühe hielt sie die Tränen zurück.

»Was?« Urte schlug die Zimmertür hinter sich zu. »Spinnst du?«

»Ich wollte zu ihm. Als ich gerade mein Rad anschloss, klingelten zwei Polizisten bei ihm. ›Polizei‹, haben sie gesagt. Und dass sie ihn kurz was fragen müssten.« Babs griff nach Urtes Arm. »Ich bin gleich abgehauen. Die sind uns auf den Fersen. Ich habe das geahnt, Urte, ich glaub, die machen uns fertig.«

Urte riss sich los. »Zieh dich erst mal um.«

»Wenn die auch schon bei mir waren?«

»In dem Fall sind sie bei deiner alten Adresse aufgeschlagen. Und da wohnt keiner mehr.«

»Aber irgendwann finden sie die neue raus.«

»Hast du dein Handy bei dir?«

»Das läuft auf Tante Lina. Und die ist tot.«

Urte wühlte im Schrank, warf Unterwäsche, einen Pulli und Leggings aufs Bett. »Hier, das müsste gehen, oder?«

Babs begann wie in Trance, sich auszuziehen. Urte musste ihr helfen. Das nasse Zeug klebte an ihrer Haut. Selbst BH und Slip hätte man auswringen können. Urte legte ein großes Handtuch um sie und rubbelte sie ab.

»Ich mache uns gleich einen Tee.«

Babs ließ die Fürsorge ihrer Freundin einfach geschehen. In ihrem Kopf kämpften schreckliche Bilder um Vorherrschaft.

»Die kriegen uns dran«, flüsterte sie, als Urte ihr den trockenen Pulli über den Kopf streifte.

»Wofür denn?«

»Das Tuch. Ich habe die Pressekonferenz der Polizei im Internet gesehen. Die haben mein Tuch gezeigt. Ganz groß.«

»Na und?« Urte machte sich an einem Wasserkocher zu schaffen.

»Der Tote hatte es im Rachen stecken.«

»Wer weiß denn schon, dass es deins ist?«

»Ich hatte es so oft um. Und die Fotos von mir mit dem Tuch sind im Netz. Scheiße. So eine Scheiße.«

»Babs, was ist das?« Urte zeigte auf den Schnitt am Oberschenkel. »Ich dachte, es wäre vorbei.«

Es ist nie vorbei, wollte Babs sagen. Was ging Urte das überhaupt an? Was sie tat in den langen Tagen und Nächten, wenn sie einsam war und nur heulen wollte, aber nicht konnte?

»Ich hab vorher desinfiziert«, murmelte sie, obwohl sie selbst sehen und spüren konnte, dass sich der Schnitt entzündet hatte. Eilig schlüpfte sie in die Leggings.

Urte starrte durch Babs hindurch. Das Wasser begann zu kochen. Sie goss zwei Tassen voll und hängte Teebeutel hinein.

»Jetzt ruh dich erst mal aus. Du kannst hierbleiben, so lange du willst.«

»Danke.« Babs kuschelte sich unter die Bettdecke. Ließ zu, dass Urte ihr die Tasse in die Hand drückte.

»Babs«, sagte Urte sanft, »was haben die gesagt auf der Pressekonferenz? Ich war noch auf der Arbeit. Ich habe nichts mitbekommen.«

»Sie suchen Zeugen. Jemanden, der zwischen 3.40 und 5 Uhr in der Nähe der Parkpalette am Heinrichsdamm, der Heinrichsbrücke oder des Skateparks war.« Babs nippte am Tee. »Außerdem hatte Dreysbach Alkohol getrunken. Sie sagen, er wäre nicht von der Brücke gestürzt, sondern ist auf irgendeine Kante geknallt.«

»Hat ihn jemand gestoßen?«

»Das wissen sie nicht.«

»Babs, warst du dort?« Urte sah Babs eindringlich an.

»Nein!«

»Du radelst doch so oft durch den Hain, über die Jahnwiese. Du sitzt bei den Treppen an der Schleuse. Die Ecke am Kanal – das ist dein Revier.«

»Na und?«

»Ich meine ja nur. Warst du irgendwann mal im Skatepark? Hast du da vielleicht das Tuch verloren?«

»Das Tuch?« Babs blinzelte. Urtes Fragen kamen ihr mit einem Mal gefährlich vor. Sie schlang die Arme um ihren Oberkörper.

»Vielleicht lag es da rum, und der Mörder hat es sich geschnappt. Und dem Dreysbach in den Mund gestopft.« Urte blies in ihren Tee. »Jemand wollte ihn zum Schweigen bringen.«

»Kokoba hat ein Foto geschossen. Heute Morgen hat er beim Joggen den ganzen Aufruhr im Skatepark gesehen. Er soll sich bei der Polizei melden.«

»Kokoba kocht sein eigenes Süppchen.«

Babs schwieg eine Weile. Schließlich sagte sie: »Weißt du, Kilian meint, wir kriegen noch größere Probleme.«

»Wieso?«

»Weil der Alte der Hardliner ist.«

»Niemand kann behaupten, dass wir mit Michael Dreysbach eine entspannte Freundschaft gepflegt haben.«

In der Küche klirrte es. Jemand lachte laut. Es klang betrunken.

»Nein«, flüsterte Babs, »aber er hat schon recht. Ein bisschen. Mit dem Alten wird keiner warm. Dem geht es ums Prinzip.«

Ein Mann trat in den Korridor und fing laut zu schimpfen an. Urte stand auf, drehte den Schlüssel ihrer Zimmertür zweimal um.

»Ich halte es hier nicht mehr lange aus«, seufzte sie. »Tag und Nacht nichts als Aufruhr und Chaos. Ich finde keinen Schlaf. Und ich habe ab morgen Frühschicht.«

Babs zog den Kopf ein. »Ich habe dich aufgeweckt, oder? Hast du schon geschlafen vorhin?«

Urte winkte ab. »Bleib, so lange du willst. Das Bett ist groß genug für zwei. Wenn du nachts aufs Klo musst, schließ nachher die Zimmertür wieder ab, okay?«

30.

Hardo ließ zwei Pizzakartons auf den Tisch fallen, bevor er aus der Jacke schlüpfte und sie über einen Stuhl warf. Wassertropfen spritzten in alle Richtungen.

»Sauwetter!«

»Super Idee, das mit der Pizza. Ich habe auch noch nicht zu Abend gegessen.« Katinka nahm zwei Bier aus dem Kühlschrank. »Wischnewski und ich …«

»Totschlag oder Mord. Jedenfalls gehe ich ziemlich sicher davon aus.«

Katinka hielt mitten in der Bewegung inne. »Ist das deine Meinung? Oder ein bombensicheres Ermittlungsergebnis?«

»Dreysbach war randvoll mit Alkohol, Drogen und Antidepressiva. Er scheint regelmäßig gekokst zu haben. Und er hatte Nachschub in der Tasche. Außerdem seinen Geldbeutel. Ein Raub kann das nicht gewesen sein.« Hardo setzte sich, zog einen Karton zu sich.

»Wenn es um Drogen geht, ist vielleicht ein Dealer involviert.« Sie stellte die Flaschen ab. »Dreysbach hatte doch dieses Tuch im Mund.«

»Mag sein. Aber die schubsen ihre Opfer nicht bloß, die langen richtig zu.«

»Musste er womöglich nicht mehr. Dreysbach kann infolge des Drogencocktails in seinem Blut von selbst gestürzt sein.«

Hardo antwortete nicht.

Katinka öffnete den zweiten Karton. »Hm, Quattro Stagioni.«

»Deine Lieblingssorte.«

Sie sah Hardo an. In seinen Augen brannte Erschöpfung. Wie lange waren sie jetzt ein Paar? Und wie viel wussten sie voneinander? Wie lange war es her, dass sie sich füreinander Zeit genommen hatten? Um zu reden oder auch nur durch den Tag zu bummeln? Jeder von ihnen ging den eigenen Interessen nach. Für Zweisamkeit war nicht viel Raum. Ganz abgesehen davon, dass Hardo sowieso nicht der Typ war, mit dem man durch die Fußgängerzone schlenderte. Und seit einer sehr langen Weile fand Katinka das ganz in Ordnung. Es war praktisch. Sie hatten Nähe, aber auch genügend Abstand.

Regen klatschte an die Scheiben. In der Küche war es kühl. Zu kühl für Mai. Katinka hatte die Heizung längst ausgeschaltet, jetzt bereute sie es.

Sie griff nach dem Viertel mit den Peperoni. »Womöglich wollte ja wer auch immer richtig zulangen, es kam zu einer Rangelei, Dreysbach fiel hin, sein Kopf knallte auf das Coping. Er war sofort tot. Praktisch für den, der jetzt nicht Dreysbachs Blut an seinen Händen hat.«

»Das wäre möglich, ja.« Auch Hardo bediente sich an der Pizza. Er köpfte seine Flasche und nahm einen großen Schluck. »Ist das eigentlich normal? Wir essen bei dir und schlafen bei mir?«

»Was meinst du?«

»Brauchen wir zwei Wohnungen?« Er sah sie forschend an. Der Regen prasselte überlaut gegen das Fenster.

Katinka wand sich unter dem Blick seiner eisgrauen Augen. »Also ... ja, ich finde das sogar ziemlich in Ordnung.«

»Wirklich?«

»Was spricht dagegen? Geht es dir um das Geld?« Sie wusste, dass es ihm darum nicht ging. Es ging um sie. Sie beide. Sie ahnte, dass er das Thema nicht vertiefen würde.

Eine Weile aßen sie schweigend.

»Kühn und Kaluza haben diese *Facebook*-Gruppe ins Visier genommen. *Villen für alle*. Die machen extrem Stimmung gegen die Dreysbachs«, fing Hardo nach einer Weile an. Ein Fall und die dazugehörigen Ermittlungen. Ungefährliches Gelände.

»Meinst du, die sind so doof, Dreysbach umzubringen? Wenn man ihn vorher schon angefeindet hat? Man muss einen Menschen nicht töten, um ihn zu vernichten.«

»Ein Mitglied, *Zuckerfräulein* alias Barbara Eggert, hat sich besonders aus dem Fenster gelehnt. Sie lebt in einem Schäferwagen in Bug. Angeblich wurde sie von den Dreysbachs aus ihrer Wohnung gemobbt.«

»Ehrlich gesagt: Solche Dinge hört man immer wieder. Ich habe heute erst mit einer Geschäftsfrau gesprochen. Einer Bekannten von Hocke. Du weißt, mein Klo in der Detektei.«

»Ach, ist das jetzt in Ordnung?«

»Nein, Hocke muss noch mal anrücken.« Katinka nahm ein neues Stück Pizza. Champignons. »Sagt dir *Anitas Modewelt* was?«

Hardo schüttelte den Kopf.

»Dieser Geschäftsfrau ist was Ähnliches passiert wie mir. Sie hat einen Anwaltsbrief erhalten, nachdem Hocke für sie eine Trockenbauwand in ihren Räumen eingezogen hat. Das war mit den Vermietern abgesprochen. Doch die taten dann so, als wäre das nicht der Fall, und hetzten einen Anwalt auf die Frau.«

»Oh.«

»Severin Schneitter. Derselbe, von dem ich einen Brief bekommen habe. Heute Morgen.«

»Du?«

»Hab ich dir das nicht erzählt?« Katinka lachte auf. »Was für ein Tag. Mord, Anwälte, Chaos. Sabotage in meinen Rohrleitungen. Dazu noch die Leichts.«

»Was ist denn mit denen?«

Katinka nahm das Anwaltsschreiben aus ihrem Rucksack und reichte es an Hardo weiter. »Lies.«

»Das ist doch alles irre.« Hardo schüttelte den Kopf. »Blattläuse?«

»Wischnewski und ich haben festgestellt, dass dort gar keine Läuse sind. Vorsichtshalber haben wir jetzt die Büsche ausgegraben.«

»Warum das denn?«

»Um zu sehen, ob die Leichts sich was Neues einfallen lassen.«

»Wischnewski und du?«

»Exakt.« Katinka kramte noch einmal in ihrem Rucksack. »Was sagst du zu diesem Zettel?«

Sie reichte Hardo das dubiose Kaufangebot.

»Ein Mann hat mir das Blatt im *Café Müller* in den Rucksack gesteckt. Der Typ hatte mich schon mal angequatscht. Vor längerem. Jemand will unbedingt dieses Haus hier haben.«

»Gefällt mir nicht, Katinka.«

»Mir auch nicht. Und der Gag kommt erst noch: Dieser Mann ist gestern gegen 18 Uhr durch den Hinterhof in der Hasengasse spaziert. Frau Wendner aus dem zweiten Stock hat ihn gesehen. Offenbar hat er die Kellertür aufgebrochen und anschließend Textilfetzen und sonst was in das Abflussrohr gestopft.«

Sie hingen beide für ein paar Minuten ihren Gedanken nach. Schließlich fuhr Katinka fort:

»Ich habe den Eindruck, dieser Severin Schneitter gibt sich dafür her, Leute aus ihren Wohnungen und Häusern zu treiben. Wahrscheinlich ist juristisch nicht viel dahinter, aber irgendwann geben die meisten Menschen entnervt auf. Darauf zielen diese ganzen Kampagnen ab. Anita Schalk von *Anitas Modewelt* hat das angedeutet. Etliche Einzelhändler in der Stadt haben solche Briefe bekommen und sich letztendlich neue Räumlichkeiten gesucht.« Katinka betrachtete die beiden verbliebenen Pizzastücke. Der Appetit war ihr vergangen. Ein Gedanke formte sich. »Sag mal, kannst du mal in euren Registern suchen lassen?«

»Wonach?«

»Nach Severin Schneitter?«

»Du weißt, dass ich anlasslos nichts abfragen darf.«

»Der Anlass liegt vor.«

»Im Moment sind alle Kräfte gebunden.«

Katinka spülte ihre Enttäuschung mit Bier herunter. »Okay, ich finde schon selbst was über ihn raus. Habt ihr diese Barbara Eggert befragt?«

»Sie ist nicht auffindbar. Jedenfalls nicht in dem Schäferwagen. Gemeldet ist sie noch in der alten Wohnung, aber die ist inzwischen Baustelle. Und sie hat kein Handy.«

»Das kann gar nicht sein. Wenn sie ständig im Netz unterwegs ist, wie du sagst … Heutzutage postet doch keiner mehr an einem PC. Die Posts gehen vom Smartphone raus, egal, wo man geht und steht.«

»Die Gruppe hatte offenbar fachkundige Beratung, was das Verwischen von digitalen Spuren betrifft. Hähnle hat eine Weile gebraucht, um die Klarnamen herauszufinden. Gut möglich, dass Eggert ein Prepaid-Handy benutzt, das auf jemand anderen registriert ist.«

Katinka drehte die Bierflasche in ihren Händen. »Mit Solarenergie gebraut«, stand auf dem Etikett.

»Ich weiß nicht, Hardo. Habt ihr die Wohnung von Dreysbach schon durchgecheckt?«

»Kühn macht sich gleich morgen früh auf den Weg. Zum Glück ist Sabine dann wieder im Team.«

Katinka vermisste die einsatzfreudige Polizistin selbst schon. Sabine war öfter als Hardo bereit, beim Ermitteln ungewöhnliche Wege zu gehen, und sie unterstützte Katinka zuverlässig sogar in nicht immer ganz legalen Angelegenheiten.

»Super.«

Hardo sah sie durchdringend an. »Ich bitte dich, Katinka. Bedränge Sabine nicht, die Regeln zu brechen. Sie kann sich keine krummen Touren leisten.«

»Wie meinst du das?«

»Sie will ihre Karriere vorantreiben. Da hält man sich an die Dienstvorschriften.«

»Du meinst, weil sie rein will in den höheren Dienst? Da ist sie doch längst angekommen.«

»Praktisch ja, jedoch noch nicht nominell. Du verstehst?«

Katinka nickte. Das sogenannte Nominelle, die Dienstwege, die Regeln, die ihr oft genug wie ein Hindernisparcours vorkamen – alles Dinge, die die eigentliche Arbeit, das Lösen von Fällen, aus ihrer Sicht behinderten.

»Kann ich mich drauf verlassen, dass du kooperierst, Katinka?« Hardos Stimme klang hart.

»Du brauchst nicht zu insistieren. Ich habe noch nie einem Polizeikollegen geschadet. Weder dir noch Sabine noch …«

Hardo verdrehte die Augen. »Schon gut.«

»Ich verstehe nur nicht, wieso ihr euch schon so auf diese Anti-Immobilien-Typen eingeschossen habt. Was ist mit dem privaten Umfeld? Mit den Drogen?« Katinka stellte die Bierflasche mit einem lauten Knallen ab. »Drogenabhängigkeit ist immer ein Thema, wenn ein Kapitalverbrechen passiert. Das hast du mir selbst oft genug unter die Nase gerieben. Dazu noch die Antidepressiva. Der Mann steckte offenbar bis zum Hals in der Scheiße.«

»Ich war vorhin bei Dreysbachs Schwester. Von den Drogen wusste sie nichts.«

Katinka schlug sich mit der Hand an die Stirn. »Wie viele Leute da draußen, denkst du, koksen, ohne dass Eltern, Geschwister oder Ehepartner davon wissen? Oder wissen wollen?«

»Verdammt, Katinka, wir sind an dem Drogenthema dran. Leider rennt uns die Zeit davon.«

»Das ist auch nichts Besonderes. Die rennt immer.«
Auch sie hörte sich schärfer an, als sie gewollt hatte.

Hardo stand auf. »Ich bin erledigt. Ich brauche eine
Mütze Schlaf, um morgen über die Runden zu kommen.«

»Klar. Sorry.« Sie zeigte auf die beiden Schriftstücke.
»Was sollen wir damit machen? Anwaltsbrief und Kaufangebot?«

»Lass uns das ein andermal besprechen.«

Baff starrte Katinka Hardo an. »Du meinst, weil dies
hier nichts mit deinem Mord zu tun hat, gehört es nicht
auf die Agenda?«

»Ich …«

»Scheiße, Hardo, du wohnst hier. Das betrifft dich
genauso. Jemand versucht, uns aus dem Haus zu vertreiben.«

»Das ist doch total aus der Luft gegriffen.«

»Ist es nicht, und das weißt du.« Katinka erhob sich
ebenfalls. Die Luft fühlte sich heiß an, es knisterte. Plötzlich schien eine unerträgliche Spannung zwischen ihnen
zu stehen. Schweiß stand auf ihrer Stirn.

»Ich kann mich darum jetzt nicht kümmern, Katinka.«

Sie sah ihn an. Ihr war bewusst, wie müde und abge-
kämpft er aussah. Zugleich fühlte sie sich überfordert mit
den Leichts, dem Anwaltsschreiben und den Problemen
mit den Rohrleitungen in ihrer Detektei. Eigentlich wusste
sie überhaupt nicht, was sie als Erstes anpacken sollte.

»Ich könnte wirklich Hilfe gebrauchen«, brachte sie
heraus.

»Heute nicht mehr.«

»Bitte, dann nicht. Gute Nacht.«

DONNERSTAG

31.

Hardo saß bereits um kurz nach 6 Uhr morgens im Büro. Er musste den Kopf freikriegen und sich stückweise die Details, die sie jetzt schon hatten, vor Augen führen.

Dreysbach war alkoholisiert und voll mit Drogen am frühen Morgen in die Parkpalette am Heinrichsdamm gefahren. Er musste eine Verabredung gehabt haben, anders war das nicht zu erklären. Womöglich wollte sich jemand spontan mit ihm treffen. Doch der letzte Anruf auf seinem Handy war um 20.30 registriert. Wenn sein Vater ihn hatte treffen wollen, dann womöglich nicht erst sieben Stunden später. Sie mussten noch das Festnetz checken. Eine Aufgabe, die er Sabine Kerschensteiner übertragen würde, wenn sie heute in die Ermittlungen einstieg. Womöglich war sie sogar die richtige Person, die den Eltern Dreysbach auf den Zahn fühlen konnte.

Er schrieb eine Nachricht an Hähnle, ob er bereits mehr über die Identität von Kokoba wusste. Ihnen würde nichts anderes übrig bleiben, als die komplette *Villen-für-alle*-Gruppe auf Herz und Nieren zu prüfen. Dass Barbara Eggert gestern nicht aufzufinden war, musste nichts heißen. Sie konnte einfach für ein paar Tage weggefahren sein.

Andererseits konnte es sich um ein Schuldeingeständnis handeln.

Hardo atmete tief durch. Die Auseinandersetzung mit Katinka gestern Abend ging ihm nicht aus dem Kopf. Er war in seine Wohnung hinübergegangen, eigentlich überzeugt, dass sie nachkommen würde. Aber sie tauchte nicht auf. Er hatte geduscht und war bald eingeschlafen. Jetzt ärgerte er sich über sich selbst. Er hätte ihr deutlicher zeigen müssen, dass er ihre Probleme durchaus wichtig nahm. Doch die Ermittlungen saugten ihn geradezu auf, und er war nicht mehr so fit wie früher. Die Arbeit zog seine ganze Energie ab. Er …

»Morgen, Chef!« Kühn spazierte herein, in seinem Windschatten Sabine Kerschensteiner mit einem fröhlichen Grinsen im Gesicht.

»Wird wieder ein heißer Tag. Noch so früh, trotzdem brennt die Sonne schon richtig. Und gestern Abend hat man fast Frostbeulen bekommen.«

»Morgen, Kerschensteiner. Schön, dass wir wieder vollzählig sind«, sagte Hardo knapp.

Kühn reckte einen Daumen in die Höhe. »Wir brauchen wirklich jeden Kopf. Und jede Hand.«

Hardo unterband jedes weitere Geplänkel, indem er Sabine einen Akt mit den aktuellen Ermittlungsdetails in die Hand drückte. »Durchchecken, bitte. Was ist mit Dreysbachs Wohnung? Waren Sie schon dort, Kühn?«

»Der Hausmeister lässt mich um 7 Uhr rein. Ich wollte nur kurz fragen, wie es bei Liliane Schiller lief.«

Hardo räusperte sich. »Bisher gab das Gespräch nicht viel her. Sie sagt, von Drogen wüsste sie nichts.«

»Das hat die Miltenberg auch behauptet.«

»Kann stimmen oder auch nicht. Jedenfalls glaubt die

Schiller nicht, dass ihr Bruder wirklich für eine, sagen wir mal, sozialere Gestaltung der Wohnsituation in der Innenstadt war. Ihrer Auffassung nach handelte es sich bei seinen Online-Kommentaren zur Lage in Bamberg um eine Art Greenwashing.«

»Er hat Verantwortungsbewusstsein vorgespielt.« Kühn nickte bedeutungsschwer. »Das machen jetzt die meisten.«

»Übrigens bestätigt die Schiller das Geschäftsmodell von *Dreysbach & Söhne*. Immobilien zu erwerben, um den Mietern anschließend zu kündigen. Auch mit unlauteren Mitteln.«

»Haben Sie meine Nachricht gestern noch gesehen?«

»Ja, Kilian Bär gibt dieser Barbara Eggert ein Alibi.«

»Die beiden sind ein Paar. Auf dieses Alibi gebe ich nicht viel.« Kühn schlug sich auf die Schenkel. »Ich mache mich auf den Weg zum Schillerplatz.«

Hardo rief die Kaluza an. Er erreichte sie im Auto.

»Gut, dass Sie sich melden, Chef. Es tut sich was. Es gibt einen Zeugen, der zwei Männer auf der Heinrichsbrücke gesehen hat. Ich habe ihn ins Büro bestellt.«

»Wann?«

»Leider zur falschen Zeit. Gegen 21 Uhr abends.«

Genervt schlug Hardo mit der flachen Hand auf den Schreibtisch.

»Was war das?«, fragte die Kaluza alarmiert.

»Die auditive Realisation meines Ärgers.«

»Okay, Chef. Wie auch immer, der Zeuge kommt heute um 8 Uhr zu uns ins Büro, um die Aussage zu machen. Er behauptet, es handelte sich auf alle Fälle um Günther und Michael Dreysbach. Er kannte sie, er hat nämlich mal im Bauamt gearbeitet, und da scheint unser sauberer Immobilienfuzzi Günther Dreysbach ein und aus zu gehen. Jetzt ist unser Zeuge ehrenamtlich als Mesner in der Pfarrgemeinde Sankt Wolfgang tätig. Nach der Abendmesse spazierte er zu Fuß über die Heinrichsbrücke. Da kam er an den beiden vorbei. Sie hätten nicht auf ihn geachtet, weil sie einen handfesten Streit austrugen.«

»Kaluza, der letzte Anruf auf Dreysbachs Handy kam um 20.30 Uhr von seinem Vater. Könnte sein, dass er den Sohn treffen wollte.«

»Ich würde meinen Sohn nicht auf der Heinrichsbrücke treffen. Zu Hause, Café, Kneipe, Park. Aber nicht auf dieser Brücke.«

»Sehen Sie zu, dass Sie Barbara Eggert auftreiben. Was ist mit dem Schäferwagen in Bug?«

»Wir waren dort. Niemand da.«

»Und die Vermieter? Wohnen die in der Nähe?«

»Auf dem gleichen Grundstück, allerdings in einem ganz normalen Haus. Und nein, sie waren nicht zu Hause.«

»Kümmern Sie sich darum!«

Hardo sah auf die Uhr. »Sind Sie durch mit den Akten, Kerschensteiner? Dann sollten wir uns zu den Eltern Dreysbach aufmachen.«

32.

Sie hatte Hardo weggehen hören. Schon vor 6 Uhr.

Dass sie am Abend im Streit auseinandergegangen waren, fühlte sich entsetzlich falsch an. Katinka hatte schlecht geschlafen. Sie war es nicht mehr gewöhnt, allein im Bett zu liegen, und hatte sich alle paar Stunden ertappt, wie sie nach Hardos breitem Rücken getastet hatte. Um 5.30 Uhr war sie unter die Dusche gegangen, hatte sich angezogen und abgewartet, bis Hardo unten in den Golf stieg und losfuhr. Kaum war er weg, machte sie sich ebenfalls auf die Socken. In letzter Sekunde füllte sie noch Wasser in eine Trinkflasche und steckte sie in ihren Rucksack.

In ihrer Detektei war alles trocken. Keine Katastrophe erwartete sie. Erleichtert sank sie auf den Schreibtischstuhl und filzte das Internet. Es dauerte nicht lange, bis sie fündig wurde: Severin Schneitters Kanzlei befand sich in der Franz-Ludwig-Straße. Schneitter schien allein zu arbeiten, Partner wurden nicht genannt. Er beschrieb sich als Fachanwalt für Miet- und Wohnungseigentumsrecht sowie Verkehrsrecht und gab an, sich seit mehr als 30 Jahren kompetent und zielorientiert für die rechtlichen Belange seiner Mandanten einzusetzen. Auf einem Foto grinste ihr ein gebräunter Endfünfziger im Anzug entgegen. Er hatte versucht, sein schütteres Haupthaar dekorativ zu verstrubbeln.

Katinka trommelte mit den Fingern auf die Schreibtischplatte. Warum eigentlich nicht … Sie griff nach ihrem Handy, rief die gestrige Anrufliste auf.

»He, Frau Palfy, gibt es schon was zu tun?«

»Hallo, Kiana! Ja, ich habe eine Aufgabe für Sie. Könnten Sie in einer Stunde in Bamberg sein? Hasengasse …«

»Kenne ich, ich war neulich dort und habe neugierig in Ihre Fenster geguckt. Sie waren aber nicht da.«

»Kommt vor. Und bitte erscheinen Sie so stylish wie möglich. Ich arbeite Ihnen in der Zwischenzeit eine Legende aus.«

»Klingt spannend.«

»Bis nachher.« Katinka legte auf.

Genau 70 Minuten später schlug Kiana bei ihr auf. Enger weißer Rock, ein knallrotes Top, Lippenstift in gleicher Farbe. High Heels.

»Bombig sehen Sie aus!« Katinka umarmte die junge Frau. »Willkommen im Team.«

»Ging schnell, bei Ihnen Teammitglied zu werden.«

»Setzen Sie sich. Freut mich wirklich, Sie wiederzusehen. Ich kann uns einen Kaffee machen, aber leider funktionieren bei mir weder der Wasserhahn noch das Klo.«

»Halb so wild. Es gibt ja genug Cafés drum rum.«

Katinka grinste. »Sie sind eine junge Frau, die von ihrer reichen Tante ein Wohnhaus geerbt hat. Sie wollen die Mieter aus dem Haus bekommen, um generalsanieren zu können. Doch die weigern sich auszuziehen. Deswegen erkundigen Sie sich bei einem Fachanwalt für Mietrecht, wie Sie die Leute loswerden können.«

Kiana nickte. »In Ordnung. Und wo steht das Haus?«

»Ich habe eben recherchiert. Ein Anwesen in Coburg. Mohrenstraße. Mittendrin. In einem Viertel, wo Sie mit renovierten Apartments gutes Geld machen können. Legen Sie sich nicht zu genau fest.« Katinka reichte Kiana ein paar Fotos, die sie ausgedruckt hatte. »Hier, nehmen wir dieses fantastische Haus.«

»Sieht toll aus.«

»Der Hintergrund dieser ganzen Aktion ist der: Ich habe einen bestimmten Anwalt im Verdacht, in Kooperation mit einer Immobilienagentur Mieter aus ihren Wohnungen zu mobben. Oder sogar Eigentümer von begehrten Wohnobjekten so zu drangsalieren, dass die irgendwann freiwillig aufgeben.« Sie reichte Kiana das Anwaltsschreiben, das sie selbst bekommen hatte, und fasste die wichtigsten Informationen zusammen. »Bei mir rücken die Nachbarn mit demselben Anwalt an. Wegen angeblichem Blattlausbefalls.«

»Du liebes bisschen – Blattläuse?«

»Sie sehen, man findet immer irgendwas, was man zum Werkzeug für seine Zwecke machen kann. Mit dieser Masche ist Rechtsanwalt Severin Schneitter in Bamberg anscheinend recht erfolgreich.«

»Ich habe verstanden.«

»Rufen Sie ihn an und bitten Sie ihn um einen Termin. Machen Sie es dringend!«

33.

Babs war kurz aufgewacht, als Urte aufstand und sich für die Arbeit fertig machte. Draußen war es dämmrig. Babs bekam mit, wie Urte ihre Kleidung nahm und über den Flur ins Bad schlich. Danach war sie wieder eingeschlafen. Erst als jemand polternd und türenschlagend die Wohnung verließ, schreckte sie erneut hoch. Verwirrt blickte sie sich um. Die zugezogenen Vorhänge tauchten das Zimmer in ein mattes Licht. In der Wohnung war es ungewohnt still. Nur auf der Straße hörte Babs Menschen sprechen, jemand lachte laut und ausdauernd.

Genervt wälzte sie sich auf die andere Seite, starrte die Wand an. Sie hatte überhaupt keine Ahnung, wie es weitergehen sollte. Sie musste unbedingt Kilian anrufen. Würde die Polizei ihn überwachen und auf diese Weise an ihre Nummer herankommen? Fast im selben Moment fiel ihr ein, dass Kilian heute ein Referat in der Uni hatte. Am besten schrieb sie ihm über den geschützten Chat eine Nachricht. Kokoba hatte alles eingerichtet. Der war wirklich ein Ass, wenn es ums Internet ging. Obwohl Urte immer gegen Kokoba stichelte. Dem würde sie nicht über den Weg trauen, solche Sachen sagte sie. Babs stöhnte leise. Sie wusste wirklich nicht weiter. Wie lange sollte sie hier bei Urte hausen, in einer vollgestopften, nervigen WG voller aufgeblasener Egos, von denen keiner Rücksicht auf den anderen nahm? Sie scheute sich davor, das Bad zu benutzen, weil alles so verdreckt und heruntergekommen war. Nur eine Frage der Zeit, bis hier die Mieter rausgeekelt werden, dachte Babs, damit der Eigentümer mal richtig sanieren kann. Ihr Magen knurrte. Sie würde sich fertig machen, in ihre hoffentlich trockenen Klamotten steigen und gegenüber beim Bäcker Kaffee und was zu essen kaufen. Es wäre keine größere Sache, niemand würde sie sehen.

Sie schlüpfte aus dem Bett. Ihr Handy klingelte, als sie schon die Hand auf die Klinke gelegt hatte, um zur Toilette zu gehen. Sie hielt inne. Es war gar nicht ihr Handy. Es war Urtes!

»Arbeit«, leuchtete auf dem Display auf.

»Hallo?«, meldete Babs sich.

»He, Babs, hör mal«, sagte Urte eilig, »ich habe mein Handy zu Hause liegen lassen, wie es aussieht. Ich Esel!«

»Ja, ich habe es eben erst gemerkt, als es geklingelt hat.« Babs versuchte, wach und munter zu klingen und nicht, als wäre sie eben erst aufgewacht. Urte war seit drei Stunden unterwegs.

»Puh, da bin ich froh. Dachte schon, ich hätte es auf dem Weg zur Arbeit verloren. Ich habe gerade Pause und rufe aus dem Schwesternzimmer an.« Urte schwieg einen Moment. »Sag mal, alles gut bei dir?«

»Ja, natürlich. Ich wollte mir gerade beim Bäcker was zu essen holen.«

»Sei vorsichtig.«

»Kilian hat heute ein Referat in der Uni. Ich weiß nur nicht, wann. Ich warte ab, gegen Mittag rufe ich ihn an.«

»Okay.«

»Ich hoffe, dass ich Kokoba aufstöbern kann.«

»Warum denn das?«

»Er hat dieses Foto geschossen. Von … der Leiche.«

»Lass Kokoba. Bei dem weiß man nie.«

Babs verdrehte die Augen. »Ich habe nur gedacht, er weiß vielleicht was. Im Gruppenchat ist es momentan recht ruhig.«

»Alle halten die Füße still. Kein Wunder nach neulich.«

»Oder sie sind ausgebrannt. War ein harter Kampf dieses Frühjahr.«

»Meine Schicht geht bis 15 Uhr. Anschließend gehe ich einkaufen und komme heim.«

»Gut.« Babs fühlte, wie eine diffuse Erleichterung sie erfüllte. Es hörte sich so an, als rechnete Urte weiter mit ihr. Also könnte sie noch ein paar Tage hier in der Wohnung bleiben.

»Oder könntest du einkaufen?«

»Lieber nicht. Falls mich jemand sieht …« Die Erleichterung verblasste bereits wieder. Babs zog sich der Magen zusammen. Als Urte nicht reagierte, fragte sie leise: »Bist du noch da?«

»Meine Pause ist gleich zu Ende. Mach's gut.«

»Tschüs.« Babs legte auf. Starrte Urtes Handy an. Was ihre Freundin nur gegen Kokoba hatte. Er hatte der Gruppe diesen gesicherten Chat gebastelt, ihre Wege im Netz anonymisiert und achtete peinlich genau darauf, dass sie sich nicht durch digitale Spuren angreifbar machten. Ohne Kokoba würde der Protest nicht so laufen wie jetzt. Sie wären blutige Anfänger, die der Polizei direkt ins Netz laufen würden. Babs schüttelte den Kopf. Sie würde Kokoba eine Nachricht schreiben, von ihrem eigenen Handy natürlich, und nachfragen, ob er Neuigkeiten hatte. Immerhin hatte er ja eine hervorragende Nachrichtenquelle.

Urtes Handy gab Laut.

Sie haben zwei ungelesene Nachrichten.

Wie ferngesteuert klickte Babs auf den Link. Ein ganz normales Chatfenster baute sich auf, nicht das verschlüsselte, das Kokoba ihnen eingerichtet hatte.

Kilian Bär hat eine Nachricht geschickt:
Danke, wir sehen/hören uns. Habe jetzt gleich das Referat.

In einer zweiten Sprechblase blinkten drei rote Herzen.

34.

»Hauptkommissar? Können Sie uns nicht einfach in Ruhe lassen?« Günther Dreysbach stand unter der Tür, als müsste er sein Heim gegen marodierende Reiterhorden verteidigen. Wieder trug er einen Anzug. Sein schlohweißes Haar lockte sich über den Ohren.

»Meine Kollegin, Sabine Kerschensteiner. Es gibt einige neue Hinweise, die wir mit Ihnen abklären sollten.«

»Günther?«, meldete sich eine unsichere Stimme aus dem Hintergrund.

»Guten Morgen, Frau Dreysbach«, sagte Hardo laut. Ihm wurde es zunehmend unangenehm, auf der Schwelle abzuwarten, bis ihn sämtliche Wildensorger Nachbarn, die gerade zur Arbeit fuhren oder aus ihren Fenstern spähten, mit ihren Handys abgelichtet hatten. »Wir würden gern noch einmal mit Ihnen und Ihrem Mann sprechen.«

»Kommen Sie rein«, knurrte Dreysbach. »Was gibt es denn noch? Meine Frau steht unter Schock. Wir haben unseren Sohn verloren.«

Er wirkte nicht traurig. Eher verärgert, als habe ihm jemand wichtige Pläne durchkreuzt.

»Guten Morgen«, murmelte Helga Dreysbach. Ihre Augen waren gerötet. Zu schwarzen Hosen trug sie eine schwarze Hemdbluse.

Dreysbach ging voraus in das Zimmer mit dem schweren Tisch und den Polsterstühlen. Hardo dachte kurz daran, wie gereizt Kühn gestern auf diese neureiche Umgebung reagiert hatte. Protzig, zu viel Geld, zu wenig Geschmack. Er spürte Sabines Blick auf sich. War sicher, dass sie genauso dachte.

»Herr Dreysbach«, begann Hardo, nachdem sie sich gesetzt hatten, »Sie haben sich vorgestern gegen 21 Uhr mit Ihrem Sohn getroffen.«

»Bitte?«

»Sie haben ihn zuvor angerufen. Auf seinem Handy. Und daraufhin haben Sie beide sich auf der Heinrichsbrücke getroffen.«

Dreysbachs Augen flogen zwischen Hardo und Sabine hin und her.

»Ja. Das ist richtig.«

»Darf ich Sie fragen, weshalb Sie sich mit Ihrem Sohn auf einer Brücke treffen?«

»Es war am einfachsten so. Allerdings waren wir am Heinrichsdamm verabredet. Michael wollte dann ein Stück gehen.«

»Worum ging es bei dem Treffen?«

»Ich wüsste nicht, was Sie das angeht.«

Sabine beugte sich vor. »Herr Dreysbach, Sie waren wahrscheinlich der letzte Mensch, der Ihren Sohn noch lebend gesehen hat. Vor dem Mord.«

Dreysbach funkelte sie an.

»Sie haben immer nur gestritten«, sagte Helga Dreysbach plötzlich.

Die Temperatur im Raum fiel um etliche Grad.

»Helga!«, knurrte Dreysbach.

Doch seine Frau hob die Hand.

»Es ist kein Geheimnis. Diese Familie war schon zerrissen, bevor Michael ... vor seinem Tod. Du hast die Verbindungen zwischen uns und unseren Kindern zerstört. Nicht mal Lilianes Tochter kommt noch zu uns. Wenn ich sie sehen will, muss ich nach Bubenreuth fahren, weil du sie hier nicht haben willst.«

Dreysbach riss die Augen auf. »Was für ein Unsinn. Liliane war es, die die Brücken hinter sich abgebrochen hat!«

»Das stimmt nicht, und das weißt du auch.« Helga wischte sich über die Augen. »Und Michael hast du kleingehalten. Du hast ihm nie etwas zugetraut. Jetzt wird dir nichts anderes übrig bleiben, als das Geschäft zu verkaufen. Was du nie wolltest.«

»Frau Dreysbach«, sagte Sabine, »hatte Ihr Sohn psychische Probleme?«

»Er konnte nicht mehr. Anvertraut hat er sich mir nur selten. Er wollte nicht als der Jammerlappen dastehen, als den ihn sein Vater immer bezeichnete. Dabei ist es doch nur sinnvoll, darüber zu sprechen, wenn es einem nicht gut geht.«

»Warum ging es Ihrem Sohn nicht gut?«

»Er war ein Würstchen.« Dreysbach stand auf. Er schwankte leicht, hatte sich aber sofort in der Gewalt. »Im Geschäftsleben muss man seinen Mann stehen. Das konnte er nicht.«

»Was du ›seinen Mann stehen‹ nennst …«, begann Helga Dreysbach, doch mit einem Mal schwieg sie und starrte auf den Boden.

»Herr Dreysbach, ging es bei Ihrem Streit vorgestern darum? Dass Sie mit der Art Ihres Sohnes, das Geschäft zu führen, nicht einverstanden waren?«, fragte Hardo rasch.

»Er setzte alles in den Sand. Ich konnte ihm keine größeren Projekte anvertrauen. Wir sind gerade dabei, ein sehr altes, denkmalgeschütztes Gebäude in der Innenstadt zu erwerben. Natürlich gibt es weitere Mitbieter. Da muss man klare Kante zeigen. Hart verhandeln. Ich will diesen Zuschlag.«

»Wollte Ihr Sohn den Zuschlag ebenfalls?«

»Er wollte diesen Verrückten entgegenkommen. Bei der Protestaktion neulich traf er sich mit dem Pack. Die haben ihn natürlich in die Zange genommen. Ich habe ihm gesagt, wenn er sich auf so was noch mal einlässt, fliegt er raus.«

»Mein Mann und mein Sohn haben sich außerhalb des Hauses getroffen, weil ich ihren Streit nicht mehr ertrage«, mischte sich Helga Dreysbach ein. »Und Michael will mich schonen. Wollte mich schonen.«

»Wie hat Ihr Sohn auf diese Drohung reagiert?«, wollte Hardo wissen. »Denn das war es doch, was Sie mit ihm vorgestern Abend besprechen wollten? Dass er keine Zukunft in der Firma hat?«

Dreysbach ging ein paar Schritte. Es sah aus, als habe er Schmerzen, wollte das aber auf keinen Fall zeigen.

»Er ist zu seinem Auto spaziert und weggefahren. Ganz

einfach. Rückzug. Typisch.« Dreysbach richtete seinen Finger auf Hardo. »Diese Typen, diese Sozis – die müssen Sie sich anschauen. Die werfen uns Knüppel zwischen die Beine und verleumden uns, wo sie nur können. Aber ich lasse mir das nicht bieten. Mein Anwalt ist schon dabei, das weitere Vorgehen zu planen.«

Hardo sah dem Mann fest in die Augen. Es war nicht zu glauben. Er hatte sein Kind verloren und machte sich Gedanken über juristische Schritte gegen ein Grüppchen selbsternannter Revolutionäre.

»Wussten Sie, dass Ihr Sohn Antidepressiva nahm?« Sabine stellte den Satz einfach so in den Raum.

Dreysbach sah weg. Seine Frau bedeckte das Gesicht mit den Händen.

»Er konsumierte auch Kokain. Regelmäßig.«

Helga Dreysbach begann zu weinen.

»Frau Dreysbach, wussten Sie davon?«, legte Sabine nach.

»Er konnte nicht mehr. Seine Ehe ist wegen dieser ganzen Drogen kaputtgegangen. Ursula hat das nicht mehr ausgehalten. Die Lügen, das Versteckspiel …«

»Wissen Sie, wo Ihr Sohn sich mit Kokain eingedeckt hat?«

Doch Helga Dreysbach winkte ab. Sie presste sich ein Taschentuch vor den Mund, um ihr Schluchzen zu unterdrücken.

»Lassen Sie meine Frau in Ruhe. Haben Sie keinen Verdächtigen? Irgendein Ermittlungsergebnis? Nichts?«

»Die Aktivistenszene ist uns bekannt.« Binnen Sekunden überschlug Hardo, wie viel er preisgeben durfte. »Wir sind dabei, diese Leute zu überprüfen. Wo waren Sie beide gestern zwischen 3.30 und 5 Uhr?«

»Hier. Zu Hause.« Dreysbach setzte sich wieder. Er schien erschöpft, sein Durchhaltewille angeknackst. »Gehen Sie jetzt. Machen Sie Ihre Arbeit und lassen Sie meine Frau und mich in Ruhe trauern.«

35.

Die Schwester ist selten zu ihr nach Hause gekommen. Der Mann, die Kinder, das ist ihr alles zu viel. Sie mag es ruhig, einsam beinahe. Einsamkeit macht ihr keine Probleme.

Anders als Helga. Einsamkeit ist der furchteinflö-ßende Pappkamerad, der immer am Ende jedes Korri-dors steht, in den düsteren Ecken der Zimmer, unter der Kellertreppe. Die ewige Mahnung, verdirb es dir nicht mit deinem Mann, alles ist besser, als verlassen zu wer-den. Diese eine grausame Angst hat sie ihr Leben lang begleitet, deswegen steht sie da, wo sie steht. Am Ende einer Sackgasse, vor sich nur noch eine gemauerte Fläche. Dahinter der Tod.

Sie weiß nicht, wie sie das alles schaffen soll. Michaels Beerdigung. Die vielen Menschen, die Aussegnung, den Gang zum Grab, den Leichenschmaus. Günther hat bereits die Planung im Kopf, Liliane hat sie mehrmals angerufen,

Hilfe angeboten. Natürlich ist es schlimm, die eigene Tochter auszugrenzen. Nur – wie kann sie nun weitermachen? Michael hat sie immer unterstützt. Er weiß das Schlimme. Wusste. Ohne Michael ...

»Helga?« Leise schleicht ihre Schwester ins Zimmer, auf Zehenspitzen. »Günther hat mich reingelassen. Mein Gott, Helga. Es tut mir so leid.«

Natürlich hat sie mit der Schwester längst telefoniert. Dass sie nun leibhaftig hier im Zimmer steht, einen Korb in der Hand, bedeutet Helga viel. Die Angst weicht ein wenig, das Gefühl, eingesperrt zu sein in diesem Haus, in diesem Leben, lässt nach.

»Ich koche uns einen Kaffee«, schlägt sie vor.

»Nicht nötig.« Die Schwester hebt eine Thermoskanne hoch. »Habe alles dabei. Auch Quarktaschen. Du weißt noch – Quarktaschen?«

Das Gebäck der Kindheit, das ihnen die Mutter zugestand, wenn eine Prüfung gut gelaufen war, die beiden Mädchen etwas geschafft hatten. Oder wenn Enttäuschungen zu verarbeiten waren. Auch dann. Quarktaschen füllen den Magen, die Süße jagt durch den Stoffwechsel und erzeugt die Illusion neuer Energie.

»Danke.«

»Bedank dich nicht, Schätzchen.«

»Als wir letztens im Café waren – da hätte ich das alles noch nicht geglaubt.« Helga setzt sich im Bett auf. In der Trauerkleidung kommt sie sich vor wie eine Vogelscheuche.

»Es ist zu schrecklich.« Die Schwester stellt den Korb ab, gießt Kaffee in Tassen, die sie extra mitgebracht hat, und serviert die Quarktaschen auf Papierservietten mit dem Aufdruck einer örtlichen Bäckerei. »Mein Gott.«

»Michael hat es gewusst.« Helga nimmt mechanisch eine Tasse in die Hand. Sie nippt an dem dampfenden Gebräu. Ihre Schwester liebt den Kaffee stark.

»Hat er?«

Helga nickt. »Er hat es herausgefunden.«

»Schätzchen, in dir kann man lesen wie in einem offenen Buch. Bloß, dass dein Sohn ...«

»Noch nicht lange her, da habe ich ihm alles erzählt.«

Die Schwester runzelt die Stirn. »Alles?«

Helga spürt Tränen in ihren Augen kitzeln. Die ganze Nacht schon hat sie geweint, ohne die unerträgliche Anspannung in ihrem Inneren loszuwerden.

»Er hat es herausgefunden. Das mit diesem ... du weißt schon.«

»Weiß Günther ...«

»Gott bewahre!«

Die Schwester gießt sich nun ebenfalls Kaffee ein. »Bist du sicher?«

»Er hat keine Ahnung. Nichts weiß er. Schau mich nicht so skeptisch an.« Helga reibt sich die Augen.

»Er ist ein gebrochener Mann, Helga. Als er mir eben die Tür geöffnet hat – in ihm ist kein Leben mehr.«

Helga zwingt ihre Gedanken, sich dem Mann zuzuwenden, dem sie die Treue versprochen hat. In dessen Nähe sie ein fremdes Leben gelebt hat. Ihre Gefühle nur fein dosiert gezeigt hat. Sie hätte gern einen eigenen Beruf gehabt. Doch nach dem Studium kam bald Michael, und die Dinge liefen, wie sie oft laufen – in eine Richtung, die sie nicht den Mut und die Kraft hatte, selbst zu bestimmen.

»Wir müssen über die Beerdigung nachdenken. Wir müssen ...«

»Stopp!« Die Schwester hebt die Hand wie ein Schutzpolizist in alten Filmen. »Nein, so nicht. Da ist erst mal kein ›Muss‹. Die Dinge werden sich finden.«

»Aber die Beerdigung ... die Staatsanwaltschaft gibt Michaels Leiche heute oder morgen frei. Günther hat schon das Bestattungsunternehmen benachrichtigt und den Pfarrer.« Sie müssen sich entscheiden. Für ein Trauerbildchen, ein Foto, ein Motiv, einen Text. Für einen Sarg, Blumenschmuck. Ihr fällt nichts ein, sie ist wie blockiert. Liliane könnte das machen, sie hat Fotos auf ihrem PC, sie weiß, wie man die online übermittelt. »Es sind 1000 Kleinigkeiten zu regeln. Günther will nach der Beerdigung mit den Gästen in die *Brudermühle*. Wegen der Parkplätze, da ist das Parkhaus nicht weit. Und der Pfarrer hat nach Liedern gefragt.«

»Langsam, Schätzchen.« Die Schwester stellt ihre Tasse auf Helgas Nachtkästchen ab. »Dein Sohn ist gerade umgebracht worden. Da denkt man nicht an Parkplätze.«

Helga schüttelt mechanisch den Kopf, natürlich nicht, es ist verrückt, ihr Gehirn arbeitet sich an diesen Details ab, ganz von selbst, sie kann es nicht verhindern.

»Hast du noch mal etwas von – du weißt schon wem – gehört?«

»Nein. Nicht direkt. Also ...« Sie weiß nicht, ob sie es erzählen soll. Es ist zu verrückt. Allerdings will sie wenigstens ihrer Schwester vertrauen. »Nur, gestern Nacht, ich konnte nicht schlafen, bin ich raus auf die Terrasse. Und da hatte ich den Eindruck, jemand ist im Garten.«

»Was?«

Helga schließt kurz die Augen, ruft sich diese unheimlichen Momente ins Gedächtnis. »Es war gespenstisch. Ich habe jemanden laufen gehört. Über das Gras, die Hecke entlang. Es war dunkel, nur über der Terrassentür brannte Licht. Ich konnte niemanden sehen. Aber deutlich gehört habe ich ihn. Auf dem Gras. Und die knackenden Zweige ...« Sie schämt sich jetzt noch ihrer Angst, sie ist ins Haus gestürzt, hat die Terrassentür zugeschlagen. Verriegelt, die Vorhänge vorgezogen.

»Hm.«

»Glaubst du mir nicht?«

»Doch, natürlich glaube ich dir. Wann war das?«

»Nach Mitternacht. Gegen 1 Uhr.«

Die Schwester steht auf, blickt hinaus ins Grün.

Es ist ein sonniger Tag, ein Leuchten in der Natur, das Helgas desolatem Innenleben hohnlacht.

»Sag mal. Und das andere? Wusste Michael das auch?«

36.

Kaum stiegen Hardo und Sabine ins Auto, meldete sich die Kaluza. Hardo schaltete auf laut.

»Chef, wir haben die Schäferwagenvermieter aufgespürt. Eine Streife war dort, die Kollegen sollten noch einmal nach Barbara Eggert sehen. Gefunden haben sie sie nicht, aber das Ehepaar Schwegler. Sie haben zwei kleine Koffer ins Haus getragen. Wollen Sie selbst hin?«

»Die Kerschensteinerin und ich machen uns gleich auf den Weg. Hat der Kühn was rausgefunden?«

»In der Wohnung war nichts Besonderes. Außer ein Warenlager an Tabletten und Pillen. Manches vielleicht auch gut getarntes Koks, müssen wir sehen. Stefan hat das Notebook mitgebracht, ist natürlich passwortgeschützt. Hähnle muss ran. Allerdings ist der noch damit beschäftigt, die Klarnamen von den restlichen Villen-Fuzzis herauszufinden.«

»Okay.«

»Noch eins.« Monika Kaluza holte tief Luft. »Ich habe mich nach dem Gespräch mit unserem Zeugen, der hier vorhin das Protokoll unterzeichnet hat, im Netz herumgetrieben und ein Foto von einer Protestaktion neulich rausgefischt. Die bisher letzte der Gruppe. Da lief eine Demo in der Innenstadt, *Villen für alle* haben die Lange Straße blockiert und sich von den Kollegen wegtragen lassen. Ich schicke es Ihnen gleich als Screenshot. *Zuckerfräulein* alias Barbara Eggert trägt da ein Halstuch, das mir verdächtig nach demjenigen ausschaut, das unser Opfer im Mund hatte.«

»Schicken Sie das Foto, Kaluza. Wir sind unterwegs.« Hardo startete den Motor. »Und suchen Sie alles zu dieser Protestaktion raus. Die Kollegen müssen ja die Personalien der Blockierer aufgenommen haben.«

»Schon passiert. Mit dabei: Barbara Eggert, Kilian Bär.«

»Ich will die komplette Liste. Bis später.«

»Moment! Von Michael Dreysbachs Handy fehlt jede Spur, aber zuletzt war er in die Funkzelle eingeloggt, die den Skatepark auf der Insel abdeckt.«

»Gute Arbeit.« Hardo beendete das Gespräch und fuhr los. »Auf nach Bug.«

»Jemand wollte Michael Dreysbach zum Schweigen bringen. Darauf weist das Tuch hin.« Sabine legte den Gurt an. »Warum stopft ihm jemand ein Stück Stoff in den Rachen, nachts, in der Einsamkeit unter der Brücke? Hilfeschreie hätte dort sowieso niemand gehört.«

»Ja, so könnte man das sehen.«

»Sehen Sie es nicht so?«

Hardo schwieg.

»Knurrig, Chef?«

Er winkte ab, während er Richtung B22 steuerte.

»Wie geht es Katinka? Wir sollten mal wieder eins trinken gehen.«

»Bei Gelegenheit.« Hardo spürte Sabines skeptischen Seitenblick. Wortlos fädelte er sich in die Abbiegespur nach Bug ein.

»Wenn einer von diesen Antikapitalisten, die der alte Dreysbach als ›Sozen‹ bezeichnet, der Mörder ist, dann muss es da noch mehr geben als irgendwelche übergeordneten Überzeugungen. Irgendwas Persönliches.«

Hardo stellte das Radio an. Sie rollten die Bamberger Straße hinunter. Es war noch keine 10 Uhr, doch die Temperaturen waren schon ordentlich in die Höhe geklettert. Hardo schwitzte. Der Fall machte ihm zu schaffen. Weil er instinktiv Sabine zustimmte: Aktivistengruppen stellten allerhand Mist an, aber sie waren keine Mörder. Die Zerwürfnisse in der Familie Dreysbach dagegen ...

»Michaels Ex, Ursula Miltenberg, hat uns angelogen. Laut Frau Dreysbach war der Drogenkonsum ihres Mannes der Trennungsgrund.«

»Sucht wird oft verschwiegen, Chef. Weil Sucht peinlich ist. Weil Partner sich daran mitschuldig fühlen.«

»Ich nehme an, auch Liliane Schiller, Michaels Schwester, wusste Bescheid.«

»Familiäres Greenwashing. An der Familie soll nicht noch mehr Dreck kleben bleiben, als sowieso ans Tageslicht gezerrt wird.«

Sie hielten vor einem Grundstück nahe beim Regnitzufer. Hohe Hecken versperrten die Sicht, doch als Sabine und Hardo durch das Gartentor traten, erstreckte sich vor ihnen eine weitläufige Blumenwiese, in deren Mitte ein Schäferwagen stand. Nussbäume grünten. Vögel trällerten um die Wette. Am hinteren Ende lagen ein Wohnhaus und ein Carport.

»Wahnsinn, was für ein Traum!« Sabine sog tief die frische Luft ein. »Ein kleines Paradies am Rand von Bamberg.«

Hardo drückte auf den Klingelknopf. ›Nina und Gerald Schwegler‹ stand darauf.

Eine Frau streckte den Kopf heraus. Ende 40 ungefähr, schätzte Hardo.

»Ja? Bitte?« Sie strich eine grau melierte Haarsträhne hinter ihr Ohr.

»Kriminalpolizei. Uttenreuther, Kerschensteiner. Wir haben ein paar Fragen bezüglich Ihres Schäferwagens.«

»Na – der ist ordnungsgemäß angemeldet und alles.« Frau Schwegler lachte verlegen. »Gerald? Kommst du mal?«

Ein hagerer Mann erschien in der Diele.

»Die Leute sind von der Polizei. Sie fragen wegen unserem Schäferwagen.«

»Kommen Sie rein. Ich kann Ihnen die Papiere zeigen«, sagte Gerald Schwegler freundlich und ging voraus. Er führte die Ermittler in eine Wohnküche, wo gerade jemand eine Einkaufstüte mit Lebensmitteln ausgepackt hatte. Kaffee, Wiener Würstchen, Milch, Joghurt. Das ganz normale Leben.

»Es geht uns nicht darum, ob Sie Ihr Ferienobjekt korrekt angemeldet haben. Wir sind von der Kriminalpolizei und suchen Ihre Mieterin. Barbara Eggert.«

»Babs?« Erschrocken griff Nina Schwegler sich an den Hals. »Was ist mit ihr – ist ihr was passiert?«

»Wir suchen Sie als Zeugin«, behauptete Hardo. »Kann sein, dass sie etwas beobachtet hat, was in einem unserer Fälle wichtig ist.«

Das Ehepaar tauschte verblüffte Blicke.

»Wie lange wohnt Frau Eggert denn schon in Ihrem Schäferwagen?«, erkundigte sich Sabine.

»Seit März. Sie ist aus ihrer Wohnung rausgeflogen«, verkündete Nina Schwegler mit vorwurfsvollem Unterton.

»Ja, das Mietshaus wurde verkauft. Der neue Eigentümer hat allen Mietern gekündigt. Babs hatte sich die Wohnung mit anderen geteilt. Die fanden alle recht schnell neue Unterkünfte, aber Babs hatte Schwierigkeiten, also haben wir ihr angeboten, im Schäferwagen zu bleiben, bis sie was Neues hat. Nur …«, Gerald Schwegler griff nach der Kaffeepackung und verstaute sie im Schrank, »… sie hat noch nichts gefunden.«

»Ist auch wirklich schwierig in Bamberg. Und wo jetzt das Sommersemester angefangen hat!« Nina Schwegler verschränkte die Arme.

»Brauchen Sie den Schäferwagen nicht für Feriengäste?«

Die Frage schien Löcher in die Luft zu brennen. Weder Nina noch Gerald Schwegler rührten sich mehr. Sie schienen wie zur Salzsäule erstarrt.

»Also nicht?« Hardo sah von einem zum anderen.

»Üblicherweise melden sich die ersten Übernachtungsgäste ab Ende Mai. Babs hat noch ein paar Wochen.«

»Sie würden die junge Frau aber nicht rauswerfen?«

»Natürlich nicht. Solche sind wir nicht!« Nina Schwegler nahm eine Flasche Wasser aus dem Kühlschrank. »Möchten Sie was trinken?«

»Danke, nein. Wissen Sie, wo sich Barbara Eggert jetzt aufhält?«

»Vielleicht bei ihrem Freund, dem Kilian«, begann Gerald.

Hardo bemerkte sehr genau den wütenden Blick, den seine Frau ihm zuwarf. Als er zu Sabine hinübersah, wusste er, dass auch ihr etwas aufgefallen war.

»Dort ist sie nicht. Wissen Sie sonst etwas über Freunde oder Bekannte?«

»Nein!« Nina Schwegler goss sich selbst Wasser ein und trank durstig. »Sie ist ein eher zurückgezogener Mensch.«

Hardos Handy gab Laut. Die Kaluza hatte das Foto geschickt. Er hielt es Frau Schwegler hin. »Hier trägt Barbara Eggert ein weißes Halstuch. Hatte sie das öfter um?«

»Ich glaube nicht, also, es ist mir jedenfalls nie aufgefallen … kannst du dich daran erinnern, Gerald?«

Der Mann versuchte ein Lächeln. »Nein, für Mode habe ich überhaupt kein Gedächtnis, tut mir leid.«

»Frau Eggert engagiert sich in einer Gruppe namens *Villen für alle.*«

»Darüber wissen wir wirklich nichts.« Nina Schwegler stellte ihr Glas ab.

Hardo sah, dass ihre Hand zitterte.

»Haben Sie sie hier einmal mit jemandem gesehen? Hatte sie Besuch von einer Freundin?«

»Nein, ich glaube nicht.«

»Aber Sie sind ja nicht immer hier, nicht wahr?«, sagte Sabine freundlich. »Zum Beispiel gestern Abend. Im Haus war Licht, aber Sie haben nicht auf das Klingeln der Kollegen reagiert.«

»Wir waren in Erfurt über Nacht.« Nina Schwegler schien ihre Selbstsicherheit wiederzufinden. »Unser Sohn lebt dort, und wir haben den Ausflug mit einem offiziellen Termin verbunden. Mein Mann ist Landschaftsarchitekt. Heute Morgen sind wir ganz früh wieder zurückgefahren.«

»Wir haben Zeitschaltuhren. Um vorzutäuschen, dass wir zu Hause sind. Sie wissen schon, das Grundstück liegt recht einladend für bestimmte Menschen«, fügte ihr Mann hinzu.

»Gut, wenn Sie Frau Eggert treffen«, Hardo legte seine Visitenkarte auf den Küchentisch, »bitten Sie sie, sich bei uns zu melden.«

37.

»Sie hatten den richtigen Riecher, Frau Palfy.« Kianas Stimme klang ganz aufgeregt.

»Nicht am Telefon.« Katinka fächelte sich Luft zu. Es war beinahe Mittag. Für einen Maitag fühlte sich die Luft zu stickig an. Hocke werkelte im Keller. Katinka graute schon vor der Rechnung, die sie würde bezahlen müssen. Es sei denn, sie fand noch heraus, wer das Abflussrohr offenkundig mit voller Absicht verunreinigt hatte.

»Lassen Sie uns was essen gehen. Pasta? Im *Orlando*, bei mir um die Ecke, in zehn Minuten?«

»Schon unterwegs.«

Katinka sagte Hocke Bescheid und verließ die Detektei. Der ganze Ärger ging ihr gehörig auf den Geist. Tief drin machte sich in ihr die Sehnsucht bemerkbar, einfach alle Brücken hinter sich abzubrechen und neu anzufangen. Irgendwo anders. Dämliche Teenagerträume, dachte sie. Nachdem sie sich so viel aufgebaut hatte, von Grund auf, wäre es geradezu fahrlässig, einfach alles hinzuschmeißen. Was könnte sie schon tun, nach so vielen Jahren als Privatermittlerin! Supermarktregale einräumen?

Kaufhausdetektivin, schoss es ihr durch den Kopf, als sie in die Austraße einbog und beinahe mit einem Radfahrer kollidiert wäre. Jemand schleppte einen gigantischen Bücherstapel aus dem Antiquariat Richtung Uni. Grüppchen von Studenten standen beisammen, Kaffeebecher und Handys in den Händen. Das Sommersemester war Katinka immer als die schönste Zeit des Jahres erschienen. Fröhlich, leicht, beschwingt, ein wenig italienisch in dieser barocken Stadt. Der Winter dagegen brachte Bambergs muffige Seiten zutage. Feuchte Düsternis, Unfreundlichkeit, Lustlosigkeit. Seltsam, welch einen Wandel das Wetter vollbringt, dachte Katinka und setzte sich vor dem Restaurant *Orlando* unter einen Sonnenschirm.

»Da bin ich!«, unterbrach Kiana ihre düsteren Gedanken. »Mann, habe ich einen Hunger.«

Sie bestellten Apfelschorle und Pasta al ragù.

»Also, schießen Sie los!«

»Ich habe die Geschichte so angelegt, wie Sie gesagt haben, Frau Palfy«, begann Kiana. »Schneitter hat keinen Verdacht geschöpft. Stattdessen schlug er mir vor, ich sollte ihm eine Schwachstelle benennen, wo man ansetzen könnte. Beispielsweise fragte er nach einem Garten, nach Bepflanzung, nach dem Zustand der Rohrleitungen und nach Kaminen, die in Betrieb sind.«

»Rohrleitungen?« Katinka stutzte.

»Exakt. Nebenbei auch nach Elektroleitungen. Sagen wir mal, die Leitungen sind so alt und schlecht, dass sie komplett ausgewechselt werden müssen. Weil vielleicht ein Elektriker beim bloßen Anblick die Hände über dem Kopf zusammenschlägt. In dem Fall lohnt sich schon eine Generalsanierung des gesamten Hauses, und welcher Mieter möchte auf einer Baustelle wohnen? Man könnte einen nicht ganz so talentierten Elektriker zu einer Überprüfung in die Wohnungen schicken, und danach funktioniert manches nicht mehr.« Kiana stützte die Ellenbogen auf den Tisch. Träumerisch betrachtete sie Katinka. »Er ließ durchblicken, dass Altbauten und schöne Häuser mit Wert in Zentrumsnähe genau das sind, worum es heutzutage geht. Wenn man Geld machen will.«

Pasta und Getränke wurden serviert. Katinka griff nach ihrem Löffel. Es passte einfach zu gut zusammen. Aber warum manipulierte jemand die Abflüsse in der Detektei? Reichte es nicht, dass irgendwelche Dunkelmänner an ihr Haus wollten? Zumal ihr das Haus in der Hasengasse ja nicht gehörte. Der Eigentümer war ein älterer Herr, ursprünglich aus Bamberg, der mittlerweile in Leipzig lebte. Wo war das Problem? Gut, Zentrumsnähe, das traf zu …

»Ich habe den Eindruck, dass es hier jemand auf mich persönlich abgesehen hat. Vor längerem hat mich ein Typ auf dem Fahrradweg abgepasst, die Durchfahrt versperrt und wollte mit mir über den Verkauf meines Hauses reden. Gestern schiebt mir derselbe Kerl einen Zettel in den Rucksack und macht ein Kaufangebot über 500.000 Euro. Parallel dazu rücken mir meine Nachbarn wegen vermeintlicher Blattläuse auf den Leib.«

Kiana spachtelte ihre Nudeln. »Wir müssen herausfinden, ob Schneitter mit Maklerbüros zusammenarbeitet. Ob man sich gegenseitig die Projekte zuschanzt.«

»Da müssen Provisionen fließen. Aber an die Bankdaten kommen wir nicht heran.«

Kiana zuckte die Achseln. »Sie nicht.«

Katinka starrte sie an. »Und Sie?«

»Nein, ich auch nicht, aber als ich vorhin die Kanzlei verließ, hörte ich noch an der Tür, wie Schneitter seine Sekretärin anwies, mit Frau Möller von der Sparkasse einen Termin zu machen. Für 15 Uhr.«

»Frau Möller.« Katinka nahm einen Schluck Apfelschorle.

»Es gibt eine Ottilie Möller in der Filiale am Schönleinsplatz, habe ich schon gegoogelt.« Kiana zückte bereits ihr Handy und verabredete sich in Nullkommanix mit der Kundenberaterin. Für 16 Uhr. »Ich gehe einfach eine Stunde früher hin und halte die Augen offen. Ich kann ja behaupten, ich hätte mich in der Uhrzeit geirrt, und im Foyer warten.«

Katinka musste lächeln. Kianas Eifer rührte sie. Womöglich brannte in der jungen Frau dasselbe Feuer, das sie selbst einmal angetrieben hatte. Rätsel lösen, Geheimnisse ausfindig machen, Zusammenhänge entwirren.

»Lassen Sie im Gespräch die Namen Schneitter und Dreysbach fallen«, sagte sie, während sie nach der Bedienung winkte. »Das Essen geht auf mich.«

38.

Punkt 12 Uhr erschien Sabine in Hardos Büro.

»Wir haben die Liste der Personen, die im Zuge der Protestaktion von *Villen für alle* am 27. April in der Innenstadt zur Feststellung der Personalien bei uns zu Gast waren.« Sie grinste ironisch. »Chef, man höre und staune.«

»Also?«

»Barbara Eggert, Kilian Bär, Markus Weiß, Urte Meier und Gerald Schwegler.«

Hardo lehnte sich in seinem Schreibtischstuhl zurück und verschränkte die Arme. »Nicht wahr.«

»Doch. Die Kollegen, die letzte Woche in die Lange Straße gerufen wurden, gaben an, dass diese fünf ziemlich rabiat auf Passanten zugingen, um sie zum Mitdemonstrieren zu bewegen. Bär hielt eine Frau sogar am Arm fest. Die wurde sauer und meldete sich bei der Streife. Tja.«

»Hat sie ihn angezeigt?«

»Nein, sie hat davon abgesehen. Nachdem die ersten

Emotionen verraucht waren, hat Bär sich anscheinend entschuldigt.« Sabine hielt ein Tablet hoch. »Das macht die Sache interessant. Die Schweglers haben behauptet, nichts von *Villen für alle* zu wissen. Dabei hängen die alle drin. Hinzu kommt, dass die Clips im Netz noch mehr offenlegen als Eggerts Halstuch und den rauen Ton, den die Gruppe gegen ihre erklärten Feinde an den Tag legt. Michael Dreysbach höchstselbst war vor Ort und suchte den Kontakt zu den Protestierenden. Die haben ihn allerdings niedergeschrien.«

Hardo beugte sich über das Video. Man sah den jungen Dreysbach im Anzug, der sich Mühe gab, ruhig und gelassen zu bleiben, während die Demonstranten von Minute zu Minute lauter und aggressiver auf ihn einredeten. Sabine zeigte auf Barbara Eggert, die wutentbrannt auf Dreysbach einbrüllte. Sie trug ein weißes Halstuch.

»Was skandieren die da?«, fragte Hardo.

»Drecksgeld, Drecksgeld!« Sabine stoppte das Video. »Ich frage mich wirklich, was wir davon halten sollen.«

»Barbara Eggert zur Fahndung ausschreiben. Das Halstuch ist ein starkes Indiz.«

Sabine führte ein kurzes Telefonat. Hardo ging währenddessen die anderen Namen durch und checkte die Register.

»Urte Meier – in unserem System noch nicht aufgetaucht«, sagte er, als Sabine aufgelegt hatte. »Wissen wir mehr über sie?«

»Monika Kaluza hat alles recherchiert. 26 Jahre alt, Altenpflegerin, wohnt in der Kesslerstraße in einer WG. Dann Markus Weiß. 41 Jahre, kinderlos, verheiratet mit Gitta Weiß. Er ist IT-Ingenieur bei einer Firma in Nürnberg. Sie hat einen Minijob. Als Hausangestellte bei den Dreysbachs.«

»Was?« Hardos lauter Ausruf verblüffte Kühn, der gerade hereinkam.

»Was Neues?«, fragte er begierig.

»Die Ehefrau eines Aktivisten von *Villen für alle* ist Hausmädchen bei Dreysbachs«, wiederholte Sabine.

»Fuck.«

»Trotzdem, mir kommt das alles noch zu dünn vor«, fügte Sabine hinzu. »Es sieht so aus, als hätten wir gute Hinweise, aber letztlich bringen die wenig, fürchte ich.«

Hardo sah sie aufmerksam an. Er traute Sabines feinen Antennen, die sie oft antrieben, den Fokus der Ermittlungen auf den entscheidenden Punkt zu lenken.

»Zum einen: Tötungsdelikte sind in den allermeisten Fällen Beziehungstaten. Die Familie ist ein entscheidender Punkt. Die müssen wir ausleuchten. Liliane Schiller wurde, wie sie Ihnen gegenüber selbst sagte, Chef, schleichend aus der Firma des Vaters entfernt. Rausgeekelt, kann man auch dazu sagen. Sie ist sauer. Wenn nicht mehr. Von der eigenen Familie vor die Tür gesetzt zu werden, hinterlässt eine Wunde.«

»Die vielleicht nie heilt«, ergänzte Kühn nachdenklich.

»Wenn jetzt der Sohn, der das Geschäft weiterführen sollte, tot ist, wird der Vater eventuell auf die Tochter zurückkommen. Seine Meinung ändern. Irgendwem muss er die Firma ja eines Tages übergeben«, vollendete Sabine.

Hardo ließ sich auf seinen Stuhl fallen. »Allerdings würde einiges dazugehören, den eigenen Bruder umzubringen.«

»Ja, es gehört immer einiges dazu. Doch laut Akten kann Michaels Sturz durchaus die Folge eines Gerangels gewesen sein. Die Geschwister trafen sich, gerieten in Streit.

Seine Schwester muss nicht mit der Absicht hingegangen sein, ihn zu töten. Womöglich wollte sie ihren Bruder bitten, sich beim Vater für sie starkzumachen.«

»Liliane Schiller führt ein Fahrtenbuch«, erinnerte Hardo. »Sie kann in der Nacht nicht von Bubenreuth nach Bamberg gefahren sein, der Kilometerstand auf dem Tacho stimmt mit ihren Angaben überein. Und der Wagen ihres Mannes steht in Nürnberg am Flughafen. Seit Tagen. Er ist in den USA auf einer Konferenz.«

Sabine presste die Lippen zusammen. Hardo verstand sie. Wenn man feststeckte, suchte man sein Heil oft in einer ganz anderen Richtung. Für ihn jedoch war die Aktivistengruppe der vielversprechendste Ansatz.

»Ich habe noch eine Zusatzinfo«, meldete Kühn sich. »Als die fünf Aktivisten hier bei uns waren, mehr oder weniger genervt Fragen beantworteten und so weiter, bekam Barbara Eggert einen Schwächeanfall. Sie hyperventilierte. Die Kollegen haben den Notarzt gerufen.«

»Verflucht!«, rief Sabine. »Was war die Ursache?«

»Kann alles Mögliche sein. Zu wenig getrunken, die Wärme, die Aufregung, der Stress.« Kühn zuckte die Achseln. »Man hat sie ins Klinikum gebracht, über Nacht beobachtet und am nächsten Morgen entlassen.«

Hardo fing Sabines fragenden Blick auf. Bevor er noch etwas sagen konnte, machte Kühn schon weiter.

»Wenn jemand Michael Dreysbach nachts um 4 treffen wollte, hat er ihn vielleicht nicht angerufen, sondern sich anders bemerkbar gemacht. Dreysbach hatte nach dem Treffen mit seinem alten Herrn gar nicht mehr vor, das Haus zu verlassen. Hat sich vollaufen lassen. Sich eine Linie gezogen. Und dann geschah etwas Überraschendes, das ihn noch einmal in die Nacht hinaustrieb.«

»Der Kaluza Bescheid geben!«, verlangte Hardo. »Ich will diese Figuren sprechen. Wir holen die her. Alle.«

Kühn eilte aus dem Büro.

»Und die Drogen, Chef?«, fragte Sabine. »Was sagen die uns? Wo hat er seinen Stoff gekauft, wie viel, wie teuer war das …«

Hardo wischte den Einwand beiseite. »Der Hähnle soll ordentlich Gas geben. Es kann kein Zufall sein, dass die Ehefrau eines Aktivisten bei Dreysbachs arbeitet.« Er erinnerte sich nur zu gut an die Hausangestellte im Hosenanzug, die ihnen gestern die Tür von Dreysbachs Villa geöffnet hatte. »Das ist eine Position, die man mit Vertrauen und Diskretion verbindet.«

»Vielleicht spielt sie da U-Boot«, überlegte Sabine laut. »Spioniert die Familie aus.«

»Alle Infos, die wir über diese fünf Typen haben, zusammenschalten und Vernehmungen vorbereiten!« Hardo stand auf, trat ans Fenster. Sein Büro ging genau nach Osten. Die Hänge des Fränkischen Jura in der Ferne glänzten grün im gleißenden Sonnenlicht. Er wollte diese Aktivistengruppe durchleuchten. So schnell wie möglich.

39.

Solche Dinge passierten ihr nicht. Ihr passierten andere Dinge. Dreckige, kleinliche, miese Dinge. Aber nie das ganz große Drama aus dem Kino. Das nicht.

Sie hatte Urtes Handy fallen lassen, als könnte sie sich daran vergiften, hatte sich angezogen, ihren Rucksack geschnappt. War schon an der Tür, rannte zurück, filzte das Handy erneut. Vertiefte sich in eine Unterhaltung, die sie nichts anging. Und die voller Verständnis und gegenseitiger Wertschätzung war. Sie verstand einfach nicht, wie Urte so dämlich sein konnte, ihr eigenes Smartphone anzurufen, wenn sie doch ahnen musste, dass Babs …

Hat sie mir so sehr vertraut? Das Vertrauen war verschenkt. Babs hatte den Chat angesehen. Den ganzen Chat zwischen Urte und Kilian gelesen. Die beiden wichtigsten Menschen in ihrem Leben! Die ihren Schutzschirm bildeten, sie durchschleppten, sie mitzogen. Die sie nie im Stich ließen.

Bis auf …

Babs' Gedanken kreisten. Es konnte nicht wahr sein. Es durfte einfach nicht wahr sein. Ihr Herz hämmerte. Sie stand mitten im Zimmer, versuchte, ihren Atem zu beruhigen. Doch statt ihre Erregung herunterzufahren, schlug ihr Herz immer heftiger gegen ihre Rippen. Sie begann zu keuchen. Hatte Kilian ihr jemals auch nur den Bruchteil des Respekts entgegengebracht, den er für Urte übrig hatte? Sie war für ihn doch nur ein Kleingeist, ein hektisches Ding, eine Freundin, die nirgendwo mit anpackte, die ihm nicht mal viel Glück für sein Referat wünschte. Eine, der er Geld zustecken musste, damit sie über die Runden kam. Babs griff sich an den Hals. Und Urte. Bei der sie schlafen durfte, obwohl sie selbst nur ein muffiges Zimmer in einer WG hatte. Urte – der hätte sie so einen Verrat noch viel weniger zugetraut als Kilian.

»Frauen halten doch zusammen«, keuchte sie, versuchte, langsamer zu atmen, das Hecheln zu unterdrücken, sie musste bei Sinnen bleiben, das alles war doch ohnehin ein Witz, sie konnte keinen Stress ertragen, ohne gleich durchzudrehen, sobald etwas anders lief als beabsichtigt, machte sie sich ins Hemd, verdammt, sie wollte endlich wissen, weshalb das so war, warum die anderen mühelos durch Krisen durchkamen. Die anderen, die die Füße stillhalten wollten, jetzt, nach dem Mord an Dreysbach.

Babs fiel auf das Bett. Griff in den Rucksack, nahm die Klingen heraus. Riss die Hose herunter. Sprühte Desinfektionsspray auf ihre Haut. Die Wunde von gestern sah rot und böse aus. Ihre Finger zitterten, als sie die Klinge auf die Haut setzte. Sanfter Druck. Blut, das aus der Wunde quoll. Sofort schien all die Energie zu verpuffen, die sie eben noch hochgehen hatte lassen wie eine Rakete. Ihr Atem kam nun weniger hektisch, der Schwindel verpuffte. Mit einem Taschentuch tupfte sie das Blut weg. Ließ sich ins Bettzeug sinken. Griff noch einmal nach Urtes Handy. Las den Chat. Jetzt tat es schon weniger weh, obwohl die Konturen des Geschriebenen deutlicher hervortraten. Kälte machte sich in ihr breit. Während sie ihre Hose wieder anzog, streifte sie in Gedanken ihre Schicht im *Irish Pub*, die um 17 Uhr beginnen würde. Sie musste fit sein, das war der einzige Job, den sie schaffte, sie würde sich ins Zeug legen, die Gäste besser umschwärmen. Dann fiele vielleicht mehr Trinkgeld ab. Ein paar Scheine zusätzlich.

Geld.

Alles stand und fiel mit dem Geld.

Plötzlich kam ihr noch etwas anderes in den Sinn. Sie konnte nun nirgendwo mehr hin. Nicht in den Schäferwagen, da hatten die Bullen längst nach ihr gesucht. Nicht zu Kilian. Und hier bei Urte konnte sie schon gar nicht bleiben. Sie musste weg aus Bamberg! Zum Teufel mit dem Job. Langsam richtete sie sich auf. Starrte eine Weile auf das verräterische Handy. Nahm es vorsichtig in die Hand und legte es auf den Tisch. Sollte Urte ruhig ahnen, dass sie alles wusste.

Oder auch nicht.

Spielte das noch eine Rolle?

Sie musste weg hier. Behutsam zog sie den Vorhang beiseite. Blinzelte in das helle Mailicht draußen. Ihr Magen knurrte. Sie hatte nichts gegessen, nichts getrunken. Sie brauchte nichts. Nie mehr würde sie etwas essen.

Wieder schnitt ein Handyton durch das stille Zimmer. Diesmal meldete sich ihr eigenes. Eine Nachricht aus der Chatgruppe. Gerald!

Gerald: Obacht, Leute, die Polizei hängt sich an uns ran. Anscheinend gelten wir jetzt als die Buhmänner und -frauen von Bamberg. Ich soll um 14.30 auf der Polizeidirektion erscheinen. Angeblich als Zeuge. Natürlich geht es um Dreysbach. Hat jemand anders auch einen Anruf bekommen?

Zwei Sekunden später eine Nachricht von Kokoba:

Kokoba: Sieht ganz so aus. Selber Ort, selbe Zeit.

Kilian: Ich auch.

Kokoba: Babs, du wirst gesucht.

Babs' Finger zuckten, als hätten sie sich an dem Telefon verbrannt. Sie wartete, dass Kilian etwas schrieb. Doch niemand meldete sich mehr. Der Chat brach ab, kaum dass er begonnen hatte.

Ihr Mund war ganz trocken. Sie konnte nicht sagen, wie lange sie einfach auf das dunkle Display gestarrt hatte, in dem sich ihr Gesicht spiegelte.

Sie sollte vorsichtig mit Kokoba sein, hatte Urte gesagt. Aber Urte war auf die Seite der Feinde gewechselt, von denen Babs bis eben nicht einmal gedacht hatte, dass sie sie hatte. Urte und Kilian waren Familie gewesen. Nun stand sie ohne da. Ohne Menschen, für die sie etwas bedeutete. Niemand schätzte sie wirklich. Man hatte sie nur aus Mitleid ertragen.

Babs schulterte ihren Rucksack und ging ins Bad. Pinkelte, wusch sich die Hände. Starrte ihr weißes Gesicht im Spiegel an.

Entweder Flucht. Oder es geschah etwas. Etwas Gutes. Etwas, das ihr wieder ein Leben verschaffte. Sie wusste nur nicht, was das sein könnte. Wie lange würde sie auf der Flucht durchhalten?

Sie hatte nichts getan. Mit dem Mord hatte sie nichts zu tun.

Das Halstuch …

Tränen rannen ihr über die Wangen. Sie hasste die Dreysbachs aus tiefstem Herzen, aber sie hatte Michael nicht angerührt. Zu so etwas war sie nicht imstande. Sie wischte die Tränen weg, wusch ihr Gesicht. Tupfte es mit Klopapier trocken. Nahm etwas von der Gesichtscreme, die jemand auf dem Bord stehen lassen hatte, und rieb sie sich über Wangen, Schläfen und Stirn. Dabei starrte sie unentwegt in den Spiegel. Blickte sich selbst in die Augen, als stünde eine ganz andere Person vor ihr, der sie ein Versprechen abzugeben habe. Dass sie nicht davonlaufen würde. Sondern sich zeigen. Wer sie war, wie sie war. Mit ihren Abgründen und Ängsten. Die Welt würde es ertragen müssen. Sie musste schließlich auch die Welt ertragen.

40.

Hardo saß mit Monika Kaluza und Stefan Kühn im Büro. Sie bereiteten die Vernehmungen der Gruppenmitglieder von *Villen für alle* vor. Es war kurz vor 15 Uhr. Sabine war zu dem Seniorenheim gefahren, in dem Urte Meier arbeitete, um die junge Frau nach ihrer Schicht sofort in die Polizeidirektion zu bringen. Bisher hatten sich Kilian Bär, Markus Weiß und Gerald Schwegler eingefunden. Die Kaluza hatte bereits die wichtigsten Daten bereitgelegt. Handynummern, Handydatenabgleich, Bewegungsprofil am 27. April, dem Tag der Demo und der lautstarken Auseinandersetzung mit Michael Dreysbach.

Die Kollegen hatten schnell gearbeitet, der Staatsanwalt war mit im Boot. Auch die Bankdaten lagen vor. Auf den ersten Blick nichts Besonderes. Nur bei Kilian Bär gab es eine Bareinzahlung von 2.000 Euro auf sein Girokonto, die 14 Tage zurücklag. Hardo wusste, dass das noch nichts heißen musste.

»Ich übernehme Kilian Bär. Kühn, für Sie bleibt der Schwegler.«

»In Ordnung. Was ist der Schwerpunkt?« Kühn zückte Stift und Notizbuch.

»Alibis. Beziehungen untereinander. Beziehung zu den Dreysbachs. Hier kommen Sie ins Spiel, Kaluza. Haben Sie Frau Weiß erreicht?«

»Ja, zu Hause, die Dreysbachs haben ihr freigegeben. Sie wollten angeblich ihre Ruhe im Haus.«

»Fahren Sie zu ihr und quetschen Sie die Frau aus. Ich will wissen, wie sie dazu kam, bei den Dreysbachs zu arbeiten, und ob sie dort schon länger ist, als die Aktivistengruppe ihre Aktionen macht.«

»Schon unterwegs.« Die Kaluza sprang auf und nahm ihre Jacke von der Lehne. »Und Markus Weiß?«

»Der wird warten müssen, bis wir Zeit für ihn haben. Sobald Sie zurück sind.«

»Da freut er sich sicher. Die sind schon alle reichlich unruhig.« Die Kaluza winkte und verließ den Raum.

»Fliegender Wechsel!« Hähnle trat ein. »Ich habe den Knoten gelöst. Kokoba ist Markus Weiß.« Er legte ein paar Ausdrucke auf den Tisch. »Vor einem Jahr hat er diese Gruppe digital ins Leben gerufen. Mag sein, dass es *Villen für alle* schon vorher in der sogenannten wirklichen Welt gab, aber im Netz sind sie seit knapp zwölf Monaten unterwegs.«

»Weiß ist IT-Ingenieur«, brachte Kühn heraus. »Wahnsinn.«

»Man wird das im Einzelnen sehen müssen.« Hähnle strich sich über den Zauselbart. »Ob er sich mit der Verschleierung der Spuren dieser Gruppe strafbar gemacht hat. Im Augenblick sieht es mir nicht so aus. Privatheit im Internet ist das Recht von allen, die sich gut genug auskennen, um sich unsichtbar zu machen.«

»Spuren ins Darknet?«

»Bisher nicht. Er hat hauptsächlich dafür gesorgt, dass es schwierig ist zurückzuverfolgen, welcher Klarname hinter welchem Decknamen steht. Und es gibt einen gesicherten Chat, den er anscheinend programmiert hat. Ich habe die meisten aus der Gruppe identifiziert. Die aktualisierte Liste schicke ich gleich.«

»Gut gemacht, Hähnle.« Hardo stand auf. »Wir haben die drei Anwesenden lange genug schmoren lassen. Fangen wir an. Wie besprochen.«

41.

»Helfen Sie mir zu verschwinden!«

Verdutzt sah Katinka die junge Frau mit dem unförmigen Rucksack über der Schulter an, die gerade die Detekteitür ins Schloss gerammt hatte und nun hektisch atmend vor ihrem Schreibtisch stand.

»Wie bitte?«

»Helfen Sie mir zu verschwinden. Die kriegen mich dran. Aber ich habe nichts gemacht.« Sie wischte sich den Schweiß von der Stirn.

»Immer mit der Ruhe. Setzen Sie sich doch erst mal. Kaffee?«

Die Frau strich fahrig die blonden Locken hinters Ohr. Ihre Augen irrlichterten durch den Raum. Zum Durchgang nach hinten, zurück zur Tür, zu Katinka, wieder die Wände entlang zur Decke, zum Fenster. Katinka stand auf und schloss die Eingangstür ab.

»Besser so?«

Die Frau nickte. Zögernd zog sie einen Besuchersessel zurück und nahm Platz. Katinka setzte Kaffee auf. Hocke war noch im Keller beschäftigt. Sie fragte sich, wie lange das so gehen sollte. Er arbeitete schon den zweiten Tag ausschließlich für sie.

»Nicht erschrecken, im Keller ist ein Klempner«, sagte sie leichthin, als sie eine Tasse, Milch und Zucker vor ihrem Gast abstellte. »Der Kaffee ist gleich fertig. Ich hatte eine Überschwemmung hier drin. Hoffentlich riecht man nichts mehr.«

»Nein. Gar nicht. Sie sind doch die Privatdetektivin?«

»Die bin ich. Und Sie sind?«

»Babs. Also eigentlich Barbara. Eggert. Die Polizei sucht mich. Aber ich habe nichts gemacht und ich kann nicht in den Knast.«

Katinka nickte. »Gut, Frau Eggert, und weshalb sucht die Polizei Sie?«

Babs zückte ihr Handy, hielt es Katinka hin. Auf einem grobkörnigen Foto war Babs zu sehen. »Wegen diesem Halstuch, das ich auf dem Bild trage. Im Skatepark ist doch der Mord passiert. Gestern. Und Dreysbach, also das Opfer, hatte das Tuch im Mund. Als Knebel. Aber ich habe das Tuch verloren. Schon länger. Weiß nur nicht, wo.« Sie begann zu weinen.

»Okay. Nun mal langsam. Ich hole den Kaffee, dann reden wir.«

Katinka ging ins Hinterzimmer. Als sie zurückkam, hatte Babs sich ein wenig beruhigt. Sie wischte die Tränen aus dem Gesicht und starrte ausdruckslos auf ihr Handy. »Zuletzt hatte ich es bei der Demo. Und … ich habe es überall gesucht. Die Polizei hat ein Foto davon auf der Pressekonferenz gezeigt. Jetzt bin ich verdächtig. Aber ich habe nichts gemacht.«

Katinka spürte vor allem eines: Die Frau vor ihr war am Limit. Sie stand kurz vor einem Nervenzusammenbruch. Die flatternden Lider, der umherirrende Blick, die Zwanghaftigkeit, mit der sie sich bemühte, ihre zitternden Hände ruhig zu halten.

»Letzte Woche, am 27. April, haben wir demonstriert. Gegen die Immobilienhaie der Stadt, die hohen Mieten, dagegen, dass für die Touris alles getan wird, aber für die Einwohner nichts. Die Dreysbachs sind solche Kapitalisten, die kaufen die besten Häuser in der Innenstadt auf, schmeißen die Bewohner raus, terrorisieren die Eigentümer. Ich habe in einer WG gewohnt, in der Königstraße. Wir mussten alle raus. Das Haus wurde verkauft. Der neue Eigentümer wollte sanieren. Meine Mitbewohner sind ziemlich schnell eingeknickt und ausgezogen. Ich wollte nicht. Ich dachte, die können uns doch nicht einfach rausschmeißen. Wir haben das Haus immer in Ordnung gehalten.«

»Moment, wie wurde Ihnen das denn mitgeteilt? Haben Sie einfach die Kündigung erhalten?«

»Der alte Eigentümer hat uns mitgeteilt, dass er verkauft hat. Daraufhin ging das ganz schnell. Ich bin am längsten in der Wohnung geblieben. Da rückten im Erdgeschoss schon die Arbeiter an und begannen damit, die Böden rauszureißen. Der Strom wurde abgestellt. Ich konnte nicht bleiben.«

»Sagt Ihnen der Name Severin Schneitter etwas?«

Irritiert sah Babs Katinka zum ersten Mal richtig in die Augen. »Wer?«

»Das ist der Name eines Bamberger Anwalts.«

Babs zuckte die Achseln. »Unsere Kündigung hat Michael Dreysbach unterschrieben. Dabei sagt mein Freund, dass wir mit dem jungen Dreysbach noch gut dran waren. Der Alte ist der Hardliner.«

»Frau Eggert, nur weil ein Tuch, das Ihrem ähnlich sieht, bei dem Mordopfer gefunden wird, kann man Ihnen gar nichts. Haben Sie denn ein Alibi für diese Nacht?«

»Nein. Aber mit meinem Freund habe ich ausgemacht, dass wir beide die ganze Nacht zusammen waren. Also, das wollen wir sagen. Wenn die uns ausfragen. Die Polizei hat ein paar von uns für heute Nachmittag zur Vernehmung bestellt. Mich haben sie nicht erreicht. Ich habe heute Nacht bei einer Freundin geschlafen. Eigentlich wohne ich in einem Schäferwagen, so einem alternativen Ferienapartment bei Freunden. Da muss ich raus, jetzt, wo die Touristen kommen. Und mein Handy ist nicht auf meinen Namen gemeldet. Die finden mich nicht so schnell.«

Sie hob den Kopf. »Bitte helfen Sie mir unterzutauchen.«

Katinka trank von ihrem Kaffee. Sie hatte schon oft verschwundene Menschen suchen sollen. Angehörige hatten ihr die Tür eingerannt, weil einer ihrer Lieben einfach nicht mehr aufzufinden war. Umgekehrt hatte noch niemand von ihr verlangt, unsichtbar gemacht zu werden.

»Ich komme nicht zurecht«, fügte Babs hinzu. »Ich habe eine Hochsensibilität. Ich habe sogar eine Therapie gemacht, weil mir alles so nahegeht, dass ich es kaum aushalte. Ich habe keinen Job. Nur als Aushilfe im *Irish Pub*, also, heute müsste ich hin. Aber das schaffe ich nicht. Ich muss weg hier.«

»Sie haben Ihren Kaffee nicht angerührt.« Katinka bemühte sich um ein aufmunterndes Lächeln.

»Ach so.« Unbeteiligt griff Babs nach der Tasse und trank sie in wenigen Schlucken leer. »Helfen Sie mir jetzt? Und was kostet das?«

Katinka erhob sich. Zog die Lamellenvorhänge zu. Setzte sich wieder.

»Was wissen Sie eigentlich über die Dreysbachs?«

Babs zuckte die Achseln. »Sie sind stinkreich. Zu Hause herrscht Funkstille zwischen den Alten. Und Michael Dreysbach hat gekokst, das haben sie auf der Pressekonferenz gesagt. Mit seinem Vater war er zerstritten, aber zu seiner Mutter hatte er ein ganz gutes Verhältnis. Ich weiß das, weil die Frau von einem in unserer Gruppe bei den Dreysbachs arbeitet. So als Mädchen für alles.«

»Ein Maulwurf?«

»Könnte man so sagen.«

»Hm.« Katinka betrachtete Babs, die unruhig auf ihrem Sessel herumrutschte. »Okay. Ich helfe Ihnen. Zumindest so lange, bis wir eine etwas tragfähigere Lösung für Ihr Problem gefunden haben. Ich denke nämlich nicht, dass Sie langfristig untertauchen müssen, um aus der Sache rauszukommen.«

»Nicht?«

»Das Halstuch allein reicht nicht, Frau Eggert. Wenn es kein Designerstück ist, das es definitiv nur einmal gibt, wurden davon wahrscheinlich Tausende verkauft. Und dass Sie kein besonders belastbares Alibi haben, ist nicht erstaunlich, denn Dreysbach wurde in den frühen Morgenstunden getötet. Da liegen die meisten Leute in ihren Betten.«

»Aber ich kann nirgends hin. Im Schäferwagen finden die mich. Und bei meiner Freundin ... also ...« Babs presste die Fäuste auf ihr Gesicht. »Urte, meine beste Freundin, und mein Freund haben was miteinander. Fuck. Fuckfuckfuck.«

»Oh verdammt.«

»Urte und Kilian – die waren meine Familie. Meine Eltern sind bei einem Unfall ums Leben gekommen, das ist schon fast zehn Jahre her. Ich war gerade 18. Ich hatte sonst niemanden. Nur eine alte Tante. Aber die ist im letzten Winter auch gestorben. Ich habe nur ihr Handy behalten. Das läuft auf ihren Namen.«

Aus dem Hinterzimmer hörte Katinka Hocke rufen.

»Komm rein!«, sagte sie laut.

Erschrocken starrte Babs auf Hocke.

»Hallo!« Durch sein Gelhaar streichend, nickte er der jungen Frau zu. »Normalerweise komme ich nicht so schmuddelig daher, entschuldigen Sie. Der Abfluss ist wieder frei, Katinka. Du kannst Wasser aufdrehen und die Toilette benutzen. Besorg am besten ein neues Schloss für die Kellertür. Um rauszufinden, wer hinter dieser Sabotage steckt, bist du sowieso eher prädestiniert als ich.«

Babs sah weg.

»Das muss noch kurz warten. Wenngleich sich ein Bild abzeichnet.« Entschlossen stand Katinka auf und reichte Hocke einen Schlüsselbund. »Könntest du Frau Eggert in deinem Sprinter zu mir nach Hause bringen und sie in meiner Wohnung abliefern, ohne dass das jemand spitz-kriegt? Ich muss noch kurz was erledigen.«

42.

Hardo schwitzte. Es musste an der ungewöhnlichen Hitze liegen. Knappe 30 Grad im Mai waren ihm deutlich zu viel.

»Wissen Sie, wo sich Ihre Freundin Barbara Eggert auf-hält?«

Kilian Bär senkte den Blick. Zu seinen Füßen stand ein riesiger Rucksack, an dessen Riemen er permanent herum-nestelte. »Nein, gestern Vormittag habe ich sie zuletzt gese-hen, das habe ich doch schon gesagt, wir saßen am Fluss, und ich musste dann heim, das Referat fertig vorbereiten.«

Hardo hatte nicht mitgezählt, wie oft in diesem Gespräch bereits das Wort »Referat« gefallen war. Sei-nem Geschmack nach eindeutig zu oft. Als hielte der junge Mann sich an seinem Referat fest – ein Vorwand für alles.

»Wo waren Sie am 3. Mai zwischen 3.30 und 5 Uhr?«

»Mit meiner Freundin zusammen.«

»Kann das jemand bezeugen?«

»Niemand außer Babs.«

»Wo waren Sie?«

»In … in ihrem Schäferwagen.«

»Haben Sie eine Vorstellung, wo Ihre Freundin jetzt sein könnte?«

»Nein, habe ich doch schon gesagt.«

»Eltern, Verwandte?«

»Ihre Eltern sind tot. Sie hat keine Geschwister.«

»Tante, Onkel?«, bohrte Hardo nach.

»Nein, nicht dass ich wüsste.«

Das kurze Zögern, bevor er antwortete, entging Hardo nicht.

»Woher haben Sie 2.000 Euro?«

»Was?«

»Es ist eine Bareinzahlung von 2.000 Euro auf Ihrem Konto eingegangen. Woher kommt das Geld?«

»Hören Sie, dürfen Sie mein Konto checken?« Kilian fuhr sich durchs Haar.

Er schwitzt auch, dachte Hardo, die Hitze. Oder Angst.

»Der Staatsanwalt sagt, wir dürfen. Ihre Freundin Barbara Eggert trug bei der Protestaktion neulich das Halstuch, das wir im Hals des Mordopfers gefunden haben.«

»Das – was? Na, ich weiß nicht …«

Hardo griff nach seinem Handy und zeigte das Bild. »Ihre Gruppe hat das Foto selbst ins Netz gestellt. Wie Sie vieles ins Netz stellen rund um Ihre Aktivitäten in Sachen Immobilien.«

»Das ist doch nicht verboten. Eigentlich hat es mit Zivilcourage zu tun. Vielleicht gefallen Ihnen unsere Aktionen nicht. Aber wir haben niemanden gefährdet oder behindert.«

»Sie haben Passanten genötigt, an Ihrer Aktion teilzunehmen. Die nicht einmal angemeldet war.«

»Das stimmt nicht.«

»Deshalb brachten die Kollegen Sie zu uns. Nahmen die Personalien auf. Es kam zu einer glasklaren Ansprache, dass Nötigung von Unbeteiligten nicht hingenommen wird.«

»Ach, Sie meinen diese Frau, die sich so aufgeführt hat? Das ist doch Quatsch. Ich habe die nicht genötigt. Sie hat sich aufgeregt, weil sie angeblich am Grünen Markt wohnt und die Nase voll hat von den städtischen Veranstaltungen, die ständig für Lärm und Chaos sorgen. Ich habe ihr ganz ruhig erklärt, dass wir unser Recht auf freie Meinungsäußerung ausüben und worum es uns geht. Da hat sie angefangen rumzuschreien und hat mit den Händen vor meinem Gesicht gefuchtelt. Die hat mir beinahe die Brille von der Nase geschlagen.«

»Also, woher kommen die 2.000 Euro?«

»Ich habe von meinen Eltern einen kleinen Zuschuss bekommen.«

»Telefonnummer Ihrer Eltern?«

Unwillig scrollte Kilian durch sein Telefon und diktierte eine Nummer.

Hardo wählte. Niemand nahm ab.

»Die sind bei der Arbeit. Kann ich jetzt gehen?«

»Wie ist Ihre Beziehung zu Michael Dreysbach gewesen?«

»Er und sein sauberer Vater kicken Leute aus ihren Häusern und renovieren auf Luxusniveau. Kein Mensch kann es sich bald mehr leisten, in der Innenstadt zu wohnen, das wird viel zu teuer. Unsere Gruppe ist überzeugt, dass das der falsche Ansatz ist. Es darf gern hochpreisige Wohnungen geben, zugleich brauchen wir aber auch bezahlbaren Wohnraum für alle, die sich nicht so viel leisten können.«

»Michael Dreysbach war derjenige, der sich für solche Ziele starkmachte.«

Kilian schnaubte. »Glauben Sie das? Mag sein, dass er in der Öffentlichkeit so getan hat. Tief drinnen hat er anders gedacht. Der wollte seinen Geldbeutel füllen. Sein angebliches Verständnis für soziale Belange – das war doch nur Show.«

Hardo dachte an Liliane Schiller, die genau dies über ihren Bruder behauptet hatte.

»Sie meinen also, Michael und Günther Dreysbach waren beide genau derselben Auffassung? Kaufen, Mieter rausklagen, renovieren, teuer vermieten?«

»Klar, das ist deren Geschäftsidee.«

»Ihre Freundin ist ein Opfer dieser sogenannten Geschäftsidee. Sie hätte womöglich Grund, sich an Dreysbach zu rächen.«

»Babs eine Mörderin?« Kilian lachte auf. »Das kann nicht Ihr Ernst sein. Sie ist hochsensibel, es regt sie schon auf, wenn sie auf eine Biene tritt und die Biene stirbt.«

»Es muss keine Absicht gewesen sein. Fahrlässige Tötung kommt auch infrage. Sie bestellt Dreysbach in den Skatepark, es kommt zum Streit, eins führt zum anderen.«

»Ehrlich, Herr Hauptkommissar, welche Frau bestellt einen Mann abends in so eine einsame Ecke!«

»Waren Sie dabei? Haben Sie Schützenhilfe gegeben?«

»Nein, verdammt noch mal!«

Hardo kam nicht weiter. Ihm brummte der Kopf. In dem kleinen Raum wurde es zunehmen stickig. Er hatte Durst. »Wie sieht es mit Herrn Weiß aus? Er ist doch IT-ler. Einer, der penibel die Spuren der Gruppe im Internet verwischt hat.«

»Wir haben das in seine Hand gegeben, weil er sich auskennt. Er hat versichert, dass alles legal ist.« Kilian verschränkte die Arme.

»Und Urte Meier?«

Kilian wurde knallrot. »Was ist mit Urte?«

Hardo streckte den Rücken. Hier war der Kipppunkt in diesem langen Gespräch, von dem er schon befürchtet hatte, es würde zu nichts führen. »Nun?«

Der junge Mann fühlte sich sichtlich unwohl. Er ließ die Arme hängen, rutschte auf dem Stuhl herum, zerrte am Rucksack.

»Urte ist eine Freundin von Babs. Sie ist über Babs in die Gruppe gekommen.«

»Welchen persönlichen Grund hat sie, sich *Villen für alle* anzuschließen?«

»Sie wohnt in einer WG. Das ist fast nicht auszuhalten. Totales Chaos, ständig wechseln die Mitbewohner, bringen schräge Typen mit zum Übernachten. Sie ist Altenpflegerin, verdient nicht viel. Kann sich nichts Besseres leisten. Ihr Job ist super anstrengend. Den kann sie gar nicht ein Arbeitsleben lang machen. Sie hat sowieso schon jetzt immer Rückenschmerzen!«

»Und Sie? Kamen Sie auch durch Babs in die Gruppe?«

»Nein, Babs und ich kennen uns durch die Gruppe.«

Es klopfte. Kühn riss die Tür auf.

»Wir haben ein Problem.«

Wortlos folgte Hardo ihm nach draußen.

»Weiß ist abgehauen.«

»Bitte was?«

»Dumm gelaufen, Chef. Er ist einfach weggegangen, und keiner von den Kollegen hat sich darüber gewundert.«

»Verdammt. Dranbleiben, Kühn. Versuchen Sie, den Mann zu erreichen, wo auch immer.«

»Geht klar.«

»Wie lief es mit Schwegler?«

»Unerfreulich. Nichts Neues. Ich denke, die haben sich abgesprochen.«

»Das sowieso«, murmelte Hardo. »Ich bin hier gleich fertig.«

»Okay.« Kühn eilte den Gang hinunter.

Hardo ging zurück in den Vernehmungsraum.

»Herr Bär, Sie können gehen.«

Fast konnte er den Seufzer der Erleichterung hören, den Kilian Bär gerade noch unterdrückte. Er sprang auf, riss seinen Rucksack hoch und rannte fast zur Tür.

»Nur eine Frage noch: Es ist doch korrekt, dass Sie eine Beziehung zur besten Freundin Ihrer Freundin haben?«

43.

»In Ordnung, Chef.« Sabine Kerschensteiner beendete das Gespräch und steckte ihr Handy ein.

Die kurze Info aus der Polizeidirektion, dass Kilian Bär, der Freund von Barbara Eggert, eine Affäre mit deren bester Freundin Urte Meier hatte, bestätigte wieder einmal ihre Überzeugung, dass es alles gab. Schlicht alles. Menschen war nichts fremd, und im Vergleich zu manch anderem Irrsinn, den sie als Polizistin schon mitbekommen hatte, war ein Betrug dieser Art geradezu fad.

Sie stand schon länger vor dem Seniorenheim, der Wagen heizte sich zunehmend auf. Sabine hatte sämtliche Fenster heruntergelassen, trotzdem rann ihr der Schweiß an Gesicht und Hals herunter. Lichteneiche, dieser kleine Vorort Bambergs, wirkte ruhig, fast selbstvergessen. Nicht weit entfernt schlugen die Kirchenglocken 15 Uhr. Die Straße lag still. Selbst auf den Balkons der umliegenden Wohnblöcke rührte sich kein Leben. Nur ein Junge auf einem E-Roller flitzte die Straße entlang und verschwand hinter der nächsten Abzweigung.

Von ihrem Parkplatz aus konnte sie den Haupt- und den Hintereingang beobachten. Von dort näherte sich nun eine Frau, die ein Fahrrad schob. Sie sah abgespannt aus, das lange Haar hing ihr verschwitzt in die Stirn. Sabine stieg aus dem Wagen.

»Frau Meier?«

Die Frau guckte Sabine verdutzt an.

»Sabine Kerschensteiner, Polizei. Ich …«

Urte sprang auf den Sattel, trat zweimal in die Pedale, dann gab sie auf. Sie bremste, stieg ab, ließ das Rad auf die Straße fallen. Sie presste beide Hände an ihren Kopf, als müsste sie sich an etwas festhalten.

»Ist alles in Ordnung mit Ihnen?« Sabine beschloss, den kleinen Fluchtversuch als Schwächeanfall zu betrachten.

»Ja, natürlich. Das Wetter macht mich fertig.« Sie ließ die Arme sinken.

»Da sind Sie nicht die Einzige.« Sabine half Urte, das Rad wieder aufzurichten. »Lust auf einen kurzen Spaziergang? Richtung See?«

Urte zuckte die Achseln, folgte jedoch Sabine, die bereits die Straße entlangging.

»Es geht um *Villen für alle*. Sie sind doch dort Mitglied?«, fragte die Polizistin nach ein paar Minuten.

»Das ist kein Verein, wo man sich anmelden müsste.«

»Sondern?«

»Wir wollen was gegen die ungleiche Verteilung von Wohnraum in Bamberg tun. Dagegen, dass alles so teuer wird. Dass man sich die Mieten kaum noch leisten kann.«

»Sie wohnen doch in der Innenstadt.«

»In einer WG.«

»Und von dort radeln Sie hier raus zur Arbeit?«

»Das ist nicht weit. Keine halbe Stunde. Und ich komme runter nach dem Dienst. Kann mir den Wind um die Nase wehen lassen.«

»Wegen Michael Dreysbach – was, glauben Sie, ist passiert?«

Sabine bemerkte, dass Urtes Hände den Lenker fester packten. Ihr Gesicht war rot und verschwitzt.

»Ich habe keine Ahnung, was passiert ist. Außer dass er tot ist. Das Internet ist voller Spekulationen.«

»Würden Sie sagen, dass Sie als Gruppe den Dreysbachs feindlich gesonnen sind?«

»Feindlich gesonnen, wie klingt denn das!« Urte schüttelte den Kopf. »Wir haben die auf dem Kieker, ja. Aber wir bringen keine Leute um. Wir kämpfen mit Argumenten. Die übrigens viele Menschen nachvollziehen können.«

»Was halten Sie von Gewalt im Kampf gegen das, was Sie als Unrecht empfinden?«

»Ich habe nie Gewalt angewendet. Okay, ich sehe ein, wir hätten die Aktion neulich anmelden müssen. Haben wir aber nicht. Wir sehen unsere Aktionen mehr als Pop-ups. Schnelle, überraschende Proteste.«

»Kilian Bär ist eine Passantin hart angegangen.«

»Das stimmt nicht. Sie hat ihn provoziert.«

»Sind Sie und Kilian Bär einer Meinung, wenn es um die Dreysbachs geht?«

»Wir sind alle der gleichen Meinung. Es geht nicht um die Dreysbachs persönlich. Sie stehen für ein Prinzip. Die besten Häuser in der Innenstadt gehören nur wenigen Menschen, viele werden zu Luxusgebäuden renoviert, die sich normale Mieter nicht leisten können.«

»Worin sind Sie und Kilian Bär sich denn besonders einig?«

»Kilian und ich?« Urte blieb stehen.

»Sie haben ein Verhältnis mit ihm.«

Hektisch wischte Urte ihre schweißnassen Haare aus ihrem Gesicht. »Das geht Sie nichts an.«

»Vielleicht nicht. Und Ihre Freundin, Barbara Eggert? Die ist doch mit Bär befreundet, oder?«

Urte seufzte. »Ich bin nicht stolz drauf. Woher wissen Sie es?«

»Kilian Bär hat es zugegeben, als ein Kollege ihn darauf ansprach.«

Urte lachte rundheraus. »Nein, das ist jetzt nicht wahr. Was hat er denn noch alles gesagt?«

Sabine antwortete nicht. Ging langsam weiter. Urte schloss auf.

»Könnte Kilian Bär sich mit Dreysbach im Skatepark getroffen haben?«

»Was? Nein! Warum sollte er das tun!«

Sabine beobachtete das Gesicht der jungen Frau genau. Ihre Augen waren weit aufgerissen. Sie hatte Angst.

»Michael Dreysbach hat doch bei Ihrer Aktion neulich das Gespräch gesucht. Die Gruppe hat ihn niedergeschrien. Das passende Video hat *Villen für alle* selbst gepostet. Wie ging das denn weiter?«

»Da war nichts. Ich habe nicht mit ihm geredet.«

»Aber einer von Ihnen, zum Beispiel Bär, könnte doch darauf eingegangen sein.«

»Warum ausgerechnet Kilian? Nur, weil … verdammt, ich fühle mich wie eine falsche Schlange Babs gegenüber. Sie hat es nicht verdient, betrogen zu werden. Aber ich habe auch Probleme. Viele sogar. Und das mit Kilian hat sich eben einfach so ergeben.«

»Ja, das kann ich nachvollziehen. Manches ergibt sich. Aber was, wenn Ihre Freundin Babs davon Wind bekommt?«

»Das hat sie wahrscheinlich schon.« Urte senkte den Blick. »Sie hat bei mir übernachtet, und ich habe mein Handy zu Hause vergessen. Wenn sie den Chat mit Kilian gefunden hat …«

»Wo ist Babs jetzt?«

»Ich weiß nicht. Sie wollte …« Urte merkte, dass sie einen Fehler gemacht hatte.

»Sie wollte?«

»Hören Sie, Babs ist so mit sich selbst beschäftigt, sie würde niemals … also, sie würde niemanden umbringen. Sie ist krank. Oder sagen wir: angeschlagen. Hat eine Hypersensibilität. Panikattacken, unerklärliche Schmerzen. Sie kommt mit dem Leben nicht zurecht.«

»Und die anderen? Weiß? Bär?«

Urte schüttelte unwillig den Kopf.

»Sie selbst?«

»Nein, verdammt! Ich habe Dreysbach nicht getroffen. Während der Aktion im April habe ich nicht mit ihm geredet und auch später nicht. Fragen Sie doch mal in seiner Familie nach. Die sind alle völlig gaga. Keinem von denen würde ich über den Weg trauen. Der Alte, das ist ein Hardliner, ein richtiges Raubtier, der hat seine Tochter nicht in der Firma haben wollen, obwohl, eigentlich ist sie ja nicht …«

»Sie ist *was* nicht?«

Urte presste die Lippen aufeinander.

Die Straße machte einen Bogen. Unversehens standen sie vor einem großen Supermarktparkplatz.

»Was wissen Sie über die Familie Dreysbach?«

Urte schien ihre Chancen abzuwägen.

»Frau Meier, wenn Sie etwas wissen, was für unsere Ermittlungen relevant ist, und damit hinter dem Berg halten, machen Sie sich mitschuldig.«

»Verdammt, ich weiß aber nichts!« Urte schob ihr Rad auf den Parkplatz. »Sorry, ich muss mir was zu trinken kaufen. Ich verdurste.«

»Warum wollte der alte Dreysbach seine Tochter nicht in der Firma haben?«

»Keinen Schimmer.«

»Weiß Kilian Bär es?«

Urte blieb abrupt stehen. »Nein, wieso sollte er?«

»Liliane Schiller ist nicht Günther Dreysbachs Tochter.«

»Woher wissen Sie das denn?«

Sabine verkniff sich ein Seufzen. »Ich nehme an, die ganze Gruppe *Villen für alle* weiß das?«

»Quatsch, natürlich nicht, nur …«

Urte verstummte, doch Sabine fiel es nicht schwer, den letzten Mosaikstein dazuzulegen, um das ganze Bild zu haben. »Nur Kilian und Sie wissen es, richtig?«

Mit einem Papiertaschentuch tupfte Urte ein paar Tränen weg. »Ich muss jetzt wirklich was trinken. Soll ich Ihnen ein Coke mitbringen?«

44.

Der Himmel hatte sich zugezogen. Wind kam auf, aber es kühlte um keinen Deut ab. Katinka hatte Kiana zu Kilians Wohnheim geschickt. Sie konnte nur hoffen, dass Babs keinen Blödsinn anstellte, aber Dante war nach Hause gegangen und hatte versprochen, ein Auge auf den ersten Stock zu haben. Sie selbst saß seit einer guten Stunde vor dem *Eiscafé Lido* und löffelte bereits ihren zweiten Eisbecher. Menschen schlenderten mit vollen Einkaufstaschen durch die schmale Straße, durch die nur ab und zu ein Anwohner oder Zulieferer mit dem Pkw steuerte. Touristen schossen Fotos und sahen sich nach Restaurants fürs Abendessen um. Im Internet hatte sie ein Foto von Urte Meier gefunden. Schlank, langes braunes Haar. Die Leute machten sich wirklich keine Vorstellung von dem, was sie im Netz taten. Heute, dachte Katinka, können wir uns nicht einmal ausmalen, was in zehn oder zwanzig Jahren mit all diesen Informationen, Fotos und Filmclips passiert. Jemand wird unser ganzes Leben nachvollziehen können. Wo wir wann was gemacht haben. Oder noch schlimmer: Eine Künstliche Intelligenz kann das tun. Sie selbst ging sehr sparsam mit den Sozialen Medien um. Dennoch – ganz konnte man sich dieser Kunstwelt kaum entziehen, irgendwo fanden sich Spuren. Wann immer sie ihren Namen googelte, war sie erstaunt, was andere über sie und ihre Tätigkeit zu wissen glaubten. Das ist wie mit dem Klimawandel, grübelte sie, während sie den Becher leer kratzte, irgendwann fliegt uns der ganze digitale Müll, den wir hinterlassen, um die Ohren. Gerade als sie überlegte, noch einen Espresso zu bestellen, um das viele Eis zu neutralisieren, näherte sich eine Frau auf einem Fahrrad. Sie trug einen vollgestopften Rucksack auf dem Rücken, am Lenker baumelte eine Einkaufstasche. Geschmeidig glitt sie vom Rad und steckte den Schlüssel in die Haustür direkt gegenüber dem *Lido*.

Rasch schob Katinka zwei Geldscheine unter den Eisbecher und eilte über das Kopfsteinpflaster.

»Urte Meier?«, sagte sie.

Verdutzt fuhr die Frau herum. »Ja?«

»Kann ich Sie einen Moment sprechen? Mein Name ist Katinka Palfy. Privatdetektivin.«

»Hat das was mit dem Dreysbach zu tun?« Urte lehnte sich mit dem Rücken gegen die Haustür, um sie aufzudrücken. »Wir haben alle bei der Polizei ausgesagt.«

»Es geht nicht um den Mord. Eher um die Machenschaften der Dreysbachs und einen Anwalt namens Schneitter. Ich ermittle in eigener Sache.« Das war nicht einmal gelogen. »Haben Sie einen Moment?«

»Ich weiß nicht … ich muss meine Einkäufe raufbringen, aber bei mir können wir auf keinen Fall reden.«

»Ich warte hier auf Sie.« Katinka nickte ihr zu.

Tatsächlich tauchte Urte Meier schnell wieder auf der Straße auf. Ihr Haar hing strähnig herab. Die Augen lagen tief in ihren Höhlen, Schatten machten sich darunter breit. Sie schleppte immer noch den dicken Rucksack.

»Ich hatte Frühschicht. Eine Polizistin hat mich nach Dienstschluss abgepasst. Es ging um Dreysbach. Und jetzt ...«, ängstlich sah sie an der Fassade des Hauses hoch, wo sie wohnte, »jetzt ist meine Freundin nicht da.«

Nee, die ist bei mir, dachte Katinka. Laut sagte sie: »Kommen Sie, gehen wir ein Stück.« Sie wandte sich Richtung Fußgängerzone. Eine Windbö fegte durch die Straße und trieb eine Plastiktüte vor sich her. Urte folgte langsam. Sie hielt ein Handy in der Faust und tippte hektisch darauf herum.

»Probleme?«

»Nein, ich ... also ... meine Freundin hat bei mir übernachtet. Sie wollte eigentlich länger bleiben, aber jetzt ist sie weg. Ich verstehe das nicht. Ich ...« Urte brach ab.

»Kommen Sie, ich möchte Ihnen was zeigen.« Zielstrebig überquerte Katinka die Lange Straße und lief hinunter zum Fluss. Urte holte auf.

»Schön hier, nicht?«, sagte Katinka beiläufig.

»Schön für Touris. Aber den Bambergern wird immer nur genommen. Dass die Stadt damals diese Gastronomie auf der Unteren Brücke eingeführt hat, ist doch völliger Blödsinn gewesen«, regte Urte sich auf. »Vorher haben die jungen Leute dort im Sommer einfach so gefeiert, spontan, mit mitgebrachten Getränken. Danach musste man sich sein Bier teuer kaufen und brav am Tisch sitzen. Wenn Jugendliche und Studenten was dagegen sagen oder sich trotzdem hier zusammensetzen, packt die Stadt gleich die ganz großen Waffen aus. Störbeleuchtung! Das muss man sich mal vorstellen!«

Katinka grinste. »Ich habe gelesen, dass es mit der Gastronomie doch nicht klappt, weil kein Kneipier sich beworben hat, hier zu bewirten.« Dass die feiernden Studenten den Anwohnern auf Dauer auf die Nerven fielen, war verständlich. Andererseits musste jeder, der in der Innenstadt in traumhafter Lage wohnte, ab und zu Kompromisse eingehen. Auch sie hockte manchmal gern auf der Brüstung, um das herrliche Panorama am Fluss zu bestaunen.

»Ehrlich gesagt, vielleicht hätte eine Dauerbeschallung mit Helene Fischer gereicht, um die jungen Leute zu vertreiben«, sagte sie leichthin.

Urte winkte ab. Sie hatten die Brücke unterquert und liefen nun am Alten Kanal entlang. Als die kleine Gondelanlegestelle in Sicht kam, blieb Katinka stehen. »Setzen wir uns auf den Steg?«

»Von mir aus.«

Katinka stieg behände über das Geländer. »Ist nicht erlaubt. Aber schön sitzt es sich hier trotzdem.«

Urte ließ sich neben Katinka auf die Holzbohlen sinken, zog die Sneakers aus. »Ich hoffe, Sie haben nichts dagegen.«

Katinka tat es ihr nach. Das schnell strömende Regnitzwasser umspülte ihre verschwitzten Füße.

»Sie sind doch in *Villen für alle* aktiv.«

»Woher – wissen Sie das?«

»Da oben am Kai«, sie deutete hinter sich, »hat mir vor längerem jemand aufgelauert. Es war ein total verregneter Tag. Ich war pudelnass, war mit dem Rad unterwegs. Da stand ein anderes Fahrrad quer, und ein Mann machte mir ein unmoralisches Angebot.«

»Wie bitte?«

»Ich bin Eigentümerin eines Hauses in der Altstadt. Na

ja, eigentlich gehört es der Bank, aber ich werde es abbezahlen, Stück für Stück. Das ist nicht das Problem.«

Urte nickte. »Das Problem ist die Art, wie der Mann an Sie herantrat.«

»Exakt. Und in wessen Namen. Gestern steckte mir jemand im *Café Müller* einen Zettel in den Rucksack, als ich gerade zur Toilette ging. Bietet 500.000 für mein Haus.«

»Das *ist* unanständig. Wenn Ihre Immobilie in der Altstadt liegt, ist sie mehr wert.«

»Definitiv.«

»Ich arbeite als Altenpflegerin in einem Seniorenheim«, sagte Urte. »Den Job habe ich mir nicht aktiv ausgesucht. Ich wollte eigentlich nach meiner Ausbildung zur Krankenschwester in die Intensivpflege. Dann hatte ich einen Unfall mit einem komplizierten Bruch. Nach der OP bekam ich eine Sepsis und lag im Koma. Ich habe es schließlich geschafft, mich wieder aufzurappeln, allerdings musste ich ein Jahr pausieren. Meinen normalen Alltag kann ich stemmen, mit Schichten und so, aber mir noch mal eine Ausbildung antun und ewig langes Stehen in einem Operationssaal – das schaffe ich einfach nicht mehr. Der Verdienst in meinem Job ist nicht besonders, deswegen wohne ich in dieser WG. Die ist eigentlich unerträglich.« Sie sah wieder auf ihr Handy. »Ständig ist Krach, Tag und Nacht, das Bad versifft … Es macht keinen Spaß, da zu wohnen. Aber ich kann mir nichts anderes leisten, und von der Keßlerstraße komme ich eben gut mit dem Rad zu Arbeit, es ist nicht weit, auch im Winter klappt das.«

»Das erklärt noch nicht, weshalb Sie sich mit den Immobilienpreisen so gut auskennen«, wandte Katinka ein.

»Ich habe mich *Villen für alle* angeschlossen, weil man was tun muss. Die Mietpreise sind einfach zu hoch, gerade in den Mittelstädten sind sie unverhältnismäßig gestiegen. Ich kann mir keine Miete von 700 Euro für ein Zimmer leisten. Das geht einfach nicht.«

»Haben Sie in Ihrer Gruppe schon mal von solchen Übernahmeangeboten gehört?«

»Wie das, das Ihnen passiert ist? Eigentlich nicht. Wir sind eher drauf aus, uns über die Eigentumsverhältnisse in Bamberg zu informieren. Wem was gehört. Und da sind die Dreysbachs ganz vorn. Die kaufen und kaufen. Machen Schulden, renovieren hochpreisig, schreiben die ganzen Kosten ab, sparen Steuern. Das ist doch ein Witz.«

»Sagt Ihnen der Name Severin Schneitter etwas?«

Urte überlegte. »Ja, einige von uns sind aus ihren Wohnungen rausgeschmissen worden. Die haben erzählt, dass sie Briefe von einem Anwalt namens Schneitter bekommen haben.«

»Ich auch.«

»Sie auch?«

»Haben Sie mal über diesen Schneitter nachgeforscht?«

Urte zögerte. »Nein, eigentlich nicht.«

»Uneigentlich auch nicht?«

»Er geht bei den Dreysbachs ein und aus. Ein Kumpel vom alten Dreysbach.«

»Wer sagt das?«

»Gitta. Eine von uns. Sie arbeitet bei den Dreysbachs als Hausangestellte. Sie nimmt aber nicht an den Protesten teil.«

»Verständlich, dadurch wäre sie als Spitzel ziemlich schnell entlarvt.«

»Sie ist doch kein Spitzel!«, protestierte Urte sauer.

»Was denn sonst?«

»Ihr Mann ist bei uns der Mann fürs Digitale. Der kennt sich aus, mit dem Internet und so.« Sie strampelte mit den Beinen, ließ das Wasser aufspritzen.

»Können Sie mich mit dem mal zusammenbringen?«

»Mit Markus? Markus Weiß?«

Katinka unterdrückte ein Schmunzeln. »Ja.«

»Okay. Bloß … ich mache mir jetzt wirklich Sorgen um meine Freundin. Sie meldet sich nicht.« Ratlos klickte Urte auf ihrem Smartphone herum. »Bei Babs weiß man nie. Hoffentlich hat sie sich nichts angetan.«

»Ich nehme mal an, dass sie sich höchstens deswegen was antut, weil Sie mit ihrem Freund im Bett waren.«

Urte starrte Katinka an. Ihr Gesicht wurde krebsrot.

»Ich soll an allem schuld sein, oder? Braucht ihr einfach ein Opfer, auf dem ihr rumhacken könnt?« Wütend warf sie ihr Handy auf die Planken. Stieß sich vom Steg ab und sprang in den Kanal.

»He!« Katinka traute ihren Augen nicht. »Sind Sie nicht ganz dicht?«

Urte schwamm mit kräftigen Zügen auf die gegenüberliegende Insel zu, wo sie aus dem Wasser stieg. »Es war ein Fehler!«, schrie sie. »Scheiße!«

Schon waren hinter Katinka Zuschauer stehen geblieben, und auch von den beiden Rathausbrücken über ihnen blickten Neugierige herunter und filmten mit ihren Handys.

Urte lief ein paar Schritte, ließ sich wieder ins Wasser gleiten und schwamm zum Gondelsteg zurück. Katinka half ihr aus dem Wasser. Urte schüttelte sich wie ein Hund. »Kilian brauchte mal eine Pause von Babs. Okay, das klingt total gemein, aber es ist so. Babs heult rum, lamentiert, klagt, jammert. Alles ist schlimm, alles ist furchtbar, sie ist immer das Opfer. Kilian steckt Babs sogar manchmal Geld zu, wenn sie nicht über die Runden kommt. Trotzdem hört er von ihr nur Gequengel.«

»Und das berechtigt Sie, mit ihm ins Bett zu steigen?«

»Und ihn? Hatte er eine Erlaubnis, oder was?« Urte kramte in ihrem Rucksack, fischte ein Handtuch heraus und rubbelte ihr Haar trocken, bevor sie vor aller Augen Hose und Shirt auszog und sich in Slip und BH auf den Steg legte. »Nein, da gibt es keine Rechtfertigung. Es hat sich ergeben. Ich sehe ein, dass es Mist war, aber Babs sollte das gar nicht wissen. Von gestern auf heute hat sie bei mir übernachtet. Ich bin zur Frühschicht und hatte mein Handy vergessen. Ich fürchte, sie hat meine Chats gelesen.«

»Dumm gelaufen«, kommentierte Katinka. Sie unterdrückte gerade noch den Impuls, ihren Kopf in einer Geste des Unglaubens zwischen die Hände zu betten. »Sagen Sie, die Polizistin, die mit Ihnen vorhin gesprochen hat, war das eine mit langen blonden Haaren?«

»Ja. Wieso?«

»Nicht so wichtig. Ich möchte mit Markus Weiß sprechen.«

»Liefern Sie mir einen Grund, warum ich Sie mit ihm bekanntmachen sollte.«

»Sagen wir mal so: Sollte Michael Dreysbachs Tod mit den Geschäftspraktiken von *Dreysbach & Söhne* zusammenhängen, gehe ich davon aus, dass dieser Anwalt Schneitter eine Rolle dabei spielt. Wenn sich der Verdacht erhärtet, wären Sie und Ihre Freunde aus der Schusslinie.«

45.

Stefan Kühn kam aus der Metzgerei gelaufen, sprintete über die Straße und ließ sich auf dem Fahrersitz nieder.

»Spießbraten. Auf Brötchen. Ich muss mir was zwischen die Kiemen schieben, Chef. Hier, für Sie ist auch eins dabei.«

Hardo griff nach der Tüte. »Danke.« Der Duft nach Gewürzen und gebratenem Fleisch ließ ihm das Wasser im Mund zusammenlaufen.

»Verrückt, oder, Chef? Dass es kaum noch Metzgereien in der Stadt gibt. Also, ich meine, inhabergeführte. In die Supermärkte haben sich die Großen reingedrängt. Von den Kleinen halten sich nur noch wenige. Aber an jeder Ecke eine Apotheke.« Er zeigte nach vorn.

Hardo biss hungrig in sein Brötchen. »De facto ist es doch so, Kühn: Wir kommen nicht voran. Die Vernehmungen haben so gut wie nichts gebracht.«

»Wenn man mal davon absieht, dass Urte Meier und Kilian Bär hinter dem Rücken von Barbara Eggert miteinander ins Bett gehen.«

»Der junge Mann ist regelrecht zusammengebrochen, als ich ihn darauf angesprochen habe. Nur sehe ich nicht, wie das im Zusammenhang mit unserem Fall zu werten ist.«

»Gar nicht. Einfach nur eine von Tausenden Bettgeschichten. Was ist jetzt mit dem Geld auf Bärs Konto?«, fragte Stefan Kühn kauend.

»Ich habe die Eltern erreicht. Sie bestätigen die Geschichte von der Sonderzuwendung für den studierenden Sohn. Aber er kann sie informiert und um diese Bestätigung gebeten haben.« Hardo ließ das Fenster ein Stück herunter.

»Diese Urte Meier scheint nicht das hellste Licht am Firmament zu sein.« Kühn biss von seinem Brötchen ab. »Sobald wir aufgegessen haben, konfrontieren wir die alten Dreysbachs mit den Leuten aus *Villen für alle*. Wäre interessant herauszufinden, ob sie einen von denen näher kennen. Ist doch merkwürdig, dass ihre Haushälterin die Frau von Markus Weiß ist. Der übrigens nicht an sein Telefon geht.«

»Der Typ ist clever. Er weiß, dass wir nichts gegen ihn in der Hand haben. Seine IT-Kenntnis hat er offenbar für nichts Illegales eingesetzt.« Hardo betrachtete sein Essen. Das Fleisch war würzig und zart, doch ihn irritierte, dass es in Haufen aus kleinen Fetzchen zwischen den Brötchenhälften lag.

»Ist mehr *Pulled Pork* als Spießbraten, oder?« Kühn schluckte und stopfte das fettige Papier in die Seitenablage. »Ich frage mich, ob den Dreysbachs entgangen ist, dass Gitta Weiß, die für sie arbeitet, einen Ehemann hat, der Leute wie die Dreysbachs nicht nur ablehnt, sondern aktiv bekämpft. Bamberg ist eine Kleinstadt, verdammt noch mal. Da kennt man sich. Zu dumm, dass die Kaluza Gitta Weiß nicht aufgetrieben hat.«

»Ja, das gefällt mir ganz und gar nicht. Und die Eggert ist auch weg. Fahren wir los.«

Während Stefan Kühn ausparkte, meldete Hardos Handy eine neue Nachricht. Von Katinka.

Kiana Krekeler aus Coburg ist auf Bambergtrip. Sie übernachtet in meiner Wohnung. Nur dass du dich nicht wunderst. Wie laufen die Ermittlungen?

Er ließ das Telefon sinken. Die Meinungsverschiedenheit, der subtile Streit zwischen ihm und Katinka, machte ihm zu schaffen. Sie mussten unbedingt miteinander reden. Ihm lag einiges daran, die Verstimmung möglichst sofort aus dem Weg zu räumen. Inzwischen verstand er überhaupt nicht mehr, weshalb er so scharf reagiert hatte, als Katinka ihn um Hilfe bat. Es stimmte ja: Sie kümmerte sich allein um das Haus, Handwerker und Mieter. Er bekam ab und zu mit, dass sie nachts wach lag und Probleme wälzte. Doch er war froh, wenn er derartigen Aufgaben entkommen konnte. Und dieses aktuelle Tötungsdelikt kam ihm da gerade recht.

Routiniert steuerte Kühn den Wagen über den Münchner Ring. An der Engstelle auf der Hainbrücke staute sich der Verkehr.

»Heute würde man so eine Brücke nicht mehr bauen«, sinnierte Kühn. »Mitten durchs Grün.«

»Irgendwo muss man aber fahren können.«

»Ja, das alte Dilemma. Wird das immer so weitergehen? Verkehr gegen Vernunft?«

»Sollen wir mit dem Hubschrauber zur Zeugenbefragung ausrücken?« Hardo klang schärfer als beabsichtigt.

»Das nicht.« Kühn schien ihm den Tonfall nicht übel zu nehmen. »Ich denke eher, man sollte den Verkehr beruhigen und es nicht immer wie einen Verzicht aussehen lassen. Lieber sollte man den Verkehr so gestalten, dass alle etwas gewinnen: Lebensqualität, sauberere Luft, Entschleunigung.« Endlich waren sie durch die Engstelle. »Schauen Sie, sofort rast jeder los. Wäre es nicht mal einen Gedanken wert, dass es mehr Spaß machen könnte, unterwegs zu sein, statt immer nur wahnsinnig schnell irgendwo anzukommen?«

»Es macht längst keinen Spaß mehr, unterwegs zu sein«, konterte Hardo. »Fragen Sie mal die Pendler in den Großstädten, die sich morgens und abends in volle U-Bahnen pferchen.«

»Ist nur so ein Gedanke.« Kühn klang beinahe entschuldigend. »Irgendwie muss sich doch mal was tun.« Er bog nach Wildensorg ab.

Hardos Handy klingelte.

»Ja, Kerschensteiner, was gibt's?« Er hörte eine Weile zu, bevor er nickte, zweimal »okay« sagte und auflegte.

»Was Neues? Haben die Kollegen den Weiß aufgetrieben?«

»Besser, Kühn.«

»Besser?«

»Die Kerschensteinerin hat aus Urte Meier eine ziemlich pikante Info rausgelockt. Günther Dreysbach hat seine Tochter Liliane wohl deshalb nicht in der Firma haben wollen, weil sie nicht seine Tochter ist.«

»Ein Kuckuckskind?«

»Und Kilian Bär muss das irgendwie rausgefunden haben.«

»Ich werd verrückt!« Kühn begann zu lachen. »Hat Bär den alten Dreysbach erpresst?«

»Dies würde die 2.000 Euro Bareinzahlung erklären. Aber warum der alte Dreysbach?«

»Sie meinen ... er hat *Michael* erpresst?«

»Nein, denke ich nicht.« Hardo starrte auf sein Smartphone, während Kühn in die Straße einbog, wo die Dreysbachs wohnten.

»Sie glauben ...«

»Ich glaube gar nichts, aber ich sehe, dass Sie meinen Gedankengängen folgen können.«

Kühn grinste schief. Sie parkten vor dem Haus der Dreysbachs. »Na dann. Wobei ich 2.000 Euro in dem Fall für ein schlechtes Geschäft halte. Also, neuer Versuch, neues Glück?«

Hardo klingelte. Eine Frau öffnete ihnen. Sie sah Helga Dreysbach ähnlich, allerdings war ihr Haar streichholzkurz, und sie trug eine Brille mit dickem strassbesetztem Rand, die ihr halbes Gesicht verdeckte.

»Grüß Gott, Kriminalpolizei. Wir würden gern noch einmal mit Herrn und Frau Dreysbach sprechen.«

»Haben Sie auch so was wie Dienstausweise?« Die Stimme der Frau klang heiser.

Hardo und Kühn zückten ihre Papiere. »Und Sie sind?«

»Almut Markowski, Helgas kleine Schwester. Kommen Sie rein, wir haben uns gerade einen Tee gemacht. Mein Schwager ist allerdings ausgeflogen. Business.« Sie verdrehte die Augen.

Im Wohnzimmer kauerte Helga Dreysbach wie ein zerfledderter Vogel auf dem Sofa.

»Ach, Sie«, murmelte sie. Sie trug noch dieselben Sachen wie am Morgen und hatte über die Bluse zusätzlich einen ausgeleierten Pullover gezogen.

Und das bei dieser Wärme, dachte Hardo. Er selbst schwitzte bereits im kurzärmeligen Hemd. Zum Glück stand die Terrassentür ein Stück auf.

»Tee für Sie?«

»Danke, etwas Kaltes, wenn es geht«, bat Kühn.

Auch Hardo brannte die Kehle nach dem würzigen Essen.

»Klar.« Almut Markowski verließ den Raum.

»Frau Dreysbach, es tut mir wirklich leid, dass wir Sie noch einmal belästigen müssen. Wir haben nun eine Reihe von Zeugen vernommen und bräuchten Informationen von Ihnen, um deren Aussagen zu gewichten. Das kann leider nicht warten, es ist wirklich wichtig, so schnell wie möglich zu Ergebnissen zu kommen.« Hardo setzte sich mit einigem Abstand neben Helga. Kühn nahm gegenüber Platz.

»Drogen sind eine Sache«, sagte Helga Dreysbach leise. »Aber die Antidepressiva ... Mein Mann wollte nie akzeptieren, dass Michael sich welche verschreiben ließ. Jemand, der Medikamente gegen eine psychische Erkrankung nimmt, ist in seinen Augen ein Schwächling.«

»Dein Mann ist ein Depp.« Almut Markowski kam ins Wohnzimmer zurück und stellte zwei Gläser und eine Flasche Wasser auf den Tisch. »Bitte bedienen Sie sich.«

Kühn schenkte ein.

»Er ist ...«, begann Helga. Tränen rannen über ihre Wangen. Sie wischte sie nicht einmal ab.

Ihre Schwester sprang für sie ein. »Mein Schwager hat seine eigene Sicht der Welt, sagen wir es mal so. Aber Michael war ein guter Junge. Der wollte es allen recht machen. Seinem Vater, seiner Mutter, seiner Schwester. In dieser Reihenfolge.«

Helga Dreysbach schluchzte auf.

»Ist doch so! Sein Vater machte ihm Angst. In diesem Haus wurde körperliche Züchtigung als probates Mittel der Erziehung angesehen. Nicht von meiner Schwester, Gott bewahre. Sondern vom Erzeuger der Kinder. Liliane schaffte den Absprung, Michael nicht. Aber ich sage Ihnen was.« Almut Markowski fuhr den Zeigefinger aus wie eine besonders gefährliche Waffe. »Wer als Kind geschlagen wurde, vergisst das nie. Die Angst vor dem Gürtel, so nenne ich das. Man kommt nicht raus aus der tiefen Überzeugung, dass man irgendwann wieder bestraft werden wird. Wofür auch immer.«

Draußen kam Wind auf. Als wollte ein unbekannter Wettergott Almuts Worte unterstreichen, fuhr ein Luftzug ins Zimmer.

»Ich konnte nichts tun«, sagte Helga matt. »Sie werden das für Schwäche halten. War es auch. Aber ich komme nicht gegen Günther an.«

»Natürlich nicht. Er hat dich in der Hand. Du hast wer weiß was unterschrieben. Geschäfte hier, Geschäfte da. Stille Teilhaberin in diesem Projekt, dann plötzlich Eigentümerin einer Tiefgarage. Alles, damit das Imperium Dreysbach in alle Richtungen abgesichert ist.« Almut blickte Hardo direkt an. »Ich wette, meine Schwester weiß nicht einmal mehr, wo sie offiziell mitmischt. Obwohl sie selbstredend nie irgendeine Entscheidung getroffen hat.«

Helga Dreysbach weinte wieder. Hardo schoss durch den Kopf, dass Sabine auf ein Motiv innerhalb der Familie bestanden hatte.

»Frau Dreysbach, war Ihr Mann zum Tatzeitpunkt wirklich hier?«

»Ich nehme Schlaftabletten. Ich weiß es nicht. Und wir haben getrennte Schlafzimmer.«

»Ich habe schon einmal gefragt. Es ist wirklich wichtig. Was wissen Sie über die Gruppe *Villen für alle*?«

»Das sind Tölpel«, kam es von Almut. »Die legen sich mit Leuten an, gegen die sie sowieso nie ankommen werden.«

»Michael hat mir einiges über diese Aktivisten erzählt.« Helga Dreysbach fummelte ein Taschentuch aus ihrem Ärmel. »Er hat eine ihrer Demos aufgesucht. War aufgeschlossen, wollte das Gespräch. Später sagte er, die jungen Leute wären nur auf Konfrontation aus gewesen.«

»Nutzen Sie das Internet? Social Media?«, kam es von Kühn.

»Nein, ich benutze nur eine Nachrichtenapp, um mit Almut und Freundinnen in Kontakt zu bleiben. Und mit meiner Tochter.«

»Wo ist Ihre Tochter eigentlich?« Stefan Kühn legte den Kopf schief.

»Sie kommt später noch. Ich habe ihr gesagt, sie soll ruhig zur Arbeit gehen, das lenkt sie ab. Almut ist ja hier.«

»Liliane ist eine kluge Frau«, kommentierte Almut Markowski. »Die hat früh verstanden, was hier läuft, und ihren Arsch gerettet. Nicht wahr, Helga? Ich meine, als Kinder waren Liliane und Michael echte Vertraute. Süß, wie sie ihn oft getröstet hat. Weißt du noch?«

Hardo griff nach seinem Handy. »Gerald Schwegler. Einer der Aktivisten. Ist er Ihnen bekannt?« Er hielt Helga Dreysbach das Smartphone hin.

Sie warf einen Blick auf das Display und schüttelte stumm den Kopf.

»Urte Meier?«

»Nein.«

»Barbara Eggert?«

»Nein.«

»Markus Weiß?«

Helga Dreysbach sah das Foto an und dann Hardo. »Das ist doch der Mann von unserer Gitta.«

»Richtig.«

»Gitta ist ...« Almut schlug vor Empörung auf ihre Schenkel. »Das gibt's doch nicht. Wusstest du das, Helga?«

»Ihr Mann macht irgendwas mit Computern, hat sie erzählt ...«, murmelte Helga.

»Und mischt in *Villen für alle* mit«, ergänzte Hardo.

Helga Dreysbach winkte ab. »Ich weiß schon, was Sie unterstellen, Herr Hauptkommissar. Aber vom Geschäft bekommt Gitta nichts mit. Sie schmeißt den Haushalt, im Sommer kümmert sie sich auch um den Garten. Sie geht einkaufen und leistet mir Gesellschaft. Almut kann ja nicht immer hier sein.«

»Tja, Einsamkeit hat Reißzähne«, stellte ihre Schwester fest. »Für manche. Nicht für alle.«

»Was machen Sie eigentlich beruflich?«, wandte Hardo sich an sie.

»Ich war Konzertpianistin. Bin jetzt Musiklehrerin. Schätze, das mache ich, bis ich ins Grab steige.«

Hardo rief das Foto von Kilian Bär auf.

»Dies ist noch ein Aktivist aus der Gruppe. Kennen Sie ihn?«

Helga Dreysbach warf zuerst nur einen kurzen Blick auf das Handy. Doch dann zuckte sie zusammen und griff nach dem Gerät. Ihr Gesicht wurde schneeweiß.

»Frau Dreysbach? Kennen Sie diesen Mann? Wissen Sie, wie er heißt?«

Wie in Zeitlupe kullerte das Handy aus Helgas Hand und fiel auf den Teppich.

»Verdammt, Kommissar«, knurrte Almut Markowski. »Das ist aber jetzt übel ins Auge gegangen.«

46.

Das Ausflugsschiff *Christl* schob sich an die Kaimauer. Möwen kreischten, ein Radfahrer bremste knapp vor der Anlegestelle, weil zwei Fußgänger den Radweg blockierten. Der Mann fing an, sich lautstark zu beschweren.

»Ich glaub's nicht!« Dante vibrierte vor Begeisterung. »Sie verstecken eine von der Polizei gesuchte Person in Ihrer Wohnung? Unter der Nase des Hauptkommissars?« Er reichte Katinka einen der beiden Kaffeebecher, die er soeben in der *Caffebar Kranen* geholt hatte, und hockte sich neben der Mitoraj-Plastik auf die Brüstung der Unteren Brücke. Hinter ihm ragte das Kloster Sankt Michael auf seinem Berg auf. Katinka zückte ihr Handy und schoss ein Foto von ihm. »He, was …«

»Sie hat mich beauftragt, ihr beim Untertauchen zu helfen«, unterbrach sie ihn grinsend. »Und ich schicke Ihnen das Foto gleich zu.«

»Ihr beim Untertauchen zu helfen? Das klingt wie ein Schuldeingeständnis. Sie ist die Täterin. Sie hat Michael Dreysbach geschubst, er ist gefallen und hat sich …« Dante machte eine zackige Bewegung mit der Hand. »Sie wissen schon.«

»Das halte ich für ausgeschlossen.«

»Na, Sie gefallen mir.« Dante lachte laut. »Bei Ihnen ist sie natürlich am sichersten. Aber was, wenn der Hauptkommissar mal bei Ihnen reinschaut?«

»Das wird er nicht. Ich habe auch Kiana untergebracht.«

»Kiana … muss ich sie kennen?«

»Die letzten Ermittlungen in Coburg. Vor ein paar Jahren. Kiana Krekeler heißt sie. Sie war die rechte Hand von Hauptkommissar Wolf Schilling. Ich weiß nicht mehr, ob Sie sich kennengelernt haben.«

»Sie *war* die rechte Hand?«

»Irgendwas ist vorgefallen, sie suchte eine berufliche Veränderung.«

Dante spitzte die Lippen. »Was macht die in Ihrer Wohnung?«

»Na, übernachten. Das sage ich Hardo, und dadurch ist meine Wohnung für ihn tabu.«

»Sagen Sie mal, täusche ich mich oder haben Sie und der Kommissar gerade eine, wie soll ich mich ausdrücken, Meinungsverschiedenheit?«

»Hardo beharrt darauf, den Schuldigen in der Gruppe *Villen für alle* zu suchen. Diese Leute haben laut und öffentlich Stimmung speziell gegen die Dreysbachs gemacht, obwohl es ja noch andere Makler in der Stadt gibt und weitere Menschen, die ihr Geld in Immobilien anlegen wollen.«

»Und Sie denken – was, wenn ich fragen darf?«

»Ich denke gar nichts. Eigentlich war ich diese zwei Tage nur mit meinem Keller und seinen Abflüssen beschäftigt. Also in der Detektei.« Sie setzte sich neben Dante. Nippte am Kaffee. »Kiana hat sich an den Anwalt Schneitter gewandt, mit einer fingierten Geschichte von einem angeblichen Immobilienbesitz in Coburg. Sie tat so, als müsste sie unliebsame Mieter loswerden, und er hat ihr einige Möglichkeiten genannt.«

»Also ist das seine Masche.«

»Er scheint der Anwalt fürs Grobe zu sein. Findet eine Möglichkeit, Mieter und Eigentümer mit Dingen, die eigentlich Kleinigkeiten sind, mürbezumachen.«

»So wie bei Ihnen. Die nicht vorhandenen Blattläuse.«

»Irgendwie hat er die Leichts gewonnen, mir auf die Füße zu treten. Womöglich kriegen die hintenrum noch Kohle von ihm.«

Dante trank von seinem Kaffee. »Könnte natürlich sein. Soll ich bei den Leichts mal rumhören?«

»Gern. Aber jetzt kommt's. Kiana bekam mit, wie Schneitter einen Termin bei der Sparkasse ausmachte. Um 15 Uhr. Sie bekam einen Termin um 16 Uhr bei derselben Anlageberaterin, war jedoch schon eine Stunde früher dort und beobachtete, wie Schneitter und der alte Dreysbach zusammen die Sparkasse betraten und von dieser Dame empfangen wurden.«

»Donnerwetter.« Dante knüllte seinen Kaffeebecher zusammen. »Dreysbach verliert seinen Sohn durch ein ungeklärtes Tötungsdelikt, und einen Tag später lässt er sich beraten, wie er – ja, was?«

»Entweder, er braucht Bares. Oder es steht etwas anderes an.«

»Mit Schneitter.« Dante betrachtete den zerdrückten Kaffeebecher. »Wir sollten mal auf Mehrweg umsteigen, Frau Palfy.«

Auch Katinka leerte ihren Kaffee. »Wäre vernünftig. Schneitter hat den Termin jedenfalls kurzfristig ausgemacht, so hat Kiana es verstanden. Aus der Kundenberaterin hat sie natürlich nichts weiter rausgekriegt, außer dass sowohl Schneitter als auch Dreysbach langjährige geschätzte Kunden sind.«

»Okay. Schneitter arbeitet Dreysbach zu. Ich glaube, so viel können wir sagen. Wäre also nicht unwahrscheinlich, wenn Dreysbach Ihnen Ihr Anwesen abluchsen will. Mit unlauteren Mitteln. Und weil Sie schon einmal ein krauses Angebot abgelehnt haben, greift er zu neuen Mitteln.«

»Mit Schneitters Hilfe.« Katinka starrte nachdenklich ins Leere.

»Sie vermuten nicht zufällig, dass Schneitter in den Mord verwickelt sein könnte?«

»Doch, genau das. Reden wir einfach mal nicht von Mord. Da tut man sich leichter. Reden wir von einer tätlichen Auseinandersetzung, die tödlich endete.«

Dante seufzte tief. »Michael Dreysbach hat die Muffen bekommen, konnte die Art, wie sein Erzeuger und der Anwalt mit verkaufsunwilligen Immobilienbesitzern umgehen, nicht mehr ertragen, und hat Schneitter des Nachts in den Skatepark bestellt, um Tacheles zu reden.«

»Und dabei ist etwas eskaliert.«

»Also, Frau Palfy, mag ja sein. Aber warum treffen die sich im Skatepark? Das macht in meinen Augen keinen Sinn. Sie könnten sich in einem Büro treffen.«

»Wo? Bei Dreysbachs, wo der Junge dem Alten immer unterlegen sein wird?«

»Oder in Schneitters Kanzlei, wo die beiden von der Vorzimmerdame gesehen werden, die gute Ohren hat. Alles klar, ich ziehe alle Einwände zurück.«

»Ganz genau, Wischnewski. Ich habe das Gefühl, ich sollte mich mit einem der Hauptakteure von *Villen für alle* treffen, Markus Weiß. Ich will wissen, was der über Michael Dreysbach zu sagen hat und ob er Schneitter kennt. Damit komme ich der Lösung meiner Probleme näher – und arbeite zugleich für Babs.«

»Das wird der Hauptkommissar nicht goutieren.«

»Nein, das fürchte ich auch.«

47.

Sie hat die Polizisten hinauskomplimentiert und den Arzt gerufen. Ist allerdings davor zurückgeschreckt, Helga jetzt schon eine von den ganz starken Tabletten zu geben, denn sie braucht ihre Schwester noch. Wenigstens kurz.

»Wir müssen Tacheles reden, Helga!«

Helga krümmt sich schluchzend auf dem Sofa.

»Schätzchen. Gib mir ein paar Minuten. Doktor Schleicher ist unterwegs. Jetzt rede mit mir. Willst du nicht, dass es endet?«

»Es ist alles zu Ende!« Helga stößt die Worte hervor, Speichel spritzt. Almut setzt sich neben sie, berührt sie sanft an der Schulter.

»Schätzchen. Michael machst du nicht wieder lebendig.«

»Ich bin schuld. Ich habe ihm die Tabletten besorgt.«

»Nicht du. Dein Hausarzt hat das gemacht.«

»Die Polizei …«

»Die finden das nicht raus. Er muss einfach den Mund halten. Du hast es richtig gemacht. Du hast nichts gesagt.«

»Nein.« Helga wischt fahrig die Tränen von ihren Wangen.

»Also, jetzt sag mir: Wer ist dieser Mann?«

»Der …«

»Ja, der Erpresser. War es einer von denen, deren Fotos der Kommissar auf dem Handy hatte?«

Helga nickt.

»Wie heißt er?«

»Er hat keinen Namen genannt. Aber ich habe sein Gesicht wiedererkannt. Er war mit uns im Café, Almut.

Am Nebentisch. Hörte uns reden. Darüber. Du weißt schon.«

Almut rollt mit den Augen, was Helga zum Glück nicht sehen kann. Ein Teil der Probleme in dieser Familie besteht darin, dass niemand offen ausspricht, was es zu sagen gibt, denkt sie.

»Er hat mitbekommen, dass wir über Liliane sprachen? Und dass Günther *es* nicht weiß?«

»Er kann es nicht wissen!« Kategorisch klopft Helga neben sich auf das Polster.

Almut wartet einen Augenblick, bevor sie fragt, was sie schon längst hätte fragen sollen. »Bist du dir da so sicher? Ich meine, als kleines Mädchen sah Liliane dir sehr ähnlich, da konnte er nichts merken, aber als sie erwachsen wurde, nahm sie immer mehr die Züge von – du weißt schon wem – an.« Ich bin selber infiziert von dieser bescheuerten Krankheit, denkt sie. Ich kann auch nicht sagen: von Daniel. Dem Nachbarn zur Linken, der immer noch im selben Haus wohnt und ebenfalls nichts weiß. Nichts von seiner Vaterschaft, nichts. Gar nichts. Bei Günther allerdings ist sie sich mittlerweile nicht mehr sicher. »Ich meine, vielleicht hat dein Mann etwas geahnt – und das war letztlich der Grund, weshalb er Liliane nicht in der Firma haben wollte.«

»Er kann nichts wissen.«

»Hast du eine Handynummer von diesem Mann, der dich erpresst hat? Irgendwas? Oder hat immer er sich bei dir gemeldet?«

»Es gibt nur diesen konspirativen Briefkasten.«

»Bitte *was*?« Almut starrt ihre Schwester verblüfft an.

»Im Skatepark. Unter der Heinrichsbrücke.«

»Moment. Du bist mit 2.000 Euro in den Skatepark spaziert und hast das Geld dort deponiert?«

»In einem kaputten Fledermauskasten am Ufer.« Helga kratzt mit dem Zeigefinger Muster auf das Sofapolster. »Ich war nur einmal dort. Aber er wollte mehr, und ich habe alles Michael erzählt. Der hat versprochen, mir zu helfen.«

Almut schnappt nach Luft. »Du hast Michael ins Vertrauen gezogen?« Der Gedanke schmerzt, eigentlich hätte sie sich als diejenige gesehen, die in die näheren Umstände eingeweiht wird.

»Vielleicht hat dieser Mann Michael umgebracht«, schluchzt Helga.

»Unwahrscheinlich.« Almut spricht es nicht aus, aber warum sollte ein Erpresser die Geldquelle zum Versiegen bringen? Andererseits ...

»Es ist einer von diesen Typen. *Villen für alle.* Du weißt schon.«

»Zeig!« Almut greift nach ihrem Handy, ruft Facebook auf. Sie ist recht flott im Umgang mit den Sozialen Medien. »Schau mal, das ist die Gruppe. Welcher von denen?«

Sie klickt Fotos an. Sekunden später deutet Helga auf ein Bild.

»Krampenmann heißt der.« Almut brummt unzufrieden. »Die spinnen ja alle. Was die sich für Namen geben.«

»Das sind alles Decknamen.«

Almut muss trotz der ganzen Misere schmunzeln, ihre Schwester hört sich an, als habe sie einen Grundkurs in Spionagetechnik belegt.

Es klingelt.

»Das ist Doktor Schleicher. Ich lasse ihn rein.«

Almut geht zur Tür, erläutert die Situation und lässt Helga mit dem Arzt allein. Googelt ein wenig. Vertieft sich in ein paar Pressetexte und durchforstet *Facebook.* Findet schließlich ein Foto, das dem von Krampenmann verteufelt ähnlich sieht. Der Account einer Praktikantengruppe der Uni Bamberg. Mit gerunzelten Brauen studiert Almut die Bildunterschrift und den dazugehörigen Post. Schließt die App und deinstalliert sie. Sie weiß, was sie wissen wollte. Der Rest wird sich ergeben.

48.

Hardo und Kühn verließen das Haus der Dreysbachs und setzten sich in den Wagen. Der Wind hatte nachgelassen. Die Wärme hing noch zwischen den Häusern und Gärten. Die dicken Wolken ließen keine Abkühlung zu. Die erste Hitzewelle des Jahres, dachte Hardo, während er missmutig auf den schwarzen SUV starrte, der vor wenigen Minuten in die Einfahrt gebraust war. Ein Mann mit einem roten Koffer war ins Haus geeilt. Vermutlich Helga Dreysbachs Hausarzt.

»Hat Kilian Bär Michaels Mutter erpresst, Chef?«

»Sobald sie einigermaßen vernehmungsfähig ist, müssen wir sie hart rannehmen. Und ihre Schwester auch.«

»Es ist das wahrscheinlichste Szenario!«

»Muss aber nichts mit dem Mord zu tun haben, Kühn! Denken Sie dran, normalerweise leben die Erpresser gefährlich. Bär allerdings erfreut sich bester Gesundheit.«

Er ließ das Fenster herunter, während Kühn den Rückspiegel zu sich drehte und in seinem Gebiss puhlte. »Dieser verdammte Spießbraten«, knurrte er. »Irgendwelche Fetzen bleiben einem immer zwischen den Zähnen hängen.«

»Kühn!«

»Schon gut, ich fahre gleich los.«

»Nein, schauen Sie mal! Da kommt Liliane Schiller angefahren.«

Kühn drehte sich um. »Das ist die Tochter?«

»Sieht der Tante recht ähnlich, oder?«

»Kann sein. Die ist ja ein Persönchen. Exaltiert bis ins Mark. Von ihrem Schwager hält sie wenig.«

»Haben Sie noch im Ohr, was sie über Liliane gesagt hat?«

Kühn tastete mit der Zunge in seinem Mund herum. »Also …«

»Dass Liliane und Michael als Kinder sehr vertraut waren. So ein Vertrauen unter Geschwistern wächst sich nicht aus. Es wandelt sich nur.«

»Sprechen Sie aus Erfahrung?«

»Warten Sie!« Hardo stieg aus und ging geradewegs auf Liliane Schiller zu, die gerade ihr Auto abschloss.

»Hallo, Frau Schiller.«

»Ach, Herr Hauptkommissar. Waren Sie bei meinen Eltern? Haben die beiden Besuch? Dieser schwarze Wagen in der Einfahrt …«

»Ich möchte noch einmal mit Ihnen reden. Mein Kollege wartet im Auto.«

Liliane blickte zögernd zum Haus ihrer Eltern. »Meine Mutter braucht mich, glaube ich.«

»Es dauert nicht lange.«

»Na gut.« Sie folgte ihm.

Hardo hielt ihr die Beifahrertür auf. »Steigen Sie ein.«

Liliane setzte sich.

Hardo nahm hinten Platz. »Oberkommissar Stefan Kühn, Liliane Schiller«, stellte er vor.

»Mein Beileid«, murmelte Kühn.

»Frau Schiller, Ihre Mutter ist im Geschäft mit verankert. Ich nenne es mal so. Sie weiß aber selbst nicht genau darüber Bescheid. Haben Sie da mehr Durchblick?«

Liliane lachte auf. »Das ist einfach. Immer wenn mein Vater etwas kauft, überlegt er, wie er Steuern sparen oder etwas umschichten kann. Meine Eltern haben Gütertrennung vereinbart. Damit meine Mutter auch noch leben kann, wenn er nicht mehr ist, überschreibt er ihr von Zeit zu Zeit gnädig das eine oder andere. Sie hat allerdings selbst keinen Überblick. Ich habe mal alle Unterlagen für sie sortiert. Ihr gehören eine Tiefgarage in Bamberg, eine Wohnanlage in Schlüsselfeld und das Haus hier.«

»Dieses Wohnhaus?«

»Ja. Mit der Garage und den Mieten aus den Wohnungen käme sie über die Runden. Außerdem hat sie Vollmacht über die Konten. Das ist nur eine Sicherheitsmaßnahme. Mein Vater hat nämlich mal erlebt, wie einer seiner Freunde durch einen Unfall wochenlang im Koma lag. Keine Rechnung konnte mehr bezahlt werden, weil in der Familie niemand zeichnungsberechtigt war.«

Irgendwo weit weg donnerte es.

»Und Ihrem Vater gehört alles andere?«

»Nein, Michael … er hat – hatte …« Sie begann zu schluchzen. Hardo sah, wie Kühn sich beschämt abwandte und irgendeinen Strauch in einem Garten fixierte, als fühle er sich schuldig, dass Liliane weinte.

»Frau Schiller, Sie und Ihr Bruder hatten doch ein enges Verhältnis.«

Sie ließ den Kopf gegen die Stütze sinken und seufzte tief. »Ja. Hatten wir.«

»Schon als Kinder.«

»Ja.« Sie betrachtete ihre Hände, faltete sie in ihrem Schoß. »Mein Vater ist alte Schule, wie gesagt. Er legte Wert auf Disziplin und er wollte, dass aus Michael etwas wird. Was auch immer er darunter verstand. Wahrscheinlich, dass er ein Geschäftsmann wird, wie mein Vater einer ist, knallhart, mit allen Wassern gewaschen, einer, der die guten Abschlüsse riecht.«

Kühn löste seinen verlegenen Blick von dem Strauch und sah Liliane neugierig an.

»Michael liebte unseren Vater. Und er schämte sich, einen Mann zu lieben, der ihn schlug.« Sie schluchzte wieder. Fing sich jedoch schnell. »Entschuldigen Sie. Ich … ich habe das mitbekommen. Unser Vater schlug ihn mit dem Stock. Im Elternschlafzimmer. Mein Zimmer war genau nebenan. Ich spielte da mit meinen Stofftieren. Vielleicht war ich sechs, sieben Jahre alt. Ich weiß noch, ich habe einen Zoo aufgebaut mit einem Elefanten, einem Nilpferd und einem Affen. Habe die Puppen als Besucher durchgeschickt und sogar eine Kasse gebastelt für die Eintrittsgelder. Da hörte ich die Schläge. In mir fror jedes Mal alles ein. Jede Empfindung machte Pause. Ich wollte Michael helfen, aber ich war ein Kind, ich hatte keine Ahnung, was ich tun sollte. Irgendein Anlass reichte für unseren Vater, dass er den Stock auspackte. Schlechte Noten in Mathe oder Latein, die Kirche am Sonntag geschwänzt, was weiß ich. Im Einzelnen erinnere ich mich nicht mehr an diese schrecklichen Züchtigungen, aber dieses eine Mal, das steht mir noch vor Augen. Michael kam in mein Zimmer, als es vorbei war. Sein Gesicht war krebsrot und verheult. Er legte sich neben mich auf den Boden, packte das Nilpferd. Es war aus Leder, ein altes Spielzeug, das schon meine Mutter als Kind hatte. Das hat er hin- und hergeschoben auf dem Teppich, als wäre es ein Auto, immer hin und her, minutenlang. Und dazu komische Geräusche gemacht, als blubberte etwas aus ihm raus. Der Speichel rann ihm übers Kinn. Ich hatte Angst. Ich dachte, vielleicht hat unser Vater ihn so verletzt, dass er stirbt.«

Es begann zu regnen. Wie aus dem Nichts schleuderten die Wolken dicke Regentropfen herab, die auf der Windschutzscheibe mit lautem Knall aufschlugen und zerplatzten.

»Michael bewunderte unseren Vater. Trotz allem. Er wollte auch so ein Geschäftsmann werden. Die traurige Wahrheit ist: Er hatte nie das Zeug dazu. Er war ein Feingeist. Er war sehr musikalisch, wussten Sie das? Blitzschnell lernte er ein Instrument, wenn es darauf ankam. Er spielte Trompete, Horn, Tuba. Sogar in der Schulband, als er im Gymnasium war. Wissen Sie, ich mache mir Vorwürfe, dass ich ihm nicht geholfen habe. Jahrelang geht das schon so.«

»Sie waren ein Kind, wie hätten Sie ihm helfen können?«, sagte Kühn sanft.

»Wie lange ging das mit den Schlägen?«, fragte Hardo.

»Es hörte auf, als Michael in die Pubertät kam. Er wuchs sehr schnell und war kräftig. Zusätzlich trainierte er, sein Sportlehrer förderte ihn. Er ging zum Judo. Eines Abends hat er bei Tisch unmissverständlich erklärt: ›Du schlägst mich nie mehr.‹« Liliane starrte auf die Hagelkörner, die jetzt auf die Scheibe niedergingen. »Unser Vater wollte etwas sagen, hielt sich jedoch zurück. Ich glaube, ihm wurde klar, dass es vorbei war. Er hatte seinen Sohn verloren, ihn von sich weggetrieben mit seinen Ansprüchen, seinen Schlägen, seiner Unfähigkeit, auch nur einen Hauch von Liebe und Fürsorge zu zeigen. Michael hätte eine Zukunft gehabt. Mit seinem Sport oder mit der Musik. Vielleicht sogar als Lehrer, er konnte gut erklären, in seinem Sportverein trainierte er die Kinder. Aber er wollte immer nur in die Fußstapfen des Vaters. Beweisen, dass er es konnte. Dass er sogar besser war. Das hat ihn das Leben gekostet.«

»Wie meinen Sie das?« Hardo rückte ein wenig zur Seite, um von hinten Lilianes Profil besser sehen zu können.

»Er kam nicht raus aus der inneren Abhängigkeit. Aus diesem Gieren nach Liebe. Diese Schläge, diese Demütigungen, immer wieder der Kampf um Anerkennung. Das hat ihn kaputtgemacht. Deswegen hat er die Medikamente genommen. Ich wusste es, Herr Hauptkommissar. Als Sie bei mir waren, wollte ich das alles verbergen, ich dachte, wenn ich darüber spreche, werfe ich ein schlechtes Licht auf meinen Bruder. Er nahm Antidepressiva. Und er hatte ein Drogenproblem. Auch das habe ich gewusst. Mein Mann schlug ihm vor, eine Auszeit zu nehmen, eine Kur zu machen. Sich professionell unterstützen zu lassen und danach beruflich neu anzufangen. Weit weg von Bamberg. Wir hätten ihm unter die Arme gegriffen ...« Liliane drehte sich zu Hardo um. »Es ist ja nicht so, dass solche Drogen ... also ... Michael hatte Schulden bei seinem Dealer. Ich habe ihm ausgeholfen. Mit beträchtlichen Summen. Mehrmals.«

Hardo ließ diese Information sacken. »Hat Ihr Bruder nicht gut verdient?«

»Er hatte das Haus am Schillerplatz gekauft und … ich schätze, da waren noch Verbindlichkeiten anderer Art, darüber weiß ich nichts. Wirklich nicht. Nur so ein Gefühl. Jedenfalls, Michael hatte sich bereit erklärt, eine Kur zu machen. Er wollte von den Drogen loskommen. Allerdings behauptete er, er müsste noch etwas erledigen, vorher. Etwas Wichtiges.«

»Was sollte das sein?«

Liliane zuckte die Achseln. »Ich weiß es nicht. Etwas beschäftigte ihn. Ich glaube, er hatte Angst, unsere Mutter alleinzulassen. Sie hing sehr an ihm. Er kam oft her, ging mit ihr ins Café oder begleitete sie zum Einkaufen. Half auch mal im Garten.«

»Frau Schiller, hat Ihr Vater Sie auch geschlagen oder missbraucht?«

»Nein.« Liliane lachte auf. »Dazu war ich nicht wichtig genug.«

»Hätte er Sie geschlagen, wenn Sie seine leibliche Tochter gewesen wären?«

49.

Katinka schloss gerade ihre Wohnungstür auf und wuchtete eine schwere Einkaufstasche mit Lebensmitteln hinein, als ihr Telefon klingelte.

»Frau Eggert, ich bin's, Katinka Palfy!«, rief sie in die Wohnung hinein, ehe sie die Tür hinter sich ins Schloss zog und den Anruf annahm. »Palfy?«

»Kiana hier. Frau Palfy, ich glaube, Bär will abhauen.«

»Was?«

»Ich habe sein Wohnheim observiert. Er kam vor einer halben Stunde mit einem dicken Rucksack raus, radelte zum Bahnhof. Ich hinterher. Das nötige Rad habe ich … na ja, sagen wir ausgeliehen. Bär steht jetzt auf Bahnsteig 3 und starrt immerzu auf sein Handy.«

»Sonst was Auffälliges?«

»Warten Sie. Eben kommt eine Frau. Rennt zu ihm hin. Er ist richtig erschrocken. Jetzt diskutieren sie.«

»Foto, Kiana. Schnell.«

Sekunden später traf eine Nachricht mit Bild ein. »Urte«, flüsterte Katinka. Schnell lugte sie ins Wohnzimmer, wo Babs auf der Couch saß und neugierig zu ihr herübersah.

»Hallo! Ich muss nur noch fertig telefonieren«, rief Katinka ihr zu und verließ die Wohnung. »Kiana? Das ist Urte. Mit der hat er eine Affäre.«

»Sieht aber nicht nach Liebelei aus. Die haben Zoff.«

»Können Sie näher ran?«

»Bin unterwegs.«

Ungeduldig lief Katinka die Treppen hinunter und trat in den Innenhof. Setzte sich an den Gartentisch, spürte Blicke in ihrem Rücken. Als sie sich umwandte, sah sie Babs am Fenster stehen. Sie winkte leichthin, stand wieder auf und trat durch den Torbogen auf die Straße.

»Hören Sie«, sagte Kiana leise. »Die Frau wirft Bär vor, sie würden bald auffliegen. Eine Polizistin hätte alles herausgefunden.«

»Moment. Sagte sie Polizist*in*?«

»Ja! Er ist wütend. Packt sie an den Schultern. Sie macht sich los, er wird rot im Gesicht.«

»Ich muss Schluss machen. Rufen Sie mich wieder an, wenn sich was tut. Sollten die beiden in einen Zug steigen, hängen Sie sich dran.«

»Der nächste angekündigte ICE geht nach München. Voraussichtlich 20 Minuten Verspätung.«

»Okay.« Katinka legte eilig auf und wählte Sabines Nummer.

»Hi, Katinka!«, meldete sich Polizeiobermeisterin Kerschensteiner.

»Sabine, sag mal, diese Urte Meier, hast du die heute vernommen?«

»Willst du mir eine Information aus dem Kreuz leiern?« Sabine lachte.

»Ich habe auch eine wichtige Info. Du zuerst.«

»Du bringst mich in Teufels Küche.«

»Ich wette, meine Information wird dir den Boden unter den Füßen wegziehen.«

»Kilian Bär hat Helga Dreysbach erpresst. Er wusste, dass Liliane Schiller nicht die Tochter von Helgas Mann Günther ist. Und Helga hat gezahlt.«

»Sabine, meine Güte! Hat Urte mitgemacht?«

»Ich glaube, ihr ist während des Gespräches aufgefallen, dass sie am besten so tut, als habe sie sich diese Erpressung nur zusammengereimt und hätte selbst natürlich nicht das geringste bisschen damit zu tun. Jetzt du.«

»Kilian Bär steht mit Urte Meier am Bahnhof. Es sieht aus, als wollten die beiden das Weite suchen.«

»Fuck!« Sabine legte auf.

Sofort rief Kiana wieder an.

»Frau Palfy, Bär haut ab. Er hat Urte am Bahnsteig stehen lassen und flitzt jetzt durch die Eingangshalle.«

»Folgen, Kiana.«

»Und was ist mit der Frau?«

Blitzschnell überlegte Katinka. Sie hatte eine geschlagene Stunde mit Urte verbracht, die vorher schon von Sabine weichgespült worden war, ihr aber nicht eine Silbe über die Erpressung verraten hatte. Es konnte gut sein, dass Urte die Erpresserin war und nun alles auf Kilian abwälzte. Ihre Geldnot, ihre prekäre Situation könnten dafür sprechen. Sie musste eine Entscheidung treffen.

»Folgen Sie Bär.«

50.

Dante klingelte bei Leichts. In der Ferienwohnung schien alles ruhig, sicher waren die neuen Mieter auf einer ausgedehnten Bambergtour. Über ihm wurde ein Fenster geöffnet. Er winkte. Gundi Leicht sah zu ihm herunter.

»Was ist?«

»Frau Leicht, stellen Sie sich vor, jetzt habe ich doch glatt den Auftrag von meinem Redakteur, etwas zu schreiben, und zwar über Bamberger Ferienunterkünfte und wie private Vermieter wie Sie die bevorstehende Saison einschätzen.«

»Kein Bedarf.«

»Ja, wissen Sie, Sie vielleicht nicht, aber die Bürger dieser Stadt interessieren sich dafür. Stichwort *Overtourism*. Und haben Sie Ihr Ferienparadies überhaupt angemeldet?«

Der Türsummer ging. Dante trat ein. Links führte eine Tür zur Ferienwohnung, vor ihm lag eine schmale Treppe nach oben. Er zählte die Stufen: 21. Am oberen Treppenabsatz stand Gundi Leicht mit verschränkten Armen. »Was bilden Sie sich eigentlich ein? Glauben Sie, ich weiß nicht, dass die Palfy Sie geschickt hat?«

»Nein, mein Redakteur. Tut mir außerordentlich leid, dass ich unangemessen komme, schließlich ist bald Abendessenszeit.« Er schielte auf seine Uhr. Gleich 18 Uhr. »Es dauert auch nicht lang.«

Gundi Leicht verspürte unverkennbar nicht die Bohne Lust, ihn hereinzulassen. Andererseits schien sie kein Aufsehen zu wollen, denn unten wurde die Tür aufgeschlossen, und ein Mann mit rheinischem Akzent sagte: »Da können wir ja froh sein, so ein zentrales Quartier gefunden zu haben.«

»Kommen Sie«, zischte sie und zog Dante beinahe über die Schwelle.

Der hatte bereits ein Notizbuch gezückt. »Wie lange betreiben Sie schon Ihr Feriendomizil?«

»Acht Jahre.«

»Und bemerken Sie Veränderungen? Wird es schwieriger zu vermieten, oder können Sie sich vor Gästen kaum retten?«

»Es funktioniert ganz wunderbar. Wir haben uns bei einigen Plattformen registriert, die Ferienwohnungen anbieten. Von spätestens Mitte Mai bis Mitte Oktober sind wir ausgebucht, und regelmäßig auch zu Weihnachten und Silvester.«

»Was ist für Sie das Schönste am Vermieten?«

Gundi Leicht legte den Kopf schief. »Wie bitte?«

»Was macht Ihnen am meisten Freude?«

»Eigentlich kümmert sich mein Mann um alles.«

Dante sah sich um. Er befand sich in einer engen Diele. In einem Schrank hingen Jacken und zwei Stockschirme. Auf der Ablage befanden sich Hüte und ein Stapel alte Zeitungen. In Augenhöhe war ein Schlüsselkasten angebracht. Er stand offen. Diverse Schlüssel hingen sauber beschriftet in den Boxen.

»Ist denn da viel zu tun?« Dante konnte seinen Blick nicht von den Schlüsseln lösen.

»Putzen, kleine Schäden reparieren. Betten neu beziehen. Mehr nicht. Und die Verwaltung. War's das?«

Endlich riss er seinen Blick los. »Sie haben gar keine Blumen an den Fenstern.«

»Was?«

»Weder im ersten Stock noch unten in der Ferienwohnung.«

»Ja, und?«

»Sie behaupten, die Läuse aus den Hibiskusbüschen wären auf Ihre Blumenkästen übergesprungen.«

Gundi Leicht starrte Dante ehrlich überrascht an. »Davon weiß ich nichts.«

»Sie haben keine Blumenkästen, auf die Läuse überspringen könnten, die es nicht gibt, und zwar von Büschen, die mittlerweile auch verschwunden sind? Meinen Sie nicht, Sie könnten Ihren Anwalt zurückpfeifen?«

»Welchen Anwalt?«

»Severin Schneitter.«

Gundi Leicht fühlte sich sichtlich unwohl. »Das ist ein Schulfreund von meinem Mann. Die beiden trinken oft ein Bier zusammen.«

»Den Schneitter haben Sie doch beauftragt! Oder eben Ihr Mann. Nicht?«

Irgendwo in der Wohnung klingelte ein Telefon. Gundi Leicht warf Dante einen giftigen Blick zu. »Einen Moment.« Sie verschwand durch eine Tür. Das Klingeln hörte auf.

Wie in Trance griff Dante nach einem Schlüsselbund, auf dessen Anhänger »Hofgasse« stand, und steckte ihn ein. Gundi Leicht kam zurück. Er sah sie an, mit einem Grinsen im Gesicht, das ihm selbst teuflisch vorkam.

»Sie sollten jetzt gehen«, sagte Gundi. »Und ich möchte auch nichts über mich in der Zeitung lesen.«

»Zu schade.« Dante steckte sein Notizbuch ein. »Also dann, schönen Abend.«

Kaum stand er auf dem Treppenabsatz, wurde die Wohnungstür hinter ihm ins Schloss gerammt. Dante tastete über die Wand, um einen Lichtschalter zu finden. Endlich! Er drückte – doch es blieb dunkel. Durch das schmale Fenster in der Haustür unten fiel kaum Licht herein. Genervt tastete Dante sich zur Treppe vor. Er verpasste die oberste Stufe, geriet ins Rutschen, packte gerade noch das Geländer und landete auf seinem Hintern. Die rasante Talfahrt endete nach wenigen Stufen. Mit schmerzendem Steißbein erhob er sich. Ganz vorsichtig suchte er mit dem Fuß die folgende Stufe und kletterte langsam hinunter, bis er das Erdgeschoss erreicht hatte. Alles tat ihm weh. Sein Herz raste.

Plötzlich flammte das Licht auf. Geblendet kniff Dante die Augen zusammen. Er sah zurück in den ersten Stock. Die Tür war geschlossen.

51.

Sie hatte es tatsächlich geschafft – sie hatte geschlafen, eine knappe Stunde, tief und fest. Als sie die Augen öffnete, in das gedämpfte Licht aus dem Innenhof blinzelte, kam die Erinnerung zurück. Sie verkroch sich gerade im Haus einer Detektivin, die sie überhaupt nicht kannte. Wo war Urte? Und Kilian! Um Gottes willen, Urte und Kilian!

Babs richtete sich auf dem Sofa auf. Sie hätte heute arbeiten sollen, wusste nicht einmal mehr, ob sie sich krankgemeldet hatte. Wie sollte sie überhaupt weitermachen, jetzt wo Kilian und Urte … Kilian hatte ihr noch einen Umschlag mit Geld gegeben. Das würde sie einsetzen müssen für die Detektivin, und die Frage war, ob es überhaupt reichte. Es reichte nämlich nie. Sie schnorrte sich durch, mehr ging nicht. Schon schlich sich die Angst heran.

Wütend stand Babs auf. Ihr knurrte der Magen. Auf unsicheren Beinen durchstreifte sie die Wohnung, ging in die Küche, öffnete den Kühlschrank. Ein paar Packungen Käse und Salami. Zwei braune Bananen. Milch. Sie griff nach der Tüte und trank sie leer. Stellte die leere Packung auf die Ablage und ging zum Fenster. Mit wem hatte die Detektivin vorhin telefoniert? Sie wollte nicht, dass Babs mithörte. Ganz klar. Babs lehnte sich an die Scheibe. Es nieselte leicht. Die Angst trat näher.

»Lass mich in Ruhe!«, knurrte Babs. Als wenn das was ausrichten würde. Sie hatte mehrmals versucht, sich die Angst verbal vom Hals zu halten. Eine Therapeutin hatte ihr das geraten. Albern, fand Babs. Es half nur in den ersten Minuten, dann übernahm die Angst alles. Die kalte Milch rebellierte in ihrem Magen. Sie vertrug doch keine Lactose! Vergessen, einfach vergessen oder ignoriert.

Es sind Sachen, die ich nicht wahrhaben will, dachte Babs. Sie hatte nichts gemerkt. Urte als beste Freundin und Anlaufstelle und Kilian als fürsorglicher Freund – beide hätte sie niemals in Zweifel gezogen. Nie. Tränen rannen ihr über die Wangen. Sie schrieb eine Nachricht an Kilian.

Wo bist du?
Keine Antwort.
Wie lief dein Referat?

Nichts.

Ich warte am Wohnheim auf dich.

Immer noch nichts.

Ich weiß, was du getan hast.

Ihr Daumen schwebte über der Senden-Taste. Sie überlegte kurz, löschte, was sie geschrieben hatte, und tippte:

Ich weiß es.

Schickte die Nachricht ab.

Die Angst übernahm. Babs krümmte sich zusammen, keuchte, schnappte nach Luft. Das war das Ende. Sie hatte niemanden mehr. War komplett auf sich allein gestellt. Es würde sie nicht einmal mehr stören, wenn Kilian und Urte … wenn sie ab und zu …

Sie selbst hatte sowieso kein Interesse an Sex. Vielleicht war das der Grund. Ihre Halbherzigkeit. Kilian hatte eine Frau gebraucht, die Lust hatte.

»Bitte antworte«, flüsterte sie. Ihre eigene heisere Stimme in dem Raum erschreckte sie. Sie riss das Fenster auf. Sog tief die feuchte Luft ein. Es war kühl, seltsam nach dem heißen Tag. »Bitte, antworte!«, rief sie leise.

Ein Mann kam in den Innenhof und guckte neugierig zu ihr hinauf. Babs knallte das Fenster zu, wandte sich ab.

Kilian hatte vor kurzem etwas sehr Seltsames gesagt. Etwas, dem sie zunächst keine Bedeutung beigemessen hatte. Er würde ihr bald besser helfen können. Wegen der Wohnung – das wäre zu klären. Er hätte einen Kontakt aufgetan.

52.

»Wir müssen davon ausgehen, dass Urte Meier nichts von der Erpressung weiß.« Hardo schaltete das Licht im Besprechungsraum ein. Der Himmel hatte sich zugezogen, es regnete leicht, über dem Bamberger Osten hing graues, mattes Licht.

»Und die Szene am Bahnhof?« Kühn verteilte Kaffeebecher. »Woher wusste die Kerschensteiner überhaupt davon?«

»Urte Meier ist mittlerweile in ihrem WG-Zimmer. Sabine hat das überprüft.« Hardo überging die Frage geflissentlich. »Woher könnte Kilian Bär wissen, dass Liliane Schiller nicht Günther Dreysbachs Tochter ist? Wenn sie es selbst nicht wusste?« Ihn schauderte bei dem Gedanken, wie tapfer Liliane Schiller sich vorhin im Auto gegen den drohenden Zusammenbruch zur Wehr gesetzt hatte. Das war nicht gespielt. Sie hatte wirklich keine Ahnung gehabt.

Monika Kaluza hob die Hand. »Die Einzige, die es definitiv schon immer wusste, ist Helga Dreysbach. Und die ist zusammengeklappt, als Sie ihr Kilian Bärs Foto gezeigt haben. Deswegen nehme ich an, dass Bär Helga Dreysbach erpresst hat.«

»Wir müssen sie dringend vernehmen!« Kühn trank von seinem Kaffee, wobei er angewidert das Gesicht verzog.

»Unmöglich im Moment. Sie hat starke Beruhigungsmittel bekommen.« Hardo warf seinen leeren Becher in den Papierkorb. »Wir produzieren hier zu viel Müll.«

»Auf den Plastikkram kommt es nicht an, Chef. Wir haben mit viel toxischeren Dingen zu tun.«

»Ich verstehe bloß immer noch nicht, wie das mit dem Mord an Michael zusammenhängen soll.« Die Kaluza betrachtete ihren Kaffeebecher, als habe sie ein bislang unentdecktes historisches Artefakt vor sich. »Ich meine, wenn wir wissen wollen, woher Bär davon wusste ... wir leben in einer Kleinstadt. Es hat noch jemand anderes als Helga von Lilianes unehelichem Status gewusst. 100-prozentig.«

»Die Schwester!« Kühn schlug mit der Faust auf den Tisch. »Himmelherrgott, das ist doch glasklar. Almut Markowski, die ihre trauernde Schwester betüddelt. Die hat Chuzpe. Die lässt sich so leicht nichts vormachen.«

Hardo nickte. »Ja, vorstellbar.«

»Und sie ist von keinem Arzt mit Tabletten ausgeknockt worden. Die können wir uns zur Brust nehmen.«

»Kaluza, checken Sie die Adresse von dieser Almut Markowski.«

»Schon erledigt. Sie wohnt in der Urbanstraße. Neben dem italienischen Restaurant.«

»Wir fahren hin, Kühn.« Hardo stand bereits auf.

Sabine Kerschensteiner stürmte zur Tür herein. »Neuigkeiten!«, verkündete sie atemlos.

»Haben Sie Bär aufgetrieben?«

»Leider negativ. Aber er war in der Tatnacht unterwegs. Anscheinend bewegt er sich in der Stadt vornehmlich mit dem Rad. Ich habe mich gefragt, wie er von seinem Wohnheim zur Parkpalette beziehungsweise zum Heinrichsdamm und von dort in den Skatepark gekommen sein könnte. Nur für den Fall. Ein möglicher Weg führt über den Kunigundendamm und schließlich über die Heinrichsbrücke. Dabei muss er an der Tankstelle am Luitpoldhain vorbei. Der Radweg führt ja direkt dort entlang. Volltreffer! Um 3.30 Uhr ist er auf den Kamerabildern zu sehen.«

»Und um 3.40«, Kaluza checkte ihr Handy, »ist Michael Dreysbach auf die Parkpalette am Heinrichsdamm gefahren.«

Hardo trommelte mit den Fingern auf seinen Papieren. »Das ist ein starker Hinweis.«

»Noch kein Beweis, natürlich nicht, aber nehmen wir mal nur an, Bär hat sich mit dem jungen Dreysbach im Skatepark verabredet. Es kam zum Streit. Bär stopfte ihm das Tuch seiner Freundin in den Mund. Dreysbach war zu mit Koks und Tabletten. Vielleicht hat er Bär verhöhnt, der hatte Angst, dass jemand auf sie aufmerksam wird …«

»Kilian Bär könnte das Tuch durchaus in der Tasche gehabt haben. Zufällig.« Die Kaluza schnitt eine Grimasse. »Irgendwie ist das Gespräch eskaliert, Bär hat Dreysbach gestoßen, und der ist mit dem Kopf auf das Coping der Halfpipe gekracht.«

»Moment!« Kühn breitete die Arme aus. »Warum sollte sich Bär mit Dreysbach verabreden? Er kann doch *ihn* nicht erpresst haben.«

»Und wenn Michael Dreysbach von seiner Mutter ins Vertrauen gezogen wurde?«, überlegte Sabine laut. »Womöglich hat *er* das Treffen im Skatepark angeregt. Mit dem Ziel, Kilian Bär auszuschalten.«

Kühn lachte verächtlich. »Falls es dieses Treffen gegeben hat.«

»Trotzdem, es wäre möglich, Kühn«, widersprach Hardo. »Erinnern Sie sich, was Liliane vorhin sagte, als wir im Auto mit ihr sprachen?«

»Dass sie ihrem Bruder ein paarmal finanziell ausgeholfen hat.«

»Sie sagte, Michael wäre bereit zu einer Entziehungskur gewesen. Er hätte vorher nur noch etwas Wichtiges erledigen wollen.«

Kühn sprang auf. »Und er hätte Angst gehabt, seine Mutter alleinzulassen. Das kann wirklich passen. Er wollte Kilian Bär klarmachen, dass er durchschaut war.«

»Kerschensteiner, bleiben Sie an Bär dran. Finden Sie raus, wo er sich aufhält. Weisen Sie alle Streifen an, nach ihm Ausschau zu halten. Die Kollegen sollen sich sofort bei uns melden, wenn sie ihn sehen. Keine vorschnelle Aktion! Den Mann im Auge behalten, das ist das Entscheidende.«

»Und wenn er sich absetzt?«, fragte Kühn missmutig.

»Dann wäre er vorhin in den nächstbesten Zug gehüpft«, widersprach Hardo.

»Halt!« Die Kaluza hob beide Hände, als wollte sie ihre Kollegen daran hindern, den Raum zu verlassen. »Urte Meier hat eine Affäre mit Bär. Hat sie von der Erpressung gewusst? Hat sie sich womöglich daran beteiligt? Waren sie beide im Skatepark? Wozu wollten sie das Geld haben? Urte Meier lebt an der Belastungsgrenze. Die könnte eine Finanzspritze gut gebrauchen.«

Hardo nickte Kühn zu. »Wir nehmen uns die Markowski zur Brust. Und Sie, Kaluza, treiben die Meier auf. Sofort.«

»Mal sehen, wie weit ich komme«, murrte Monika Kaluza. »Das Ehepaar Weiß jedenfalls ist wie vom Erdboden verschluckt.«

53.

Die Kleingartenanlage am Sendelbach unterhalb des Damms lag im Dunkeln. Anscheinend hielt sich selbst im Mai kaum jemand am Abend hier auf. Weit hinter den Gärten und Lauben sah Katinka das hell erleuchtete Forum, wo offenbar eine Veranstaltung stattfand. Ein Basketballspiel vielleicht. Ansonsten wirkte hier, wenige Kilometer südlich von Bamberg, alles verlassen und still. Katinka lehnte ihr Rad gegen die Bank neben der Treppe, die vom Damm hinunterführte. Sie hatte sich gegen den Wind stemmen müssen, als sie hergefahren war. Eben noch hatte sie geschwitzt, jetzt fröstelte sie. Vor ihr schimmerte der Kanal im Zwielicht des Mondes, der ab und zu zwischen den fliehenden Wolken einen Lichtstrahl durchschickte. Weiter oben am Berg sah sie die Beleuchtung des Klinikums. Rote Leuchtpunkte, die an einen Flughafen erinnerten. Es hatte den ganzen Abend geregnet. Vor kurzem erst hatte der Himmel seine Schleusen geschlossen. Der Geruch nach Erde und Frühling durchdrang die kühle Luft.

Katinkas Handy gab Laut.

»Ja, Kiana?«

»Kilian war in seinem Wohnheim, von dort ist er ins Fitnessstudio am Laubanger gefahren. Ich habe ihn reingehen sehen, habe gewartet, bis er vor einer guten halben Stunde rauskam. Und dann habe ich ihn verloren«, sagte Kiana zerknirscht.

»Hat sich die Polizei sehen lassen?«

»Mir ist nichts aufgefallen.«

»Fahren Sie zum Wohnheim, vielleicht wollte er einfach nach Hause.«

»Gut, mache ich.«

»Tschüs.« Katinka legte auf.

Ein Radfahrer kam in flottem Tempo den Weg neben dem Kanal aus Richtung Süden entlang. Er hatte den Wind im Rücken. Seine Stirnlampe blendete Katinka. Sie wich zurück. Der Mann bremste, sprang ab.

»Frau Palfy!« Es klang mehr wie eine Feststellung.

»Markus Weiß.«

Er machte die Lampe aus. »Setzen wir uns?«

Katinka betrachtete ihn misstrauisch. Er trug eng anliegende Fahrradkleidung, einen Helm, alles in Schwarz. Sein Cross-Bike wirkte massiv, mit dicken geländegängigen Reifen. Katinka konnte Weiß von den Bildern, die sie auf *Facebook* gesehen hatte, unmöglich erkennen. Die Situation kam ihr bedrohlich vor. Sie wurde das Gefühl nicht los, von der Kleingartensiedlung aus beobachtet zu werden. Nur das Gewicht ihrer *Beretta* im Holster beruhigte sie ein wenig. Sie setzte sich auf die Kante der Bank, die Hand am Holster.

»Sie sind gut im Futter, was die Immobiliensituation in der Stadt betrifft«, begann sie.

»Sagt wer?«

»Kennen Sie Severin Schneitter?«

»Warum wollen Sie das wissen?«

»Womöglich können Sie meinen Verdacht bestätigen. Mehrere Geschäftsleute in Bamberg, hauptsächlich Einzelhändler, bekamen Post von diesem Anwalt. Immer drohte er juristische Konsequenzen an, weil angeblich an falscher Stelle Wände in eine Immobilie eingezogen worden waren oder andere Renovierungsarbeiten nicht mit dem Eigentümer abgesprochen gewesen wären.«

»Das ist seine Masche.«

»Sie wissen Bescheid?«

»Ich weiß, dass Sie Detektivin sind, aber für wen Sie arbeiten, davon habe ich keine Ahnung. Ich werde nicht gerne reingelegt.«

»Unser Treffen hier findet aus privatem Anlass statt. Ich bin Eigentümerin einer Immobilie in der Innenstadt. Außerordentlich gute Lage. Seit Monaten begegnet mir immer wieder wie zufällig ein Typ, der mir in unüblicher Weise ein Kaufangebot macht. Ich möchte von Ihnen wissen, ob dies zu Schneitters Strategie gehört.«

Auch Weiß setzte sich nun, streckte die langen Beine aus. »Schneitters und Dreysbachs Masterplan.«

»Was meinen Sie damit?«

»Schneitter ist ein Bamberger Urgestein. Wie Dreysbach auch. Severin Schneitters Vater war ebenfalls Anwalt. Er hat den Vater von Dreysbach beraten. Die Generation wechselte, die Geschäftsbeziehung besteht fort.« Weiß nahm seinen Helm ab. »Anders als sein alter Herr ist Severin Schneitter aber einer, der auf großem Fuß lebt. Er braucht ständig Bares.«

»Und Dreysbach hilft aus?«

»Dreysbach scheint keine großen Geldreserven zu haben, sein Vermögen besteht aus Häusern. Seit vier, fünf Jahren kauft er alles auf, was es in der Stadt zu kaufen gibt. Und auch das, was ursprünglich gar nicht zum Verkauf stand. Inselgebiet hauptsächlich.«

»Und das ist legal?«

»Sie können niemandem verbieten, ein Haus zu kaufen. Die Alteigentümer geben oft entnervt auf, weil sie mit Drohungen, Klagen und anderem Mist überhäuft werden. Die haben keinen Nerv, jahrelang vor Gericht zu streiten.

Ganz zu schweigen davon, dass so ein mehrgeschossiger, denkmalgeschützter Kasten auch nicht so leicht zu unterhalten ist.«

»Hat Schneitter Schulden?«

»Er zockt im Internet.«

»Woher wissen Sie das?«

Weiß zuckte die Achseln. »Meine Frau arbeitet bei Dreysbachs. Sie bekommt viel mit. Dreysbach weiß natürlich, wo Schneitters Schwachstelle ist. Gitta hat das mit dem Pokern mitbekommen, als der alte Dreysbach seinen Anwalt telefonisch zur Brust genommen hat.«

»Und weiter?«

Weiß schien nachzudenken, wie viel er rausrücken sollte. »Also …«

»Hängt Günther Dreysbach mit drin? Hat er Schneitter Geld geliehen? Oder zockt Dreysbach auch?«

»Nein. Der doch nicht. Mag sein, dass Dreysbach seinem Anwalt bisweilen aus der Klemme hilft. Aber ich denke, es gibt ein paar alte Kumpels aus Schneitters Schul- und Jugendzeit, die eher in die Zockerecke passen. Ich war letztens in einem einschlägigen Bamberger Gasthaus in der Königstraße. Da hockte Schneitter mit ein paar Männern. Bierselige Stimmung, rote Gesichter, großes Schwadronieren. In eben jenem Gasthaus hat man früher im Hinterzimmer gepokert. Vielleicht läuft da auch jetzt noch was, wenn vorne längst die Rollläden runtergelassen sind. Wissen Sie bestimmt besser als ich. Oder die zocken heute alle online.«

»Günther Dreysbach hatte heute Nachmittag gemeinsam mit Schneitter einen Termin bei der Sparkasse. Einen Tag nach der Ermordung seines Sohnes. Der Termin wurde kurzfristig anberaumt.«

»Schauen Sie. Bamberg galt lange Jahre als eine der schönsten Städte Deutschlands. Der Tourismus ist angewachsen, in den Medien findet man schwärmerische Berichte über das fränkische Rom. Sieben Hügel, Bier aus goldenen Krügen, was weiß ich. Deutschlands schönste Altstadt. Romantisches Schmuckkästchen. Kerwas, Mittelalter, Barock. Blabla. In Wahrheit ist Bamberg ein behäbiges Nest, das mit der Moderne nicht Schritt hält. Schauen Sie sich doch um. An und für sich gibt es ansehnliche Plätze in der Innenstadt, die werden seit Urzeiten mit Stiefmütterchen bepflanzt. Statt mal mit Blumen, von denen Insekten wirklich was haben. Wenn irgendwo eine Grünfläche im Zentrum durchhält, dann als Hundeklo. Sollte ein Anwohner, der es nicht mehr mit ansehen kann, Hundekottüten an einen Baum pinnen, damit Herrchen und Frauchen sich bedienen können, wird er in den Sozialen Medien verunglimpft. Der Brunnen am Schönleinsplatz schaut aus wie ein versiegendes Wasserloch in der Serengeti. Und im Advent stellt man seit 70 Jahren dieselbe Krippe mit Maria, Josef und dem Jesuskind auf. Ein Albtraum.«

Katinka grinste in sich hinein. Weiß nahm ihr Schweigen anscheinend als Zustimmung, denn er schoss weiter Argumente ab:

»Der Domplatz ist eine einzige Steinwüste, das Kopfsteinpflaster gefährlicher als metertiefe Schlaglöcher. Kein Grün, keine Gastronomie. Doch sonntags dürfen Gottesdienstbesucher dort ihre Fahrzeuge abstellen. Logisch? Schauen Sie den Maxplatz an. Ebenfalls Steinwüste. Seit Jahrzehnten poppt in regelmäßigen Abständen die Idee einer Markthalle auf, man redet über Begrünung. Irgendeine Veränderung, die den Platz aufwerten würde. Die dafür sorgen würde, dass Menschen sich dort gern aufhalten. Raus kommt dabei nichts. Jede Idee, die die Stadt ökologischer und attraktiver machen könnte, verträumt ihre Tage in einem Stapel Papier irgendwo im Rathaus. Meine Frau und ich sind aufs Land gezogen. Vor allem, weil der Autoverkehr in der Stadt nicht mehr auszuhalten war.«

Sie schwiegen eine Weile. Der Wind kräuselte das Wasser auf dem Kanal.

Schließlich sagte Katinka:

»Ich habe Sie doch richtig verstanden: Der Typ, der mich mehrfach angesprochen hat, um mir mein Haus abzuluchsen, arbeitet für Schneitter?«

»Das ist der Mann fürs Grobe. Vom Alter her könnte er Schneitters Sohn sein. Manfred Spitz. Haben Sie nicht von mir.« Weiß starrte mürrisch in den dunklen Kanal. »Die Bullen haben unsere Gruppe im Visier. Sie denken, wir haben Michael auf dem Kieker gehabt, deswegen sind wir die erste Adresse als Verdächtige. Also, wir mögen die Dreysbachs und ihre Clique nicht. Mit dem Mord haben wir nichts zu tun.«

»Ein Mann fürs Grobe, der in Schneitters Auftrag alle möglichen Aufgaben erledigt? Inklusive, sagen wir mal, Einbruch und Sabotage?«

Weiß zuckte die Achseln. »Ich würde es ihm zutrauen. Schneitter hat da sicher kein Gewissensproblem, aber die Finger macht er sich ungern schmutzig.«

»Weiß Ihre Frau, dass Liliane Schiller nicht die Tochter von Günther Dreysbach ist?«

Weiß stutzte. Katinka spürte fast körperlich, wie er mit sich rang.

»Sind Sie sicher?«, fragte er schließlich.

»Also wusste Ihre Frau es nicht.«

»Nein! Das hätte sie mir unter Garantie erzählt!«

»Und die anderen in Ihrer Gruppe?« Katinka hielt den Atem an. Wenn Kilian Bär tatsächlich sein eigenes Ding gedreht hatte …

»Ehrlich gesagt, wir haben noch nie über die Familienverhältnisse gesprochen.« Weiß winkte ab. »Die Bullen haben uns heute einbestellt. Die haben mich dermaßen lang warten lassen, dass ich die Geduld verloren habe und gegangen bin.«

»Lockerlassen werden sie trotzdem nicht.«

Er zuckte die Achseln, als sei es ihm egal. »Ich habe Michael Dreysbachs Leiche im Skatepark liegen sehen und ein Bild geschossen.«

»Ausgerechnet Sie.«

»Ich bin ziemlich sportlich und laufe morgens.«

»Sie wohnen auf dem Land und laufen morgens über die Heinrichsbrücke?«

Weiß schwieg.

Auch Katinka starrte in die Dunkelheit. Irgendwo rief ein Vogel. »Kann jemand aus *Villen für alle* diese Information über Liliane für sich benutzt haben?«

»Wen meinen Sie?« Weiß war nun hochkonzentriert.

»Ich frage nur.«

»So viel kann ich Ihnen sagen: Für mich ist diese Information neu.«

Katinka fand, dass sie ihm glauben konnte. »Warum sind Sie aus der Polizeidirektion getürmt? Sie müssen doch damit rechnen, dass das gegen Sie verwendet wird.«

»Ich habe Dreysbach nichts angetan. Ich bin IT-ler. In meiner Freizeit kümmere ich mich um die Immobiliensituation in Bamberg. Wir haben als Gruppe schon zwei illegale Ferienapartmenthäuser hopsgenommen. Eigentümer, die ihre Miniwohnung nur an Urlauber vermieten. Einen irren Reibach machen, während die Bamberger monatelang nach Wohnungen suchen. Den Wohnraum in der Innenstadt kann sowieso keiner mehr bezahlen.«

Katinka war diese Erläuterungen leid. »Danke, dass Sie gekommen sind.«

Er stand auf. »Sie sind ein seltsamer Vogel. Ich hätte nie gedacht, dass es so was überhaupt gibt. Detektivinnen.«

Auch Katinka erhob sich. Argwöhnisch trat sie ein paar Schritte zur Seite. Doch Weiß setzte einfach seinen Helm auf und griff nach seinem Rad, das er mit einem einzigen kraftvollen Handgriff in die andere Richtung drehte. »Ich bleibe noch ein paar Tage unter dem Radar. Servus.«

Er trat in die Pedale. Entgeistert sah Katinka ihm nach. Es dauerte eine Weile, bis sie das Vibrieren ihres Handys in der Hosentasche wahrnahm.

»Hier ist Babs, Frau Palfy. Ich kann Kilian nicht erreichen.«

»Was zum ...«

»Deswegen bin ich raus zum Wohnheim geradelt, aber da ist er nicht.«

»Frau Eggert, ich glaube nicht, dass das eine gute Idee ist.« Genervt trat Katinka gegen die Bank. Dante hatte als Aufpasser offenbar auf ganzer Linie versagt.

»Was soll ich denn jetzt machen?«

»Sie haben genau zwei Möglichkeiten: Entweder Sie verziehen sich sofort wieder in meine Wohnung oder Sie waren die längste Zeit meine Klientin.«

54.

Es ist ihr noch nie schwergefallen, sich die Gewohnheiten anderer Menschen einzuprägen. Sie kann sich in andere hineinversetzen, ihre Absichten und Pläne durchschauen. Als wenn sie eine Komposition, wie diffizil sie auch sein mag, durchleuchtet. Fast schon seziert. Als Pianistin hat sie sich so auf die Konzerte vorbereitet. Erst mit dem Verstand die Musik analysiert, um die Stücke dann zu üben und zu guter Letzt alles dem Gedächtnis ihrer Finger zu überlassen. Weil der Körper eben auch ein Gedächtnis hat, das bei entsprechender Schulung losgelöst vom Kopf agieren kann. Stark. Souverän. Fehlerfrei.

Was Helga betrifft: Almut fühlt sich für sie verantwortlich, schon immer. Obwohl sie dieses Pflichtbewusstsein mittlerweile ermüdet. Helga hätte sich längst scheiden lassen können. Günther wäre gar nichts anderes übrig geblieben, als sie abzufinden, ein guter Anwalt hätte da manches rausholen können. Hätte, hätte, Fahrradkette. Fest steht, sie haben zu laut geredet, dieses eine Mal im Café, das bleibt in dieser Stadt nicht lange ungesühnt. Es gibt Dinge, die sind nicht zu entschuldigen. Die sind im Nu geschehen, und danach muss man hinter sich aufräumen.

Nachdem der Arzt Helga versorgt hat, ist sie ins Auto gestiegen, hat sich einen Stadtplan geschnappt und die Radstrecke von Krampenmann aus der Innenstadt zu seinem Wohnheim erforscht. Ist sie nachgefahren, durch die schmuddelige Bahnunterführung, an den Tankstellen vorbei, durch die Straßen, wo die Autohäuser jene Waren präsentieren, die Deutschlands Wohlstand erzeugen. Sie partizipiert an diesem Wohlstand, dennoch verachtet sie das System. Unlogisch, mag sein, aber das Leben nährt sich nicht von Logik. Hinter den Verkaufsflächen mit den hell erleuchteten Fassaden, wo die neuesten Fahrzeuge *made in Germany* ausgestellt werden, hat sie sich einen Platz auf einem der dahinter verborgenen Parkplätze gesucht, zwischen gebrauchten Pkws und Pflanzkübeln aus Beton. Dort wartet sie. Die Position der Kameras hat sie rechtzeitig erkundet. Der Winkel, wo sie nun ausharrt, ist ideal, die Nähe zur Straße auch. An späten Maiabenden ist es dunkel genug, um ungesehen zu bleiben, und im Gewerbegebiet gibt es keine Fußgänger, die Eis schleckend umherschlendern.

Sie hat einen Taser bei sich und Pfefferspray, für alle Fälle. Wind kommt auf, ein leerer Plastikbeutel schießt über den Gehsteig. Das hier tut sie für ihre Schwester. Die Sache muss ein Ende haben. Sie glaubt an die Kraft der Stärke. Manche Menschen verstehen nur Stärke, Kompromisse oder gar Verständnis halten sie für Gefühlsduselei. Sie kann das sogar nachvollziehen: Wer will sich schon mit Weicheiern umgeben?

Sie selbst ist nie ein Jammerlappen gewesen. Ihre Schwester auch nicht. Die hat einfach mehr abbekommen. Sich schützend vor das kleinere Mädchen gestellt. Dieses kleine Mädchen hat daher manchen Angriff überstanden und gelernt. Nun muss sie die große Schwester beschützen. Wenn es bedeutet, sich in eine knifflige Situation zu begeben, wird sie auch das tun. Sie kommt schon durch. Hat sie immer geschafft. Diese eine verdammte Pflicht wird sie erfüllen.

Als der Radfahrer kommt, geschehen alle Bewegungsabläufe wie von selbst. Sie ist jede Sekunde durchgegangen, hat sich sämtliche Eventualitäten vor Augen geführt. Ein Stück komponiert und auswendig gelernt. Blitzschnell beugt sie sich vor, beobachtet ihren Atem, während ihr Blick an dem jungen Mann klebt. Gegen den Wind legt er sich ordentlich ins Zeug. Sie stößt sich ab, springt aus ihrem Versteck. Sieht das Weiße in seinen Augen, spürt die Welle des Schocks, die durch ihn hindurchjagt und ihn die Arme herumreißen lässt.

»Du Drecksack!«, knurrt sie ihn an.

Scheppernd schlägt das Fahrrad auf den Asphalt. Sein Kopf prallt auf den Bordstein, ihm entfährt ein Schmerzensschrei.

»Du wirst Helga in Frieden lassen! Merkst du dir das? Denk dran: Ich stelle mich nicht so tölpelhaft an wie Michael.«

Der junge Mann liegt ganz still da. Aus den Augenwinkeln sieht Almut, wie sich eine Gestalt zwischen den auf der gegenüberliegenden Straßenseite geparkten Autos löst. Sie schlägt einen Haken und läuft.

55.

Der Wind fegte zwischen den Autohäusern durch. Babs kauerte hinter einem SUV in Überbreite. An dieser Stelle war sie von der Straße her kaum zu sehen, die Beleuchtung des Showrooms drang nicht bis zu ihr vor, und das Licht der Straßenlaterne wurde von der mächtigen Karosserie abgefangen. Die Angst war mit von der Partie, aber sie war höflich. Eine Begleitperson, die es momentan vorzog, immer ein paar Schritte in Babs' Windschatten zu bleiben. Noch. Sie wusste, dass sich das schnell ändern konnte.

Mit dem Rad war sie zum Wohnheim gefahren, hatte bei Kilian geklingelt. Er hatte nicht geantwortet. Sie war versucht, Urte anzurufen oder den geschützten Chat zu verwenden, doch etwas hielt sie davon ab. Sie konnte Urte nicht mehr trauen. Ihre sogenannte Freundin würde ihr jedweden Bären aufbinden, um sich selbst in eine vorteilhaftere Position zu bringen. Babs sah kein Licht am Ende des Tunnels. Sie wusste nur eins: Sie wollte unbedingt mit Kilian sprechen, seine Version der Dinge hören, und sie wollte wissen, woher das Geld stammte, das er ihr zugesteckt hatte.

Die kühle Luft legte sich wie eine schwere, kalte Decke über sie. Ihr brannten die Beine von der ungewohnten Position in der Hocke. Irgendwann musste Kilian nach Hause kommen.

Ein Wagen kam die Straße entlang, kurz krochen die Scheinwerferlichter über Babs' Deckung. Das Motorengeräusch verklang. Aus der Gegenrichtung kamen zwei Motorräder. Schnell war es wieder still. In der nächsten Seitenstraße lag ein trendiges Steaklokal, wahrscheinlich brachen die letzten Gäste gerade auf. Kilian hatte Babs einmal dorthin eingeladen, seine Eltern waren dabei gewesen. Ein alles in allem beschämender Abend. Sie hatte nichts beizutragen gewusst. Keine Erfolge vorweisen können. Kein Studium, keine Ausbildung, dazu eine Menge Probleme, finanzielle, psychische, sonstige. Menschen wie sie waren nie ohne Probleme. Und schon gar nicht ohne Ängste.

Jemand kam die Straße entlang. Auf Babs' Seite. Eine Frau, schlank, mit aufgespanntem Regenschirm, obwohl es nur leicht nieselte. Sie ging schnell, als sei ihr die einsame Umgebung des Gewerbegebiets unangenehm. Babs legte sich flach auf den Boden. Die Schritte der anderen näherten sich, dann verklangen sie bereits wieder. Sie schob den Oberkörper hoch und blinzelte. Es schien, als sei die Frau verschluckt worden. Als habe es sie nie gegeben. Babs stemmte sich hoch.

Das Nächste, was sie hörte, war ein dumpfer Aufprall und ein Scheppern. Ein Schrei.

Hatte jemand die Frau überfallen? In Babs' Kopf wirbelten sofort alle Arten von Schreckensszenarien auf. Eine Frau allein in der Nacht in einem Gewerbegebiet … Sie begann zu zittern. Nur dass der Schrei nicht nach einer Frau klang. Babs stand auf, blickte die Straße hinauf. Ein Fahrrad lag da, das Frontlicht strahlte weiß. Jemand beugte sich über einen Sack oder … Worte wurden geflüstert, harte, grausame Worte, die Babs im Wind nicht verstehen konnte, sie war auch zu weit weg. Sie wollte rufen, doch ihre Stimme gehorchte nicht. Nur die Füße trugen sie Meter um Meter zu der Stelle, wo jemand lag. Natürlich kein Sack, ein Mensch, über den ein anderer Mensch sich beugte. Die Frau mit dem Schirm?

Sie musste etwas tun. Wenn jemand überfallen wurde, durfte sie nicht untätig bleiben. Ihre Hand tastete nach dem Smartphone, zugleich ging sie einfach weiter, sah, wie die eine Person sich erhob. Sich umsah, wachsam, konzentriert. Babs rannte, direkt auf die beiden Menschen, auf das Fahrrad zu, das ihr bekannt vorkam. Die Person lief los, ihr Schatten verschmolz mit der Schwärze auf den Parkflächen des nächsten Autohauses.

»Kilian!« Sie beugte sich zu ihm hinunter, Tränen rannen ihr übers Gesicht. Seine Augen waren geschlossen. Er rührte sich nicht. »Bist du okay? Kilian? Sag doch was!«

»Geht es ihm gut? Wir müssen einen Rettungswagen rufen!« Jemand tauchte neben ihr auf. Eine Frau, schlank, die einen Regenschirm über sich hielt. Schon kniete sie neben Kilian nieder, suchte einen Puls an seinem Hals.

Babs starrte sie an. Warum hat sie das getan, hat sie das getan, hat sie das getan. Panik echote in ihrem Kopf, die Angst hatte komplett übernommen, sie war in Gefahr, die Frau war drauf und dran, Kilian den Todesstoß zu versetzen. Babs trat einen Schritt zurück, schnappte nach Luft.

»Das wirst du nicht tun!«, schrie sie. »Du wirst ihn nicht töten. Er hat nichts gemacht. Lass ihn in Frieden.«

»Er braucht einen Arzt. Der Puls ist nur ganz schwach!« Die Frau holte ein Handy hervor und tippte darauf herum.

»Du hast ihn doch vom Rad gerissen. Ich habe dich gesehen. Du tust nur so, als wolltest du helfen.«

»Unsinn. Das war jemand anders. Ich habe …«

Babs sah rot. Sie riss das rechte Knie hoch und trat der Frau mit voller Wucht in den Bauch. Deren Handy fiel in hohem Bogen auf die Straße.

56.

»Das wird nichts mehr, Chef.« Kühn gähnte herzhaft. »Die ist ausgeflogen.«

»Irgendwann wird sie ja heimkommen«, widersprach Hardo. »Es ist gleich 23 Uhr.«

In Almut Markowskis Wohnung ging Licht an.

»Haben Sie den siebten Sinn?« Kühn musste lachen.

»Ich frage mich allerdings, wie sie an uns vorbei ins Haus gekommen ist. Wir stehen jetzt seit über zwei Stunden hier rum ...«

Hardo stieg bereits aus und klingelte bei Markowski. Es dauerte eine Weile, ehe eine verschlafene Stimme sich meldete. »Ja?«

»Kriminalpolizei.«

»Jetzt? Um diese Zeit?«

»Es ist dringend, Frau Markowski.«

Der Türsummer ging. Almut Markowski lehnte in einem schwarzen Jogginganzug in ihrer Tür.

»Was ist denn so dringend, dass es nicht bis morgen warten kann?« Sie trat beiseite.

»Wann sind Sie von Ihrer Schwester nach Hause gekommen?«, fragte Hardo, während er in die Wohnung trat.

»Tja, der Arzt kam so gegen 17 Uhr. Ich war sicher spätestens um 18 Uhr hier und habe mich hingelegt. Ich war wirklich erledigt. Die Sache mit Michael, Helgas Zusammenbruch ... Ich habe die letzten Nächte kaum geschlafen.«

»Sie waren also seit 18 Uhr zu Hause?«

»Ja, natürlich. Ich habe gelesen, bin eingeschlafen und gerade eben erst aufgewacht.«

Hardo spürte Kühns argwöhnischen Blick auf sich.

»Wie geht es Ihrer Schwester jetzt?«, fragte der junge Kollege.

»Ich hoffe, sie konnte ebenfalls etwas Ruhe finden. Liliane ist bei ihr geblieben.«

Hardos Handy klingelte. Er nahm das Gespräch mit einem kurzen »Ja?« an.

»Da kam ein Notruf rein, Chef«, meldete sich ein Kollege aus der Polizeidirektion. »Aus der Kärntenstraße. Der Anruf brach ab, ehe jemand etwas sagen konnte. Die Streife war drei Minuten später dort. Ein Fahrradunfall, wie es scheint. Ein Mann, schwer verletzt, und eine Frau, ebenfalls nicht in bestem Zustand. Sie war jedoch bei Bewusstsein und bestand darauf, dass wir Sie verständigen. Und Frau Palfy sollte auch Bescheid bekommen.«

»Danke. Wo sind die beiden Unfallopfer?«

»Unterwegs ins Klinikum.«

Hardo legte auf. »Kühn, wir müssen los.« Er verließ die Wohnung, Frau Markowski kurz zunickend.

»Einen angenehmen Arbeitsabend«, sagte sie süffisant. Die Tür schlug zu.

»Was ist los, Chef?« Kühn entriegelte bereits das Auto.

»Wenn mich nicht alles täuscht, finden wir den Täter noch heute Nacht«, antwortete Hardo, während er bereits Katinkas Nummer wählte.

57.

Katinka hatte im Lauf ihres Lebens gelernt, dass es meist müßig war, Erklärungen für irgendein menschliches Verhalten einzufordern. Menschen handelten, wie sie handelten, und fertig. Mehr war da nicht. Natürlich konnte man Begründungen anführen, Intentionen sezieren und Absichten ausloten, letztlich wurde nichts draus. Was geschehen war, war definitiv geschehen.

Sie hatte Kiana zu einem Einsatz geschickt, den sie besser selbst übernommen hätte. Sie hatte nicht damit gerechnet, dass etwas schiefgehen könnte. Müßig, die Selbstvorwürfe.

Hardo stürmte ins Foyer des Klinikums, Kühn im Schlepptau.

»Katinka, ist alles in Ordnung?«

»Bei mir schon. Wie es scheint, hat es Kiana nicht ganz so schlimm erwischt wie Kilian Bär. Er wurde vom Rad gestoßen, ist bewusstlos. Die Notärztin hat gerade mit mir gesprochen.«

»Was, bitte, hat Kiana Krekeler in der Kärntenstraße gemacht? Hast du nicht behauptet, sie wollte ein paar Tage in Bamberg genießen?«

Katinka sah aus den Augenwinkeln, wie Kühn zur Anmeldung ging und mit dem Pförtner sprach.

»Ich muss mit ihr reden«, sagte sie.

»Nein, ich rede zuerst mit ihr.«

»Ich glaube, gemeinsam hätten wir eine Chance.«

Hardo runzelte die Stirn.

»Was meinst du damit?«

Ehe Katinka nach einer Ausrede suchen konnte, kam ein Krankenpfleger auf sie zu.

»Frau Palfy? Ihre Freundin möchte Sie sehen. Bitte nur ganz kurz. Sie braucht Ruhe.«

»Klar. Wenn es okay ist, kommt mein Lebensgefährte mit.« Katinka machte sich bereits auf den Weg zum Fahrstuhl. Hardo folgte ihr.

»Du hast Kiana als Undercoveragentin eingesetzt, habe ich recht?«, fragte er, als sich die Türen hinter ihnen geschlossen hatten.

»Habe ich. Ich hatte mit der Sabotage und diesem Irren, der mir ständig an den Fersen klebt und mein Haus kaufen will, so viel zu tun, dass ich ihr ein paar Observationen überlassen habe. Mit ihrem früheren Chef in Coburg hat sie sich scheinbar überworfen.«

»Du schickst eine Anfängerin nachts in eine einsame Straße ...«

Der Lift bliebt stehen. Mit einem leisen POFF öffneten sich die Türen.

»Sie ist keine Anfängerin. Dennoch bin ich nicht stolz drauf.«

»Sabine war auch an Kilian dran. Sie hat ihn verloren.«

»Das kommt vor.« Katinka trat auf den Korridor, sah sich suchend um. »Entschuldigung«, rief sie einer Krankenschwester zu. »Ich suche Kiana Krekeler.«

Die Schwester wies auf die Zimmertür genau neben Katinka.

»Also, fragen wir sie. Danach sind wir schlauer.«

Sie klopfte.

Kiana saß aufrecht im Bett. Sie wirkte sehr blass, und ohne ihre übliche stylische Aufmachung erschien sie Katinka seltsam fremd.

»Wie geht es Ihnen?«

»Geht so. Ihren Freund haben Sie auch mitgebracht. Hallo, Kommissar!«, grüßte Kiana matt.

Hardo nickte ihr zu.

»Ich habe ein gebrochenes Schlüsselbein und eine Rippenprellung. Nichts wirklich Schlimmes. Kilian Bär hat es übler erwischt. Jemand hat ihn vom Fahrrad gerissen. Ich habe in der Nähe des Wohnheims gewartet, wie wir es ausgemacht hatten. Eine Ewigkeit lang tat sich nichts. Unversehens kam er angeradelt. Ich dachte, ich folge ihm bis zum Wohnheim und quatsche ihn an. Doch plötzlich schoss jemand zwischen den geparkten Autos hervor. Stieß ihn mit voller Wucht in die Seite. Er knallte auf den Asphalt und machte keinen Mucks mehr.«

»Wie geht es ihm jetzt?«

»Im Krankenwagen hieß es, er könnte eine Schädelverletzung haben. Mehr weiß ich nicht.«

»Sie sagen, jemand hätte ihn gestoßen. Eine Frau? Ein Mann?«, fragte Hardo.

»Eine Frau. Schätze ich.«

»Können Sie sie näher beschreiben?«

»Sie war dunkel gekleidet. Es ging irre schnell. Nur …«

»Ja?«

»Ich weiß nicht, ich hatte den Eindruck, dass es eine ältere Frau war. Also, nicht mehr 30 oder 40. Jemand, der sich nicht mehr so ganz agil bewegt.«

»Konnten Sie das Gesicht sehen?«

»Nein. Ich bin zu Kilian hingerannt, wollte ihm helfen, diese Frau lief weg. Ich habe mein Handy genommen und den Notruf gewählt, da ist eine andere Frau auf mich zugeschossen, hat mich attackiert, geschüttelt, auf mich eingeprügelt, mein Handy geschnappt und es irgendwo hingeschmissen. Ich glaube, sie dachte, *ich* hätte Kilian was angetan.«

»Babs«, murmelte Katinka. Sie sah Hardo an. »Oder?«

»Barbara Eggert?«

»Sie ist meine Klientin.«

Hardo verdrehte die Augen. »Warum erstaunt mich das jetzt nicht …«

»Lass uns draußen reden. Kiana ist groggy.«

Kiana lächelte schwach. »Ich hoffe, Sie holen mich spätestens morgen hier raus, Frau Palfy!«

Auf Hardos Smartphone ging eine Nachricht ein.

»Mist.«

»Was?«

»Kühn hat geschrieben. Kilian Bär hat ein schweres Schädel-Hirn-Trauma und ist bis auf Weiteres nicht ansprechbar.«

»Das hat gerade noch gefehlt«, stöhnte Katinka.

»Und er hatte Bargeld bei sich. 5.000 Euro.«

»Die helfen ihm jetzt auch nichts«, murmelte Kiana, bevor sie den Kopf ins Kissen sinken ließ und die Augen schloss.

ZWEI WOCHEN SPÄTER

58.

Babs hockte am Jahnwehr auf den Stufen. Laut rauschend stürzte das Wasser über die drei Staustufen. Gischt spritzte durch die Luft. Die Sonne pinselte Regenbogenfarben in den feuchten Nebel. Es roch ein wenig nach Moder, nach Fluss und nach Fisch. Oder einfach nach Sommer.

Auf den Knien hielt Babs ein Notizbuch. Seit jener Nacht führte sie Tagebuch. Sie hatte sich vorgenommen, alles, woran sie sich erinnerte, einzutragen: was ihre Beziehung zu Kilian betraf, ihre Treffen und Gespräche. Urtes Reaktionen und Ausflüchte. Sie wollte eine Route durch diesen Irrgarten finden. Irgendwie musste Heilung möglich sein. Sie musste einen Weg finden, aus dem Schlamassel zu kommen. Wieder arbeiten. Eine Wohnung finden. Solche normalen Sachen.

»Hi.« Urte stieg die Stufen zu ihr hinunter. »Darf ich mich setzen?«

Das klang fast schüchtern.

»Mach das.«

»Ich bin froh, dass du dich gemeldet hast. Es ist mir wirklich wichtig zu reden.«

»Mir auch.« Babs schluckte den bitteren Geschmack hinunter. »Kilian liegt noch im Koma.«

»Er hat es für dich getan«, platzte es aus Urte heraus. »Ich habe davon gewusst. Von der Erpressung. Es war eigentlich ganz easy. Er war im Café am Troppauplatz gesessen. Eine Vorlesung fiel aus, er hatte Hunger, die Cafeteria hatte zu. Also ging er dorthin. Am Nebentisch saßen zwei ältere Frauen. Eine war Helga Dreysbach, die andere ihre Schwester. Die Dreysbach klagte, dass ihr Mann keinesfalls rausfinden dürfte, dass ihre Liliane nicht seine Tochter sei. Zuerst hat Kilian gar nicht richtig hingehört, aber dann hängte er sich richtig an das Gespräch ran, fand raus, wer die Frauen waren, und packte den Stier bei den Hörnern.«

»Günther Dreysbach wusste längst, dass Liliane nicht von ihm war. Hat Frau Palfy für mich rausgefunden.«

»Die Detektivin?«

»Ich habe sie beauftragt.«

»Du hast *was*?«

»Ich hatte Angst, Urte. Die Bullen hatten es auf mich abgesehen. Und ja, du hältst mich für einen Angsthasen, du traust mir nichts zu, doch ich wollte nicht für etwas angefeindet werden, was ich nicht getan habe. Kilian muss mein Halstuch in der Tasche gehabt haben, als er den jungen Dreysbach traf.«

Urte schwieg.

»Die Dreysbach hat Kilian Geld gezahlt.«

»Das war für dich bestimmt, Babs! Wirklich.«

»Das glaub ich nicht. Er hat mir einmal 200 Euro in die Hand gedrückt. Als er vom Fahrrad gestoßen wurde, hatte er 5.000 dabei. Findest du das normal?«

»Ich habe nie von ihm Geld bekommen«, wehrte Urte ab. »Ich hätte auch nie was angenommen.«

»Aber im Bett warst du mit ihm.«

»Das hat damit nichts zu tun.«

»Jetzt sag bloß noch, du bist nicht stolz drauf.« Babs schnaubte. »*Das* würde ich dir unbesehen glauben.«

»Ich bin nicht stolz drauf. Mir ist bewusst, dass ich unsere Freundschaft kaputt gemacht habe.«

Babs zuckte die Achseln. Urte schien sie nicht um Verzeihung bitten zu wollen. Sie war sich selbst nicht einmal sicher, ob sie eine Entschuldigung annehmen könnte. Sie war immer noch wütend auf Urte. Der Zorn auf Kilian hatte sich verzogen. Wie konnte sie gegen jemanden wüten, der hilflos im Krankenhaus lag?

»Die Dreysbach hat irgendwann alles ihrem Sohn erzählt. Sie war außer sich, wusste nicht, wie sie die Geldsummen, die sie vom Konto abhob, ihrem Mann erklären sollte. Die Ausreden gingen ihr aus. Und deshalb bot Michael an, sich mit dem Erpresser zu treffen und ihn sich zur Brust zu nehmen.«

»Verdammt.« Urte niffelte an ihrer Nagelhaut. »Also hat Michael Dreysbach Kilian in den Skatepark bestellt?«

»Stimmt genau, und Kilian ist hingefahren. Frau Palfy und die Polizei gehen davon aus, dass es dort zum Streit kam. Dreysbach war bis zum Scheitel voll mit Alk, Medikamenten und Drogen. Er hatte jede Menge psychische Probleme, und der Arzt seiner Mutter versorgte ihn mit Pillen aller Art. Außerdem hat er auch noch gekokst, seine Schwester, die ja nur seine Halbschwester ist, muss ihn bei seinem Dealer ein paarmal rausgehauen haben.«

»Krass. Sie haben sich gezofft, Kilian hatte die Oberhand, weil er nicht getrunken und gekokst hatte …«

»Laut Polizei ist es wahrscheinlich, dass Dreysbach Kilian beschimpfte, anschrie, irgend so was. Und Kilian hatte Angst, dass jemand ihn hört und aufmerksam wird. Deshalb hat er ihm mein Tuch in den Hals gestopft. Damit der Dreysbach die Klappe hält.«

»Und dein Tuch hatte er zufällig zur Hand.« Urte schüttelte den Kopf. »Das klingt total schlüssig.«

»Bei dem Gerangel hat Kilian Dreysbach geschubst, er knallte mit dem Kopf gegen das Coping der Halfpipe und war sofort tot. Frau Palfy sagt, das ist dann kein Mord, sondern Totschlag.«

Sie schwiegen eine Weile.

»Sagen wir mal, es war so«, murmelte Urte schließlich, »glaubst du, falls Kilian überhaupt aufwacht, dass er sich noch daran erinnert?«

»Die Ärzte behaupten, es könnte alles passieren. Dass er aufwacht und wieder so ist wie vorher. Es wird halt dauern. Kann aber auch sein, dass er nur ein Körper ist, der vegetiert, funktioniert, und sein Gehirn ausgeschaltet bleibt.«

Urte tastete nach Babs' Hand. Sie hielten sich für ein paar Sekunden aneinander fest. Bis Babs sich losmachte.

»Ich versuche, niemanden zu verurteilen. Michael Dreysbach nicht. Er hat die Medikamente und alles geschluckt, weil er nicht zurechtkam. Dafür kann es viele Gründe geben. Und Kilian nicht. Dich nicht.«

Urte räusperte sich. »Wie geht es dir?«

»Die Panikattacken kommen weiterhin. Ich hoffe, dass sie irgendwann weniger werden. Im *Irish Pub* schiebe ich jetzt mehr Schichten. Den Schäferwagen habe ich geräumt. Nina und Gerald haben mir allerdings ein Zelt aufgebaut. Es ist ja jetzt warm genug. Bis Herbst muss ich eine Bleibe gefunden haben. Eine richtige.«

»Ich werde mich umhören.«

Babs zuckte die Achseln. »Schau mal!« Ein Graureiher glitt über die Bäume am Ufer und landete am Wasser. »Der sucht sich jetzt ein Abendessen.«

»Ich wollte dich einladen.« Urte blickte Babs von der Seite an. »Gleich hier, im Biergarten vom Vereinshain. Hast du Lust?«

Babs überlegte. Sie nahm sich Zeit. Bis sie sich straffte und sagte:

»Du, Urte, das ist lieb von dir. Ich weiß das Angebot wirklich zu schätzen. Bloß: Noch fühle ich mich mit dem Gedanken nicht wohl, mit dir irgendwo zum Essen hinzugehen. Vielleicht in ein paar Wochen. Ich muss einfach schauen, wie alles wird. Mit Kilian und so. Und mit mir.«

Babs wartete ab, bis Urte aufgestanden und die Stufen wieder hinaufgestiegen war. Lange hockte sie noch da und beobachtete, wie der Reiher mit einer schnellen Bewegung einen Fisch aus dem Wasser pickte, ihn in seinem langen Schnabel zurechtlegte und schluckte. Ein Hund kam die Stufen herunter und schoss laut bellend auf den Vogel zu. Grazil erhob er sich in die Lüfte.

»Depp«, sagte Babs gutmütig zu dem Hund, der hechelnd zu ihr herüberschaute. »Den hättest du doch sowieso nicht erwischt.«

59.

Hardo hatte Katinka gegen 17 Uhr zu Hause abgeholt. Ungewöhnlich, dass er es zur verabredeten Zeit schaffte. Gemeinsam waren sie ganz entspannt durch den Maiabend geschlendert, der sich bereits anfühlte wie Sommer. Juni. Mindestens.

»Es ist viel zu heiß tagsüber«, seufzte Hardo, als sie die schmale Holzbrücke über den Alten Kanal nahmen.

Ein Mountainbikefahrer drückte sich an ihnen vorbei. Genervt machte Katinka ihm Platz. »Den könntest du jetzt, wenn nicht festnehmen, so doch zumindest ein bisschen ärgern.«

»Heute bin ich privat unterwegs.« Er warf ihr einen langen Blick zu. »Ausschließlich privat.«

»Wenn du meinst ... Hast du einen Tisch im Freien bestellt? Es sieht aus, als wenn es nachher wieder einen Regenguss gibt. Einen kurzen und heftigen. Wie in den Tropen.«

»Wie jeden Tag.« Hardo legte den Arm um sie. »Doch, ich bin ausschließlich privat unterwegs, obwohl immer noch ein paar Fragen offen sind und es normalerweise guttut, mit dir über solche Fragen zu reden.«

»Wir haben in letzter Zeit zu oft geschwiegen.«

»Haben wir.«

»Dennoch bin ich mit ungelösten Rätseln auch nicht zufrieden. Sie setzen mir zu und gehen mir so lange auf die Nerven, bis ich mich dahinterklemme, um die diversen Knoten doch noch zu lösen.«

Hardo lächelte. »Wir werden wohl oder übel warten müssen, bis Bär aus dem Koma erwacht. Die Ärzte sind unterschiedlicher Meinung, was seine Chancen betrifft.«

»Meinst du, er hat seinen Angreifer überhaupt erkannt?« Sie bummelten am Kanal entlang. Eine Gondel glitt vorbei, das Pärchen, das sich auf venezianische Art hier entlangschippern ließ, machte Selfies.

»Seine Angreifer*in*, wenn Kiana recht hat.«

»Ja, das stimmt. Sie sagte aber auch, es ging alles so schnell, sie hat im Prinzip nur eine Gestalt in Schwarz gesehen.«

»Ich schätze«, Hardo ließ einen Pkw vorbei, der in eine enge Bucht einparken wollte, »dass wir hier an Grenzen stoßen.«

Katinka nickte. Der Abend war so mild, die Stimmung so gelöst, dass sie nicht daran dachte, Hardo in alle Einzelheiten einzuweihen, die Babs ihr erzählt hatte. Nachdem die junge Frau sich vor einer Woche endlich mit Urte getroffen hatte, zu einer harten Aussprache, wie sie berichtete, war sie bei Katinka aufgeschlagen. Sie hatte versprochen, ihre Detektivin für ihren Einsatz ganz regulär zu bezahlen, und stotterte den Betrag von ihrem Lohn ab. Urte musste ungefähr dieselbe Version der Ereignisse bei der Polizei zu Protokoll gegeben haben.

»Du bist in Gedanken?«, neckte Hardo sie.

»Ach, nicht wirklich.«

Sie bogen an der Nonnenbrücke ab und überquerten die Straße. »Ich dachte, wir essen mal richtig italienisch. Nicht nur die Pizza aus dem Karton, was meinst du?«

»Super Idee.« Grinsend folgte Katinka Hardo ins *Ristorante Salino*. »Hier ist ja was los.«

Ein Kellner führte sie durch das Restaurant in den Garten, wo sie in einer Ecke ganz für sich erst einmal Getränke und Antipasti bestellten.

»Das machen wir viel zu selten.« Katinka trank einen Schluck von ihrem eiskalten Bier. »Ich frage mich, warum.«

»Das wissen wir beide. Fordernde Jobs ohne klare Struktur. Zerrissene Tage und Nächte. Unsicherheit allerorten.«

»Kannst du dir vorstellen, mit einer Frau verheiratet zu sein, die Angst davor hat, dir zu beichten, dass die Tochter nicht von dir ist?«

»Ich will mir das nicht vorstellen.« Hardo stellte sein Glas ab.

Katinka wusste, dass sie an einen wunden Punkt rührte. Hardo hatte eine Tochter gehabt. Sie war bei einem Unfall mit Fahrerflucht ums Leben gekommen. Das war viele Jahre her. Katinka war klar, dass diese schwere seelische Verletzung nie heilen würde. Da würde immer eine Wunde sein.

»Helga Dreysbach hatte solche Angst vor dem Groll ihres Mannes, dass sie sich von einem Erpresser in Bedrängnis bringen ließ. Erst als sie nicht mehr ein noch aus wusste, zog sie ihren Sohn ins Vertrauen. Der knöpfte sich den Erpresser vor – und starb. Dabei hatte Günther Dreysbach die ganze Zeit gewusst, was Sache war.« Katinka schüttelte den Kopf. Die Tragik des Ganzen machte ihr immer noch zu schaffen.

»Jetzt hat die Dreysbach nur noch ihre Tochter und ihre Schwester.«

»Meinst du nicht, sie und ihr Mann versuchen es noch einmal miteinander?«

»Schwer vorstellbar.« Hardo nahm ein paar marinierte Pilze. »Wie die Italiener das nur immer machen. Einfach köstlich.«

»Das schmeckt auch Menschen, die ansonsten lieber ein Schäuferla auf dem Teller liegen haben, was? Aber im Ernst: Haben die Dreysbachs sich getrennt?«

Hardo blickte Katinka mit seinen grauen Augen auf diese Art an, die sie schon immer kirre gemacht hatte. Sie fühlte sich durchleuchtet. So vollkommen und ganz und gar.

»Ich weiß es nicht. Sicher erinnerst du dich an Kiana Krekelers Worte im Krankenhaus, die wir auch genauso im Protokoll stehen haben. Sie hatte den Eindruck, die Person, die Kilian vom Rad riss, könnte schon eine ältere Frau gewesen sein.«

»Du meinst doch nicht – Helga Dreysbach? Die hatte zur Tatzeit ein Schlafmittel intus!« Katinka nahm sich Zucchini.

»Behauptet ihre Schwester.« Hardo betrachtete Katinka eine Weile schweigend, bevor er wieder zur Gabel griff.

»Ihre Schwester?«

»Wir können ihr nichts. Sie war angeblich ab 18 Uhr zu Hause und hatte sich hingelegt. Ihr Handy war tatsächlich auch die ganze Zeit in der passenden innerstädtischen Funkzelle eingeloggt.«

Die Pizza kam. Behutsam lenkte Katinka das Gespräch in eine andere Richtung. »Was meinst du, hat der alte Dreysbach Liliane aus dem Geschäft haben wollen, weil sie nicht seine Tochter ist?«

Hardo schnitt seine Pizza an. »Ich schätze, das werden wir nicht herausfinden. Vielleicht weiß er es selber nicht einmal.«

»Sabine sagte, Helga Dreysbach kannte patriarchale Gewalt schon aus der Kindheit. In ihrer Ehe hat sie die gleichen Dinge wieder erlebt. In wie vielen Familien ist das so? Dass das Grausame nicht nur einmal, sondern gleich zweimal passiert? Und wieder und wieder?«

»Zu oft.«

»Ich schätze, falls Helgas Schwester Kilian vom Rad stieß –«

»Was wir nicht werden beweisen können!«

»– tat sie das sicher nicht mit der Absicht, ihn umzubringen. Ich glaube eher, sie wollte Kilian eine Lektion erteilen.«

»Müßig zu spekulieren. Wir haben nichts gegen sie in der Hand. Iss lieber.«

Katinka lächelte. Sie plauderten über die aktuellen Ereignisse in Bamberg, die Gerüchteküche und die vakante Position des Erzbischofs, für die sie sich beide herzlich wenig interessierten, einige von Hardos Kollegen aber schon.

»Dante ist auch total auf der Jagd nach möglichen Kandidaten.« Katinka schob ihren Teller weg.

»Nachtisch?«

»Unbedingt.«

Sie bestellten *Panna cotta*.

»So lässt es sich leben.« Versonnen löffelte Katinka ihr Dessert. »Ich werde übrigens eine kleine Pause einlegen.«

Hardo ließ seinen Löffel fallen. Sofort schoss ein Kellner heran und brachte einen neuen.

»Sag das noch mal.«

»Ich habe vor, Urlaub zu machen. Hättest du nicht Lust mitzukommen?«

»Also, Katinka, ich weiß nicht. Ich habe …«

»Du hast eine Menge Urlaubstage, die sich bei dir auf dem Schreibtisch buchstäblich stapeln. Was hältst du von diesem Plan: erst mal nach Wien, da war ich zu lange nicht, und Herkunft ist einfach eine wichtige Sache. Danach weiter in den Süden. Dolce vita.«

Völlig überrumpelt aß Hardo seine Nachspeise auf.

»Wie gesagt: So was wie das hier machen wir viel zu selten.«

»Und deine Detektei?«

»Kiana ist auf der Suche nach einer neuen Herausforderung. Sie braucht noch ein wenig Einarbeitung, aber als Vertreterin für die kleinen und ungefährlichen Angelegenheiten ist sie absolut brauchbar.«

»Du willst mir doch nicht erzählen, dass du quasi morgen schon reisebereit bist.«

Katinka schmunzelte. Es gab da schließlich noch eine kleine ausstehende Aktion, die Hardo nichts anging.

»Morgen? Nun ja …«

60.

»Also, Frau Palfy, heute Nacht kann unser kleiner Coup stattfinden – Sie wissen schon.« Dante stand in Katinkas Wohnungstür. Eilig zog sie ihn zu sich herein.

»Perfekt. Hardo wird lang im Büro sein.«

»Sind Sie sicher?«

»Ja, er muss noch ein wenig Papierkram erledigen, bevor wir nächste Woche in den Urlaub fahren.«

Dante blieb der Mund offen stehen. »Sie fahren *wohin*? In den Urlaub? Zusammen?«

»Sicher, wir sind ja zusammen.« Zufrieden grinste Katinka Dante an. »Also, kann es losgehen?«

»Äh – ja. Wir müssen nur diese Rechnungen finden. Irgendwo sind die ja. Mit denen hat Schneitter sowohl den Leicht als auch den Dreysbach in der Hand.«

Katinka griff nach ihrem Rucksack. »Los geht's. Ich frage mich halt, ob die Rechnungen unbedingt in Leichts Wohnhaus sind. Warum nicht in der Firma?«

Dante hatte in den vergangenen Tagen ziemlich viel gearbeitet. Er hatte sich umgehört und nachgefragt, war einigen Leuten auf die Nerven gegangen und hatte schließlich eine erkleckliche Anzahl an Hinweisen zusammengetragen, dass Elmar Leicht, ihr ehrpusseliger Nachbar, zu einer Pokerrunde mit Severin Schneitter gehörte. Alles ehemalige Klassenkameraden, die im fortgeschrittenen Alter Nervenkitzel suchten und sich in Hinterzimmern diverser alteingesessener Bamberger Lokale zusammensetzten. Als die Pandemie gekommen war, waren die meisten auf Online-Zocke umgestiegen.

»Selbst wenn die Sachen in der Firma sind, finden wir bei den Leichts voraussichtlich den Schlüssel für die Geschäftsräume. Ich glaube aber nicht, dass er solche kompromittierenden Sachen bei seinem Sohn aufbewahrt. Elmar und Gundi schlafen seit einer Stunde, jedenfalls sind alle Lichter aus. Ich habe von mir oben genauestens beobachtet, was sie machen. Wir haben ein Zeitfenster von zwei Stunden, bevor einer von beiden aufs Klo muss.« Dante streifte Latexhandschuhe über.

Katinka tat es ihm gleich. »Sie sind ja verrückt.«

»Ich habe sie nächtelang observiert und kenne alle ihre Gewohnheiten.«

»Womöglich hat Leicht alles vernichtet.«

»Hat er nicht. Er hat mordsmäßige Schulden. So viele, dass seine Rente und die Einkünfte aus der Ferienwohnung ein Witz sind. Und woher hat er die? Vom Zocken. So weit klar. Aber die Rechnungen, die er für Dreysbach fingiert hat, damit der wiederum Kohle von der Steuer absetzen kann, die sind doch für ihn Gold wert.«

»Also los, leise jetzt.«

Sie schlichen durchs Treppenhaus, in den Innenhof und von dort durchs Tor. Vor einer Stunde hatte es geregnet. Das Kopfsteinpflaster glänzte nass. Die Temperaturen waren selbst für eine Mainacht zu hoch. Tropisch.

Dante schloss die Haustür der Leichts auf, wie zwei Schatten glitten er und Katinka ins Haus.

»Leise!«

Dante winkte ab. Im Nu stand er oben vor der Wohnungstür der Leichts. Schlüpfte hindurch. Katinka folgte.

Sie würden erst alle Räume durchsuchen, nach einem Computer, Notebook oder Tablet, nach Aktenordnern, wonach auch immer. Wenn sie nichts fanden, blieb nur das Schlafzimmer. Aus dem ein ersticktes Schnarchen drang.

»Ich wette, Gundi benutzt Ohrenstöpsel«, wisperte Dante. »Das klingt ja wie Kettenrasseln.«

Katinka unterdrückte ein Kichern. »Los! Genau nach Plan!«

Nach etwa zehn Minuten, in denen Katinka, die Wohnzimmer und Küche durchsuchte, bereits immer mutloser wurde, stand plötzlich Dante neben ihr. Er hielt einen Ordner in der Hand. Mit der Stirnlampe beleuchtete er eine Seite nach der anderen.

»Wow!«, machte Katinka, während sie mit ihrem behandschuhten Finger die Zeilen abfuhr. »Und sieh mal her: Meine Detektei steht auch drauf. Unter ›Sonstige Adressen‹!«

»Das sollte für den Anfang reichen, oder?«

Im Schlafzimmer stoppte das Schnarchen.

»Fuck!« Dante starrte Katinka ins Gesicht, das helle Licht blendete sie.

»Lampe aus, verdammt!«

Dante reagierte schnell, doch Katinka hatte den Eindruck, dass einer der beiden Leichts etwas gemerkt hatte. Schritte näherten sich der Schlafzimmertür, wo sie innehielten.

Katinka berührte Dante leicht an der Schulter und zeigte auf den Flur. Sie mussten – jetzt! – raus aus der Wohnung, denn jeden Moment konnte jemand die Schlafzimmertür öffnen und ebenfalls auf den Korridor treten. Dann wären sie dran.

Katinka flitzte los. Dante folgte auf dem Fuß. Sie stand an der Wohnungstür. Berührte die Klinke, drückte sie runter, trat auf den Treppenabsatz. Dante hinter ihr. Er zog die Tür zu. Das leise Klicken des Schlosses hörte sich so laut an wie das Brüllen eines wütenden Elefanten.

Katinka nahm zwei Stufen auf einmal. Schon hatte sie unten die Tür aufgerissen. Dante war langsamer. Er schien wie auf Eiern zu laufen.

Hektisch winkte sie ihm. Nur noch ein paar Schritte durch die Hofgasse, und sie bogen um die Ecke. Rannten in den Innenhof, ins Haus. In Katinkas Wohnung.

Dante rutschte einfach so auf den Parkettboden, blieb dort sitzen.

»Diese Treppe bei denen, die ist so dermaßen gemeingefährlich.«

Katinka nahm ihm den Ordner ab.

»Egal, Wischnewski, wir haben was. Das ist vortreffliche Beute. Lassen Sie uns die Sachen abfotografieren. Nur für den Fall. Danach kommt Ihre große Stunde.«

»Weil Sie ja Urlaub mit dem Kommissar machen.«

»Ich habe Kiana gebrieft. Sie wird Ihnen assistieren.«

»Na, so wie ich die kenne, werde eher ich ihr assistieren«, murrte Dante. »Mann, bin ich froh, dass wir das da drüben ohne Blessuren geschafft haben. Ein Einbruch ist sicher kein Delikt, für das einer von uns gern vor Gericht stehen würde.«

Katinka hörte ein vertrautes Geräusch. Sie hatte gerade ihr Handy gezückt und wollte Fotos machen, als ein Schlüssel in ihre Wohnungstür gesteckt wurde.

»Shit! Wischnewski, Abgang! Ins Bad! Los!«

Dante rappelte sich auf, entriss Katinka den Aktendeckel und machte sich zum wiederholten Mal in dieser Nacht unsichtbar.

ENDE

Katinka Palfy ermittelt:

Alle Bücher von
Friederike Schmöe
finden Sie unter
www.gmeiner-verlag.de

SPANNUNG

GMEINER

WWW.GMEINER-VERLAG.DE
Wir machen's spannend